Best Time

白马时光

18岁那年发生了什么

〔美〕凯瑟琳·格拉斯哥 著　　潘艳梅 译

百花洲文艺出版社
BAIHUAZHOU LITERATURE AND ART PRESS

图书在版编目（CIP）数据

18岁那年发生了什么 / (美) 凯瑟琳·格拉斯哥著；潘艳梅译．— 南昌：百花洲文艺出版社，2018.3
ISBN 978-7-5500-2514-1

Ⅰ．① 1… Ⅱ．①凯… ②潘… Ⅲ．①长篇小说－美国－现代 Ⅳ．① I712.45

中国版本图书馆 CIP 数据核字（2017）第 277905 号

江西省版权局著作权合同登记号：14-2017-0503

18岁那年发生了什么 SHIBASUI NANIAN FASHENG LE SHENME

〔美〕凯瑟琳·格拉斯哥 著　　潘艳梅 译

出 版 人	姚雪雪
出 品 人	李国靖
特约监制	王　瑜
责任编辑	杨　旭
特约策划	王俊艳
特约编辑	王俊艳
封面设计	林　丽
版式设计	王雨晨
封面供图	站酷海洛
出版发行	百花洲文艺出版社
社　　址	南昌市红谷滩世贸路 898 号博能中心 I 期 A 座 20 楼　邮　编 330038
经　　销	全国新华书店
印　　刷	北京中科印刷有限公司
开　　本	880mm × 1230mm　1/32
印　　张	9.75
字　　数	245 千字
版　　次	2018 年 3 月第 1 版第 1 次印刷
书　　号	ISBN 978-7-5500-2514-1
定　　价	39.80 元

赣版权登字　05-2017-529

发行电话　0791-86895108　　网　址　http://www.bhzwy.com

致我的母亲 M.E.、妹妹维西

第一章

01

居此躯壳，我永不能赢。

——贝利乐队《星》

1

就像格陵兰海豹的宝宝一样，我浑身都是白的：前臂被厚厚地包扎起来，跟球棒一样重，大腿也紧紧地裹着，白色的纱布从短裤中露了出来。短裤是护士阿瓦从护士站后边的失物招领箱里拽来的。我就像个孤儿，赤身裸体地来到这里；我就像个孤儿，在一个雨雪交加的夜晚，被人留在了地区医院的草坪上，用床单包裹着，身体渗出的血染红了床单上的花朵。

发现我的那个保安有一股薄荷香烟和淡淡的机打咖啡味，他的鼻孔里有一撮卷卷的白色鼻毛。

他说："我的天哪，小姑娘，你这是怎么了？"

我的妈妈没有来认领我。

不过，我记得那天晚上有星星，就像天空中撒了盐，就像有人用搅拌器搅着，溢出的盐撒落在漆黑的布匹上。那出乎意料的美，对我来说是多么有意义。我当时想，这是我死在这片阴冷潮湿的草地上之前，能看到的最后一样东西了。

这里的女孩总想让我说话。她们想了解你的故事，要当早间新闻吗？

跟我讲讲你的事情吧，蜗牛。

我每天都听她们的故事，集合时听，午餐时听，做手工时听，晚餐时也听，永无止境。她们吐出的那些话，那些黑色记忆，让她们无法消停。故事将她们生吞活剥了，把她们的内在翻到了外边，让她们无法消停。

我把自己的言语切割出去了，心里装得太满太满了。

我跟路易莎住一个房间，她比我大，披在后背的头发就像一片金红色的海洋。她的头发实在太多了，用发带、发圈、发绳都没办法扎起来。她的头发还有草莓味，她比我认识的其他女孩都好闻。我可以永远闻着她的气息不厌倦。

我刚来这里的那一晚，她掀起衬衫打算换睡衣时，那疯狂的头发像防护披肩一样落到身上，这时，我看到了，看到了所有的疤痕，我艰难地吸了一口气。

“别害怕，小不点。”她说。

我不是害怕，我只是，从来没见过哪个女孩有着跟我一样的皮肤。

每分每秒都是安排好的。我们六点钟起床，六点四十五喝温热的咖啡或掺了水的果汁，有半个小时的时间把奶油芝士抹到纸板箱味的百吉饼上，或是将白鸡蛋推进自己口中，要么就咽一些粗糙的燕麦片。七点十五，我们可以在自己房间里洗澡。浴室没有门，浴镜不知道是什么东西，反正不是玻璃，让你的脸看上去阴沉沉的，而且，刷牙或梳头时，镜子就消失了。如果你想刮腿毛，会有一个护士或护理员出现，不过没人想刮，所以，我们的腿跟男孩们的一样，毛茸茸的。八点半我们集合，故事就在这时溢出来了，眼泪也溢出来了，有些女孩大喊大叫，有些痛苦呻吟，只有我就那么坐着，坐着。那个牙齿坏了的年长女孩——布卢，真可怕，她每天都说：“今天可以说话了吗？安静的苏？今天我想听安静的苏说说话，是不是呀，卡斯珀？”

卡斯珀让她别说了。卡斯珀让我们深呼吸，像拉手风琴一样把手不断往外伸，伸，伸，然后再往里推，推，推，再往外拉，拉，拉，精力全部集中在呼吸上的时候，我们是不是会感觉好点呢？集合后就该吃药了；然后是静修时间，后边就是吃午饭、做手工；紧接着是个人会话时间，这会儿你跟自己的医生坐在一起，可以再哭一哭；到了五点钟，就该吃晚饭了，那种不烫口的食物比中午多些，布卢的话也更多了：*你喜欢通心粉和芝士吗？安静的苏？这些绷带什么时候拆，苏？*再往后是娱乐时间，娱乐之后，可以打电话，这时哭声就更多了。

之后就到了晚上九点，又该吃药了，然后睡觉。女孩们对这一安排怨声载道，食物、集合、药，所有的一切，不过我不在乎。有吃的，有睡的，在暖窝里头，很安全。

我的名字不叫苏。

延斯喜欢吃吃地笑，细枝条一样的伤疤纵横在她的胳膊和腿上。她穿着闪闪发亮的运动短裤，比任何人都高，杜利医生除外。她在米黄色的走廊里来来回回运一颗看不见的篮球，投向看不见的篮筐；弗朗西是个人肉针垫，总被编织针、棍子、大头针，各种能找到的东西刺破皮肤。她的双眼充满愤怒，她在地上吐痰；萨沙是个装满水的胖女孩：集合时哭，吃饭时哭，在自己的房间里也哭，眼泪永远也流不完。很明显她是个自我切割者，手臂上留下了交叉的淡淡红线，不过她不会割太深；伊西斯是个自我焚烧者，手臂上有疙疙瘩瘩、土墩一样的伤疤；人们在讨论绳子、表兄弟和地下室的事，但我把自己隔离起来，打开了内心的音乐；布卢是只带着伤痛的别致鸟儿，各种伤害都沾边：坏蛋爸爸，冰毒牙、烟烫的伤痕，剃刀划的伤口；卡多斯穿着奶奶家居服，她的拖鞋臭熏熏的，身上有很多踪迹可以追寻。她的伤口都在内部，与她形影相随。我不知道她怎么会跟我们在一起，但她确实在这儿。晚餐时她把土豆泥抹在脸上，有时会毫无理由地呕吐。你知道的，即便一动不动，她的体内也是千翻百涌，那可不好。

我在外边认识跟她一样的人。我要跟她保持距离。

在这个该死的地方，我有时觉得没办法呼吸，胸口像有沙子似的，对眼下的事情总不太明白。我在外边待太久了，太冷了。我不认识干净的床单、香香的床罩，还有自助餐厅里摆在我跟前的食物，暖暖的，像魔法变出来的一样。我开始惊慌，颤抖，喘不过气来，缩到房间的角落里。这时路易莎会朝我紧紧地靠过来，呼到我脸上的气息有股薄荷茶味。她捧起我的脸，即便这样还是让我畏惧。她说："小不点，你跟自己人在一起。"

房间里太安静了，所以我踏入了夜间的走廊。我胸口疼痛，移动缓慢，一切都太安静了。我用一个手指在墙壁上走动，一连好几个小时。我知道，等我的伤口愈合，不吃抗生素以后，他们就打算给我吃安眠药。但我不想吃，我需要保持清醒和警觉。

他可能出现在任何地方，可能会到这里来。

路易莎就像个女王。此刻在这儿，永远都在这儿。她跟我说："我是第一个到这儿来的女孩，一开业就来了，天啊。"她总是在一个黑白色的作文本上写东西，从来不去集合。大部分女孩穿瑜伽裤和 T 恤，穿一些肥大的衣物，只有路易莎每天都盛装打扮：黑色的紧身衣，闪亮的平跟鞋，二手店里买来的四十年代迷人连衣裙。她的头发总是以某种奇妙的方式收拾好。她有几个手提箱，里面塞满了围巾、薄睡袍、奶油色化妆品、血红色的唇膏。路易莎就像个不打算离开的访客。

她告诉我她在一个乐队唱歌。“不过我紧张，”她轻声说，“这个问题成了绊脚石。”

路易莎的肚子上有同心圆状的烙印，手臂内侧有根须一样的线条，双腿烧伤的痕迹刻成了整洁的图案，背后满是文身。

路易莎把她身上能用的空间都用完了。

每次集合，卡斯珀都以同样的方式进行。手风琴呼吸练习、伸展脖子、够你的脚趾。卡斯珀纤细柔软，穿着带小精灵的木底鞋，鞋跟没什么声音。其他的医生都穿着铿锵有声的尖鞋，制造很多噪音，在地毯上走都有声音。卡斯珀面色苍白，双眼又大又圆，而且非常蓝。她没有凹凸不平的棱痕。

她四周看了看我们，脸上露出温柔的笑容，说道：“你们的工作就是自我调整。我们大家都会越来越好的，对吗？”

她的意思是：目前我们全都像屎一样。其实我们都知道。

她的真名并不叫卡斯珀[①]。她们那样叫她，是因为那双大大的蓝眼睛，而且她非常安静。她就像个幽灵，有时一大早出现在我们床边，来取记录表，温暖的手指从我的绷带边往下滑一寸左右，来摸我的脉搏。她低头看着躺在床上的我时，变成了可爱的双下巴。她就像个幽灵，会突然在走廊里出现在我身后，我惊讶地转过身，她笑着说：“你好吗？”

她办公室里有个巨大的储水池，里面有个又胖又迟缓的乌龟，不停地划啊划，划啊划，但几乎没怎么前进。我会一直看着那个可怜的蠢蛋，看上几小时几天，发现它对那项毫无意义的工作真是耐心得出奇，因为它好像一点也不想快些从那个储水池里出来。

我看乌龟时，卡斯珀就看着我。

---

① 卡斯珀：动画片中的一个精灵。

卡斯珀的味道很好闻，她总是干干净净的，衣服发出轻柔的沙沙声。她从来不抬高声音说话。萨沙抽泣时，她按摩她的后背，按得太重，让对方哽住了。她会像个守门员似的用胳膊抱住琳达、凯蒂、卡多斯，就好像有坏人要冲进来似的。我曾看到她在布卢的房间里，那一天布卢从妈妈那里得了一大箱书，卡斯珀拨弄着那些平装本，朝布卢微笑。面对那个微笑，我看到布卢融化了一点点，只是一点点。

卡斯珀应该有孩子吧，她要是我母亲该多好。

我们从不会身处黑暗中，每个房间的墙壁上都有光，下午四点砰地亮了，早晨六点再砰地关掉。光源不大，但很明亮。路易莎不喜欢光。每天晚上睡觉前，她一定要把沙沙响的遮光窗帘紧紧拉上，将旁边办公楼的黄色光晕挡在外头，还要额外用被子蒙住头。

今天晚上，她刚睡着，我就踢开了被子，把帘子拉开了，或许我是在看盐一样的星星吧，我也不知道。

我一边看着那堆东西下头像肿块一样静悄悄的路易莎，一边在金属马桶里撒了尿。在那面古怪的镜子里，我的头发就像蛇一样，我用手指揉了揉那堆纠缠打结的骇人发辫。我的头发好像有泥土、水泥、阁楼和灰尘的味道，让我觉得很不舒服。

我在这里多久了？我好像想起什么来了。

一个地方，一个黑暗的地方。

走廊天花板的光就像明亮的长河。我一边走一边往房间里偷看。只有布卢醒着，借着亮起的光源，一直在看她的平装本。

没有门，没有灯管，没有玻璃，没有剃须刀，只有可以用勺舀的软食、温热的咖啡。在这里没办法伤害自己。

我觉得烦躁不安，丢了魂似的在护士站等着，同时用手指敲打着工作台面。我丁零零地按响了铃，寂静的大厅里，那声音似乎大得吓人。

巴贝罗出现在眼前，嘴里塞满了咯吱作响的东西。看到我时，他皱了皱眉。巴贝罗来自梅诺米尼，脖子粗大，以前是摔跤选手。他身上有药膏和黏合剂的味道。他只喜欢漂亮女孩，我看得出来，因为延斯非常漂亮，腿长长的，鼻子上有雀斑，他总对着她笑，那是他唯一会对着笑的女孩。

他把脚放到桌子上，哗啦啦地将一些薯条放进嘴里。“是你啊，”他说，咸味的碎片从他的嘴唇飞到了蓝色防护服上，“晚上这个点，你想要干吗？”

我从工作台上取了笔和便利条，快速写了下来，然后举起了便利条：我在这儿有多久了？

他看了看便利条，摇了摇头，“嗯，用嘴问。”

我写道：“不，告诉我。”

“不行，安静的苏，”巴贝罗弄皱薯片袋子，塞进垃圾桶里，“你必须张开那张小嘴，用大女孩的声音说话。”

巴贝罗觉得我害怕他，其实我根本不怕。我只害怕一个人，而他在很远的地方，在河流的另一边，不会到这儿来找我。

我想他找不到我，应该吧。

我另外用一张便利条写道：赶紧告诉我，你个白痴。举起便条时，我的手还是抖了一下。

巴贝罗大笑起来，牙缝里有薯片的凝块。

我眼里的火花消退了，心里的音乐变得非常大声，我离开了护士站，只觉得皮肤失去了知觉。我想按卡斯珀教的方法呼吸一下，但还是算了，那根本没用，对我来说没用，在我觉得生气，音乐声响起时，从来就没发挥过作用。此刻，我的皮肤不麻木了，但是很痒，我走啊走，看啊看，总算恢复了，转了回来，发现巴贝罗没在笑了。他在，哦，他拉屎去了，不在。

塑料椅从护士站台弹了回来。绑着花朵的笔筒落到地上，笔顺着无尽的米黄色地毯散开。到处都是米黄色地毯，无穷无尽。我开始踢护士台，感觉很不好，因为我没有鞋，但是疼痛让人觉得舒服，所以我停不下来。巴贝罗出现了，我再次抓起椅子，他举起了双手，“冷静，你是个疯子。”他说得很轻柔，就好像他现在有点怕我了。我不知道为什么，这让我更加愤怒了。

我又一次举起椅子时，杜利医生出现了。

卡斯珀有没有对我失望呢，她没表现出来。她只是看着我，而我看着乌龟，那乌龟还在做自己的事情。我想成为那只乌龟，在水里安安静静的，周围什么也没有。乌龟的生活真平静！

卡斯珀说：“你昨晚问巴贝罗·布鲁斯的问题，答案是这样的：你来克里利中心有六天了。转到这里之前，你在医院治疗和观察了七天。你知道自己有轻度肺炎吧？嗯，现在还有，服用抗生素会有帮助。”

她从桌子上拿起一个矮矮胖胖的东西，滑到我这边来。那是一本台历。我不知道自己要看什么，但我还是看了，页面的顶端写着：四月。是四月中旬。

卡斯珀说：“你错过了克里利的复活节，来晚了那么一点点，不过也没错过太多，我们不能在精神病房周围跳大型的兔子舞，对吧？”她微微一笑，“不好意思，这个小笑话是治疗师之间说的。不过，我们有寻彩蛋的游戏。这里的感恩节会更有意思，有干火鸡、颗粒肉汁，非常美好的时光。”

我知道她是想让我高兴起来，让我说话。我把脸转向她，但一碰到她的目光，我就觉得有该死的眼泪刺激着眼眶，所以，我转回头看着那愚蠢的乌龟。我觉得自己好像正在苏醒，回到了黑暗中，一切都是那么突然。卡斯珀向前倾，“你还记得在地区医院的事吗？”

我记得那个保安和他鼻孔里浓密的鼻毛。我记得头顶上的灯光，像太阳一样明亮，哔哔的声音好像永不停歇。我记得他们把手伸到我身上，割掉我的衣服和靴子时，我想踢开他们。我记得自己的肺部那么沉重，就好像装满了泥土。

我记得心里非常害怕，担心该死的弗兰克会出现在门口，把我带走，带回种子屋，带回那个让很多女孩哭泣的房间。

我记得我哭了。我记得我的呕吐物溅到了一个护士的鞋子上，她脸色没变，一点都没变，就好像那种事对她来说已经习以为常。我希望自己的眼睛能跟她说对不起，因为我说不出话来，她的脸色怎么会一点也没变呢？

然后就没有了，什么都没有了，直到认识路易莎。

卡斯珀说：“不记得也没关系。我们的潜意识是非常灵活的，有时会知道把某个时间段的记忆拿掉，那是一种保护。希望这能解释得通。”我希望我能告诉她，我的潜意识坏了，因为它没把该死的弗兰克威胁我的记忆拿掉，还有在地下通道里，那个男人试图伤害我的记忆。

我踢坏的脚指头在棉绒下方抽动，脚上古怪的短靴是杜利医生给我穿上的。所以，此刻的我走起路来，真正成了一个疯狂的怪物，头发纠缠打结，胳膊固定住了，双腿捆着，一瘸一拐的。

以后我又会有什么样的遭遇呢？

卡斯珀说：“我想你需要做个计划。”

我并不是真的想像乌龟那样，独自一人待着。我是真的想让爱丽丝回来，但是她永远永远不会回来了。总之不能回到她以前的样子了。还有，我真的想念米奇和丹尼男孩，甚至想念埃文和邓普，有时也想念我妈妈，尽管想念她的感觉更像是愤怒，而不是想念爱丽丝时的那种悲伤，不过那也不是真的，因为我说的悲伤，其实是内心的一个黑洞，里面填满钉子、岩石和碎玻璃，还有我再也说不出来的话语。

爱丽丝，爱丽丝。

我的衣服是从失物招领箱里拿来的，这是真的。我一无所有，并不完全是真的，因为我有样东西，只是他们不给我。我见过一次，当时杜利医生在娱乐时间让我别看电影了，到护士站来。我到那里时，他从桌子下方拖出一个背包，那是我的背包。杜利医生非常高，而且很英俊，是那种众人皆知、他自己也深深知晓的英俊，为此他的人生要容易得多。“两个男孩扔下来的，你觉得熟悉吗？”他说这话时，我看着他洁白的牙齿，满脑子空白，也为他那天鹅绒般的短发着迷。我抓住背包，放到双膝上，拉开拉链，双手伸了进去，东西还在。我抓紧了，松了一口气，这时杜利医生说：“别激动，我们把它清空了。”

我拿出自己的工具箱，那是一个军用药箱，是我和爱丽丝在西七的圣樊尚－德保罗二手店转悠时找到的，那时我十四岁。药箱坑坑洼洼的，正面大大的红十字上有刮痕，颜料被刮掉了。

工具箱里本来什么都有的：我的药膏，我的纱布，绒布袋装着的玻璃碎片，我的香烟，我的火柴和打火机，还有纽扣、手链、钱，以及亚麻布裹着的照片。

我摇了摇，盒子一点声音也没有。我往绿色背包的深处找去，黑漆漆的，空空如也。没有额外的袜子和内衣裤，没有卫生纸卷，没有装着乞讨来的现金的胶卷盒，没有装药片的塑料袋，也没有紧紧卷起来的羊毛毯。我的画板丢了，笔袋和炭棒不见了。我的拍立得照相机也没有了。我朝杜利医生望去。

“为了你的安全，我们把东西都拿出来了，”他朝我伸出一只手。他连手都那么好看，手指修长，干干净净的指甲。我不理会，紧紧抓着工具箱和背包站了起来。“你得把包和工具箱放回去，我们会帮你保管的，直到你出院。”

他伸出手，把背包拽走了，又让工具箱从我手中滑了下去。他把东西放到桌子后头说：“不过，你可以拿着这些。”

杜利医生把那块亚麻布放到我手里，包在这块柔软织物里的，是我们的照片：我和爱丽丝、米奇，还有丹尼男孩，我们在一起，多么完美，那时一切都还没有坠入地狱。

我走开时，把照片按在自己胸口，杜利医生大声说：“那些男孩，他们跟你说对不起。”我继续往前走，心里却觉得自己停留了那么一秒。

2

我弄伤脚趾的第二天晚上，延斯来找我，我正在看照片。我用手指摩挲着，贪婪得就像我放纵自己想念爱丽丝那样。我凝视着墓地里我们四人的黑白肖像，我们摆出摇滚明星那样的愚蠢姿势，把烟叼在嘴角，丹尼男孩的兔唇几乎看不见，爱丽丝的雀斑也不明显。丹尼男孩总说拍黑白照的时候人要好看一些，他说对了。照片小小的，正方形。相机很老了，是六十年代的，最早的那种拍立得相机，外婆给我的。相机有折箱，让我觉得很酷。我们从麦卡利斯特学院旁边的相机店里找到了一些胶卷，是圆筒状的。把胶卷滑进相机，然后拍照，从一边扯出胶卷带，再设置一下小小的圆形定时器。等相机嗡嗡叫时，剥开胶卷，我们就在上边了，黑白的，古旧而整洁，黑发的爱丽丝那么美。还有我这个小哑巴，双手交叉抱在胸前，穿着多孔毛线衫，头发乱糟糟的，现实中是染成了红色和蓝色，一片缤纷，但在黑白照片里看着一头污浊。站在爱丽丝旁边的这个人，除了粗俗，你还能看到什么呢？

“好酷！”延斯伸手来取照片，但我把它们放回亚麻布，滑到了枕头下方。

“老大，”她叹了一声，“好吧，爱咋咋地。不过，快点吧，巴贝罗在娱乐室那边等着呢，我们要给你一个惊喜。”

娱乐室里，先前看电影时留下的爆米花味还残留在房间里，一个空碗放在圆形桌子上。延斯舔了舔自己的手指，把碗里的盐和小块的黄油冻吸进嘴里。巴贝罗柔软的嘴唇卷了起来。“舒马赫，”他说，“杀了我吧。”她耸了耸肩，把湿湿的手指往松垂的绿 T 恤上擦。

她把手伸进“无所不有”箱子中的一个，找她最喜欢的扑克牌。色彩缤纷的箱子一个堆在另一个上头，靠着娱乐室乳白色的墙。里头有扑克牌，以及一盒盒磨损的蜡笔、筹码和游戏器具。

三台电脑排列在一个墙角，巴贝罗打开了一台，输入密码时，他朝我嘘了一下。

“是这样的，小疯子，”巴贝罗说着朝我扔了一个小册子。我弯腰捡起。他开始打字，网页上出现：埃特纳学习网，最适合你的地方。“卡斯珀医生认为你需要一些东西来克制愤怒，这类东西很多，不过还得改变你不睡觉的怪习惯，所以，让你回学校再适合不过了，小哑巴。”

我看了延斯一眼，她一边洗牌一边咧开嘴笑。“我要当你的老师。”她咯咯地笑着说。

巴贝罗用手指在我脸上轻轻拍了一下。“集中一点，我在这边，这边！”

我瞪大眼睛看着他。

巴贝罗掰着手指说：“听好了——不能看别的，只能看学校网站。不能看你的脸书、推特、电子邮件，只许看学校网页，别的什么都不行。你朋友舒马赫自愿做你的老师，上完课后，她会检查你的测验结果和其他的。”

他看着我，我瞪着他。“你不想学是吗？”他说，“医生说，你晚上得开始吃睡眠药了，不过我觉得你不想吃的。她希望你待在这里，而不是像之前那样偷偷溜到大厅里去。因为那样太怪异。”

我不想服药，尤其是晚上，因为那是我最害怕的时候，我要保持警觉。从八岁到十三岁，医生就一直往我嘴里填药。利他林[①]没什么用。我朝墙上撞去，把一支铅笔刺进了埃里森·贾布隆斯基的肚子，他的肚子像云一样松软。那一年余下的时间，妈妈让我一直待在家里。她在冰箱里给我留了保鲜膜包好的午饭：海绵一样的肉条三明治、发臭的鸡蛋沙拉配潮湿的吐司。吃左洛复[②]就好像吞下了非常重的空气，好多天都不能发散。这里的大部分女孩都服药，顺从地接过她们的药杯子。

我坐在椅子上，在“你的姓名”那个选框里输入了自己名字。

“这才是明智的选择，怪胎。”

“天哪，布鲁斯！”延斯恼火地说，“你上护理学校的时候是不是逃课了，没听他们讲过临床态度？”

“我学了临床态度的，宝贝。你想试一下的话，跟我说个时间就好了。”他嘭的一声躺到破烂的棕色长沙发上，从口袋里掏出 iPod。

娱乐室的整堵墙是一串长长的窗子，窗帘拉开了。外面黑漆漆的，已经过了十点。我们的侧厅在四楼。我可以听到车子在雨中的河畔大道

① 利他林：中枢兴奋药，适用于呼吸衰竭和各种原因引起的呼吸抑制。

② 左洛复（ZOLOFT）：美国首屈一指的抗抑郁处方药。

上飞速移动。如果我开始上网络学校的课，卡斯珀会为我高兴的。我最后一次去学校是高三上到一半时，后来就被踢出了校门。感觉有一辈子那么久了。

我凝视着电脑屏幕，试着阅读段落，但看到的是“蠢蛋”和“没种的婊子”一类词，潦草地涂在我的储物柜门上。我闻到嘴巴里有股厕所用水的特殊气味，感觉自己在挣扎着冲开束缚；有手掐在了我的脖子上，周围还有笑声。我手指刺痛，胸口发紧。后来我被踢出了学校，一切就更加混乱了。

我把娱乐室扫视了一圈，就像一只吹毛求疵的小老鼠，脑子里想着这一次该挑剔谁，但我把这些想法推开了。我妈妈有几年在一个餐车餐厅里烹饪洋葱肉条和番茄酱，还有马铃薯泥堆成的小山，不过后来餐厅也没有了。我们不是有钱人，会翻尽钱包和背包底掏零钱，每周有四个晚上吃黄油素面。我想到自己竟然能待在这里，只觉得忧虑又恐惧。

我想，如果按他们说的来，就可以让我留在温暖的屋里，那我就听他们的好了。目前来说这是最重要的。遵守规矩，我就能待在里头。

延斯翻洗着扑克牌，听起来就像一群鸟儿匆忙飞离了一棵树。

卡斯珀问：“你感觉怎么样？”

她每天都问我这个问题。别的人也会每周问我一次，可能是杜利医生，如果他值班的话。或者是那个声音焦躁、头发僵硬、睫毛膏涂得太多的医生，我想她的名字叫海伦。我不喜欢她，她让我觉得屋里很冷。每周有一天，也就是星期天，没人问我们感觉如何，我们就会觉得失落。延斯会戏谑地说：“我感觉太多了，需要有人听听我的感觉了！”

卡斯珀等着我回答，我能感觉得到。我下了个决定，我要把自己的感受写下来。我把纸顺着桌子推到了卡斯珀那边：我的身体像着了火，日日夜夜灼烧着我。我必须把那黑色的灼热切除。然后在清洗和缝补伤口时，才会感觉好点，感觉内部冷却并平静下来。就好像你走进树林深处，碰到苔藓的那种感觉。

我没有写下来的是：我在这个世界上是那么孤独，我想把自己的肉都剥下来，只剩下骨头，然后直直地步入河流，像父亲那样被吞没。

父亲病重之前，曾经带我长途驾车去北方。我们会把车停下，顺着小路，深入到芬芳的枞木和繁茂的云杉丛里，我们走得那么远，有时就好像夜晚已经来临，因为树木太多了，看不到天空。他说："我只是想静一下。"我们不停地走啊走，寻找安静的地方，但森林里并不像人们想象的那样安静。

他死之后，母亲就像只螃蟹：把所有东西裹在了内部，只留个壳在外头。

卡斯珀读完后，把纸整整齐齐地折起来，滑到桌子上的一个文件夹里。"凉凉的苔藓，"她微笑着说，"那种感觉不赖。但愿我们能让你有那样的感觉，同时你又不伤害自己。只是怎么才能做到呢？"

卡斯珀的桌子上总为我准备着白纸。我写下答案，推给她。她皱了皱眉，从抽屉里拉出一个小册子，手指沿着一个页面移动。

"没有，物品清单里没说你的背包里有写生簿。"她看着我说。

我发出了一点声音。我的写生簿里什么都有，那是我自己的小小世界。有爱丽丝、米奇的画像，有我为街头生活作的小连环画，关于我、埃文和邓普。我感觉自己的手指在刺痛。我需要画画，我需要把自己埋进去。我又发出了一点声音。

卡斯珀合上小册子，"我跟琼尼小姐谈谈，看看她能做点什么。"

我父亲抽烟，喝红白色的罐装啤酒，穿脏兮兮的白 T 恤，总坐在棕色的摇椅上，一双蓝色的眼睛，脸上的胡楂刺得人痒痒。母亲朝他皱眉时，他总说："哦，米丝蒂。"他几天不离开那个椅子，我就坐在他脚边的地板上，用蜡笔、铅笔和钢笔在纸上涂满了太阳、房屋、猫咪的脸。他几天都不换 T 恤，有时很安静，有时笑得太多，是那种奇怪的笑声，就好像从内部爆裂出来的，然后戛然而止，开始哭泣。我流着泪爬上去摇他，前前后后，前前后后地摇，只听到心跳声，心跳声，心跳声，外面的光线变了，周围的世界越来越黑。

路易莎说："你真是太安静了。我很高兴，他们放了一个安静的人在我身边。总听某个人大声说话，你不知道有多无聊。"

说完她沉默了好长一段时间，我以为她睡着了。

路易莎又说："我的意思是，我在跟你说话，明白吗？就在我的脑海里说。我在脑海里跟你讲各种各样的事情，因为你应该是个不错的听众。不过我不想占用你的思考时间。这样说应该比较明白了。"

她发出了催人入眠的声音，呼呼呼。随后又说："我要跟你讲我所有的事情。你是个可靠的人，一个保管人。"

一个可靠的人，一个保管人，一个可靠的人，一个保管人——一个切割者的摇篮曲。

集合的时候，卡斯珀不喜欢我们说"切、割、烧、刺"这样的词。她说你做什么、怎么做都不重要，结果都是一样的。你可能酗酒、自残、服冰毒、吸可卡因、烧、切、刺、砍、扯掉你的睫毛，或者胡搞到流血，这些事情说到底是一样的：自我伤害。她说：当有人伤害了你，或让你感觉很差，觉得不值得时，我们没选择理性的做法（意识到那人是个人渣或精神病患者，应该枪毙或被绞死，然后远离他们），而是把自己受到的虐待内化了，开始指责和惩罚自己。奇怪的是，一旦你开始割、烧或诅咒，因为你觉得那么可耻和不值，身体就会开始释放出让你感觉舒适的东西，叫内啡肽，你觉得真爽，这个世界就像棉花糖一样，那么美丽，五彩缤纷，但却只剩下血腥和感染。不好的是，一旦你开始自我伤害，你就成了一个令人毛骨悚然的怪物，因为你整个身体成了一个伤痕累累的烧焦的战场，没人喜欢那样的女孩，没人爱那种样子。所以，我们这里的所有人，每一个人，都是被扭曲了的。

我试着遵守规矩，他们让我过去我就去，然后像个好女孩一样坐着，什么都不说，因为喉咙里塞满了钉子。我试着遵守规矩，因为不守规矩就可能被赶到外边。

杜利医生说有两个男孩扔下我的背包？我不止一次猜测，应该是救我的那两个男孩。但是他又说，他们对我感到抱歉？我有点想不通。

埃文和邓普。他们把我从地下通道里那个图谋不轨的男人手里救出来，他们需要抱歉吗？明尼苏达的冬天冷得要死时，我们三人迫不得已跟该死的弗兰克生活在一起，需要抱歉吗？我当时病了，再也不能到外头的大篷车里生活。埃文毒瘾发作，邓普只是跟着埃文。我没按该死的弗兰克的要求去做，他们是为此而抱歉吗（他要求种子屋里的女孩都那样做，否则就不能留下）？还是为我没死在种子屋的阁楼里而抱歉？

对不起，对不起，对不起……我把这个词也切掉了，但它不断长出来，更加粗暴和恶意。

路易莎不来集合。她晚上跟卡斯珀会面。路易莎夜间有电话；她紧靠在娱乐室的墙壁上，用手指捻弄着绳子，芭蕾平底鞋里的脚趾优美地在地毯上滑动着。路易莎高兴就来不高兴就走，不需要请假条。路易莎在黑暗里低声说："我得告诉你，你跟我们不一样，知道吧？看看周围，这些床单，这张床，还有药、医生，所有一切都是要钱的，你在听吗？"

床吱吱吱响了几声，她翻过身来，靠着手肘，面对我。

半明半暗的光下，她卵形的眼睛蒙上了一层阴影。

"我要说的是，你得做好准备。"

但我只把她的话当耳旁风，一阵温润的风。她转过去了。钱，钱，我不想去思考钱从哪里来，或不从哪里来。

我只希望她继续睡觉，这样我就可以吃掉藏在床下方的火鸡三明治。

集合室的门嘭的一声打开了，卡斯珀侧身进来，在萨沙旁边坐下。萨沙就像个小狗一样朝她扭动着微笑。卡斯珀穿着棕色的裤子和她的小精灵木底鞋，一块红色的大手帕像头巾一样系在黄色的头发上。银月色的耳环，粉色的脸颊，她是一条美极了的彩虹。

我想知道，她上高中的时候是什么样子。她肯定是个好女孩，把书本抱在胸前的那种，头发总梳得整整齐齐，考试的时候会咬自己的嘴唇，可能上了学校年报，或参加了数学组或辩论组。

不过肯定还有我们看不见的、别的什么东西，藏在卡斯珀干净的面孔下，就像隐秘的创伤，一触即痛的秘密，不然她为什么要跟我们待一起，过这种糟糕的人生？

她分发了纸张和记号笔，我们紧张起来。每次需要写的时候，集合时间就变得很粗暴。她让我们把纸和笔放在地上，做手风琴式的呼吸。我在看墙上的钟，集中不起精神来，待会儿我要早点离开，今天我要拆绷带了。这些想法让我的腹部微微发颤。

卡斯珀说："我想让你们写一写，在自我伤害前，你们都对自己说什么。"

布卢大声呻吟了一下，舌头在嘴巴里扫过，伸了伸光着的脚。她从来就不穿鞋子，银色的环在三个脚趾上闪光。从这个圈子看，她似乎跟我们一样年轻，但在餐厅或娱乐室凑近了看，你会发现她眼角处有深深的沟痕。我很久没画画了，也很少去手工室，这样盯着布卢看让我难受，因为她会让我为自己丢失的铅笔和炭棒而痛心。

她有某种东西，让我想画到纸上。一开始我什么都没写，只是用红色记号笔画了几条短线，随后我偷偷看着布卢，画了个淡淡的朦胧的素描。这种感觉很好，手指握着记号笔，摸索着画她猫一样的眼睛，丰满的嘴唇。画起来有点笨拙，因为纸是压在大腿上的，但感觉我的手指从没忘记过自己要做什么，就好像它们一直等着我苏醒一样。

布卢的嘴是那么丰满，我自己的嘴唇有点薄。爱丽丝会说，你得凸显一下，于是捧起我的下巴，把凉凉的唇膏涂到我嘴巴上，但一点用也没有，在我嘴上根本就不对劲。我没看到长着漂亮嘴巴的人，只看到有人把唇膏抹在面部皮肤上。

我的脑子开始转圈，转圈，即便在画布卢时。有一些我不愿意想的事情正在发生，不过不是现在。有一些词正在上演，比如“抱歉”“阁楼”“地下通道”和“伤害我”。

萨沙抽了一下鼻涕，弗朗西清了清喉咙。我的笔写道：出来，弄出来，都切出来！我在布卢的脸部画像上画了个又大又红的×，弄皱了纸，塞到大腿下方。

“伊西斯！”卡斯珀抱着双手，等着伊西斯念出纸上写的东西。

伊西斯挖了挖鼻孔，脸变红了。“好的。”她终于开始了。她轻声地，耳语一般地说道：“你怎么就学不会？这是你的教训。”她用力闭上了眼睛。

弗朗西咬着半边嘴唇说：“没有人，空白。谁在乎。”

萨沙的身体好温暖，她哭出了热源效果，我把椅子挪开了一点点。我能感觉到布卢的视线投在我身上。

萨沙低头看着纸，哽咽着说："你个胖子，白痴，去死！"

布卢像鸟一样，迅速起身，越过圈子，猛地从我大腿下方拽出了那张纸，在圈子中央瞪着我。

卡斯珀平静地看着她："布卢。"那是一声警告。

布卢展开弄皱的纸，抹平了，仔细看纸上的内容，这时，笑容慢慢爬满了她的脸。"这是我吗？非常好，安静的苏。我很高兴你把我叉掉了。"她把纸展示给大家看。"她把我消掉了。"她重新把纸揉皱，扔到我的膝盖上，我任由纸落到了地上。回到座位上，布卢告诉卡斯珀："她比我说得好，那正是自我伤害时，我脑子里头想的。消掉我。"

卡斯珀转向萨沙，但没等她开口，布卢就打断了她："你知道吗？医生，这很不公平。"

"什么不公平？"卡斯珀看着布卢。我的脸开始发烫，看着时钟。再有几分钟，我就该起身离开，把这些抛之脑后了。

"她从来都不用说什么。我们都得谈啊谈，把该死的内脏都吐出来了，而她呢，什么都不必胡扯，或许对她来说，我们就像在演小喜剧。"

"集合是自愿的，布卢。如果有人不想说话，就不必说。在……"

"把你写在纸上的告诉大家，安静的苏。"布卢说，"不说啊？好吧，我来说。她写的是：出来，弄出来，都切出来。把什么切出来，苏？交代吧，看了戏该付费了。"

该死的弗兰克戴着重重的银耳环，是邪恶的头骨模样，他总用衬衫把它们擦得锃亮锃亮。他那些脏兮兮的、被打火机微微烧焦的手指抠进了我的脖子，把我举到天花板。埃文和邓普在他身后发出小猫一样的尖叫，但他们只是两个需要毒品的男孩而已。外边冰冷冰冷的，四月竟意外地落起雪来，变成寒冷的雨夹雪。那是最不适合外出的糟糕天气：冰水会冻僵你裸露的脸颊，把你的手指冻得像被剥了皮一样。

该死的弗兰克在门口欢迎我们时，我早该知道他不会让我们免费住在那里的。埃文和邓普带着我进去时，我早该仔细看看坐在破烂长沙发上的那些女孩。我昏昏沉沉的，肺部就像混凝土，视线模糊，我觉得她们好像石化了，眼睛一片蒙眬。现在我知道了，她们的眼睛是死的。

那天晚上，该死的弗兰克说："给我照做就是了。"在他紧抠的手指下，我喘不过气来。"跟其他女孩一样，照着做。不然，我就亲自把你上了。"

如果你是个女孩，也在种子屋，而且想留在种子屋，那么楼下有个只有床垫的屋子。弗兰克把女孩们弄进屋子。男人们走进来，付钱给弗兰克，然后到屋里去。

出来，都切出来。把我父亲切出来，把我母亲切出来，把消失的爱丽丝切出来，把地下通道的那个男人切出来，把该死的弗兰克切出来，还有楼下的那些男人、街道上那些内心装了太多东西的人，切掉饥饿、悲伤和疲惫，再也不是任何人，不漂亮，没人爱，只管都切出来，变小，变小，直到化为虚无。

那就是我在阁楼上从工具箱里取出碎玻璃，把自己切割成小碎片时，脑子里想的。我一直都在这么做，年复一年，这是最近的一次。我要比爱丽丝做得过火，才不会变得跟爱丽丝一样：我要死去，不要半死不活地终结。

那一次，我那么努力地去死。

却来到了这里。

脑海里的音乐让我的眼睛蒙上了一层烟雾。我几乎看不见布卢那张令人讨厌的脸和乱糟糟的牙齿了，但我朝她走了过去。我可以体会到把那张脸按到集合室的地板上是什么样的感觉。我的身体沉重得出奇，同时又好像轻了,有一小部分的我正在飘浮而去——卡斯珀说这叫分裂——我还在朝布卢蹒跚而行，她有点紧张地笑着说：“来干我啊！”然后警觉地站了起来。

延斯也站立起来，说道：“别这样。”

我在街头流浪的时候，把这种感觉叫街道感，就好像电线紧紧地捆住了我整个身体。这意味着我可以握起拳头打河边的两个流浪汉，把他们的睡袋夺过来；意味着我可以做很多事情，只为了度过这个夜晚，进入另一个不断行走，行走，行走的日子，无穷无尽。

卡斯珀的声音平和又清晰：“夏莉，再次警告你，否则连我也帮不了你了。”

我突然站住了。夏莉，夏莉·戴维斯。埃文叫我夏洛特。那天晚上在阁楼上，他眼睛发光，醉醺醺的，脸部抹上了我的血。多美的名字！他不停地吻我的头，不要离开我们，夏洛特。

父亲通过告知我余下的时间，来教我认表，“长针在这里，短针在这里。等短针走到这里，长针在这里，妈妈就回家了。”他点燃一支烟，怡然自得地坐在椅子里摇着。

集合室墙上的钟告诉我，该去拆绷带了。

我踉踉跄跄地向前，愚蠢的短靴被小毯子绊住了，我好不容易才走到门口，嘭的一声把一切关在了身后。

3

是一个白天值班的护士，维尼，帮我拆的绷带。他大大的双手很粗糙，但却有条不紊的。护理室内冷冷的，非常整洁。我躺在工作台上，纸在身下沙沙作响。我看着装满棉花棒的玻璃罐，还有酒精瓶，整洁地贴了标签的抽屉。维尼有个准备好的银色盘子，里边有剪刀、小钳子、夹子和乳膏。

开始剥我胳膊上的药棉块前，他停了一下，“需要有人陪你吗？史汀生医生再过十五分钟就集合完毕了。”他指的是卡斯珀。

他朝我笑了笑，那是他特有的笑容，张开嘴巴，露出全部的牙齿。每一颗牙齿都镶了边，就像一幅画或一张金色的照片。我突然有种冲动，想碰一下某颗闪亮的牙齿。

维尼笑着说:“你喜欢我漂亮的牙齿？为了这个笑容，我花费了很多，但也是为这个笑容，才花费很多。你应该懂我意思吧。到底要不要医生过来？”

我摇了摇头。不用。

“哦，那就好，你是个坚强的女孩，戴维斯。”

他小心翼翼地展开我一条胳膊上的纱布，把长长的药棉块从我左手剥去，然后又剥掉了右胳膊的药棉块。药棉块扔进金属垃圾桶时，发出潮湿而柔软的碰撞声。我的心跳加快了一些，没有低头看。

维尼用钳子拔缝线时，靠得很近。他突然有种柔滑的味道，就像发油和咖啡。我紧紧地盯着天花板，眼前形成了黑色的云。一块嵌板上有个肾脏形状的污点，颜色是在锅里加热太久的黄油色。

“我弄疼你了吗？”他问，“我已经尽量小心了，女孩。”

有水流的声音，是维尼在洗手，我抬起了自己的胳膊。

因为包了很久，胳膊苍白苍白的，皱皱的。我翻转过来，看着红色的绳子一样的伤疤，从手腕一直延伸到手肘。我小心地碰了碰它们。维尼哼哼了一声，是乐观轻快的调子。

对他来说，我只是某一天碰到的另一个可怕女孩。

“可以吗？”他把药膏抹在双手掌心，抬了起来。

这些新的伤疤下面，可以看到老的伤疤。我的伤疤就像水坝之类的东西，卖力工作的人不断推着新的树枝和木棍，压到旧的上头去。

我朝维尼点了点头。他手上的药膏暖暖的，抹在皮肤上感觉很好。

我第一次切割自己时，最美好的部分在完事之后：用棉球擦拭伤口，小心翼翼地晾干，仔细检查，再把胳膊架在胸前作为保护，诸如此类。

我割自己，因为我应付不了，就是这么简单。世界成了一个海洋，海水冲刷着我，水声震耳欲聋，水淹没了我的心脏，我的恐慌像行星一样巨大。我需要释放，我需要伤害自己，比世界伤害我更甚，然后我就可以安慰自己，好了，好了。

卡斯珀告诉我们：“这不合常理，对吧？伤害自己却能让自己感觉很好。那是通过让自己疼痛来祛除疼痛的一种方式。”

问题是：以后呢？

就像现在，就像现在发生的事情。更多的伤疤，更多的伤害。这是一个恶性循环：更多伤疤等于更多耻辱，也等于更多疼痛。

维尼在水槽里洗手的声音把我唤了回来。

看着自己的皮肤，我的胃一阵翻腾。

维尼转过身来，“第二轮。你确定不需要人陪同吗？”

我摇了摇头，他给我扔了一张床单，让我赶紧回到检查台上，示意我脱掉短裤。我在床单下方迅速脱掉了短裤，屏住呼吸，一直让床单紧紧盖住自己的纯色内裤。我的大腿刺痛起来，室内冷冷的，让人起鸡皮疙瘩。

我不觉得自己怕维尼，但还是小心追踪着他的一举一动，并且把街道感带到表面，以防万一。我小的时候，如果睡不着觉，就在食指和拇指间摩擦床单。此刻，我在做同样的动作，摩擦的是内裤。柔软的粉色内裤，全新，放在我窄窄的床上，带一张小小的卡片。我有七条这样的内裤，一周七天，每天一条。上面没有破洞，没有污点，闻起来没有臭味、尿味或经血味。想着内裤，感受着手指间干净的棉布，我的内心有了一点变化，就好像压在石头堆下的人被拽了出来，石头散开，这个人哼了一声，安顿下来，呼出一口气。

“护士。阿瓦。给。我。买的。这。内裤。”

我不知道自己为何低声说出这样的话，不知道这话源自哪里，不知道为何突然能说话了，也不知道为何吐出的是这些词。因为很久没出声了，我的声音听起来很刺耳，就像一只青蛙在呱呱叫。这是一个长句子，是在不知道沉默多久后，我说出的第一句话。我知道他会尽职地在日志里写上：C. 戴维斯在去除绷带时说了一个完整的句子。C. 戴维斯说到没穿内裤的事。病人平时不愿意说话，选择性缄默症。

“她可真是太好了，你跟她说谢谢了吗？”

我摇了摇头。

我在阁楼上切自己时，穿着一件 T 恤，穿着内衣裤、袜子和靴子。流的血太多了，埃文和邓普不知道怎么办，他们用床单把我裹了起来。

“你应该谢谢她。”

我穿着医院防护服和拖鞋来到克里利。护士阿瓦给我找了衣服。护士阿瓦给我买了崭新的内裤。

我应该谢谢她。

从我大腿上取下的纱布和衬垫就像着色的横幅，维尼把它举起来，扔到了垃圾桶里。他用小钳子拉着夹着才取掉的。

胳膊上的也是这样：他拆除缝线时并不疼，但用小钳子往上往外拉时，我的皮肤传来一阵阵剧烈的刺痛。

很快，疼痛又来了，只是这一次让我想起切割、深深地切割是什么样的感觉。你必须用玻璃戳进去，深深地戳进去，马上戳进去，割裂皮肤，然后狠狠地，狠狠地拉拽，制造一条值得你溺死其中的河流。

哦，制造那条河流可真痛！那么尖锐的疼痛，让人一下子眼睛模糊，就像帘子挡住了你的眼睛，鼻孔里喘出牛一般的粗气。

真痛，痛，痛，但是，血流出来后，一切都温暖起来，平静下来。

维尼看着我的眼睛，我喘得太快了。他知道眼下发生了什么。

“好了。”我坐起来时，他仔细看着我。我下方垫着的薄纸撕坏了。

梯子。我大腿上的伤疤就像梯子的横档。嘣，嘣，嘣，我的手指从膝盖移到了大腿顶端。维尼抹了药膏的双手漆黑漆黑的，衬着我的苍白。药膏的感觉很好。大腿上抹完药膏后，他示意我穿上短裤，并递给我一小桶蓝白色的药膏。“一天用两次。暴露在空气中，会时不时痒得难受，感觉很紧，还有刺痛感。”

我把那个小桶抱在胸口，仍然能感觉到他的双手放在我腿上，他温和的手指，我丑陋的腿。我有点想让他把手放到我身后，环抱住我，或许，只是很轻很轻地放在那里，让我可以把头靠过去，就那么待一会儿，吸一口气，没什么大不了的，就跟和父亲在一起时一样，只听得见心跳的声音。我眼睛后方有点涌动。

我无视双手的颤抖，擦了擦脸。真热。我的身体开始升温。我觉得害怕。维尼清了清喉咙。

“大家都在手工室，女孩，要不要我陪你走到那边去？”

“卧房，”我把药桶抱在胸前，“卧房。”

维尼有点伤感的样子，“好吧，宝贝，好的。”

路易莎不在房间里。她们都在手工室弯着腰忙碌，到处是胶粘的棍子，一包包扣子和纱线，还有大量闪闪发光的星星贴片。

泪水在我的眼里澎湃，我把头埋进枕头，这样就不会被人听到。伤口是那么痛。我想爱丽丝，爱丽丝会轻轻摸我的伤口，会从她老爸那里偷来酒，然后和我一起在她的房间里哭。再听着我们的音乐，啜饮瓶子里的酒，看着太阳系的夜光轮转，在她的天花板上发光。因为你受伤时，如果有人爱你，你希望他们会帮你，对吧？受伤的时候，如果有人爱你，你希望他们会轻轻吻你，把酒瓶举到你的嘴边，用手指抚摸你的头发，对吧？卡斯珀应该会为我的理性思考骄傲吧。

我在一个满是女孩的地方，她们都很热切，但我不需要她们。我需要那个我再不能拥有的人，那个再也不会回来的人。

我该把他们放在哪里呢？死去的人，活着的人，像鬼魂一样在我身边逗留的人？爱丽丝曾说："你还那么小，就失去了父亲。"

一年多以前，米奇在电话里朝我哭喊："她不会的，那不是她的风格。她为什么要割自己？你就在她身边。"但他根本不知道爱丽丝和我之间发生了什么，他在很远的地方，几个州之外。那是我们最后一次交谈，后来，我就成了幽灵，游荡在街上。

我母亲还活着，但她也是个幽灵。她深陷的眼睛从不远处看着我，身体一动不动。

有太多人永远不会回来了。

哭完了，我的身体累坏了，太多的泪水把感觉都冲走了。我起床，跌跌撞撞地步入太过明亮的大厅，走到护士站。维尼说得对，我的伤疤痒得可怕。

我的外部着了火，内部却空空如也。我没办法切割自己，但我想把身上的某些东西弄走，我需要释放。

维尼在护士站后头，给了我一个金色的笑容。所有护士的照片都钉在台面后边的立方墙上。那上边还有很多孩子的照片，有些胖乎乎的，有些非常瘦，还有表情严肃的青少年，以及狗狗，很多狗的照片。维尼的女儿肯定是穿白色镶边连衣裙的那几个女孩，长着黝黑黝黑的头发，跟他一样。

我指了指自己的头发，简直跟鸟窝一样可怕。只是闻一闻，就让我觉得不舒服，我想让头发全部消失，一点也不留。

“剪掉。”我嘶哑地说。

维尼举起双手，“别，别，等一会儿，等拿了一日通卡，让别人带你出去，去美发店或者别的什么店。我不会碰女孩的头发。”我把拳头砸在柜台上，“现在，现在就剪。”

“臭三八！”他低声说道。

他猛地用手指指向护理室，“来吧，来吧，还有，别哭了。要想弄头发，只有一个办法。”

在自助餐厅，伊西斯最先开口，她小嘴一张，通心粉和乳酪滑回了盘子里。“我的天哪，夏克，快瞧瞧你。”

布卢笑出了声，深沉的声音一出，极有感染力，惊动了坐在她旁边还没开吃的弗朗西。弗朗西也笑了起来。布卢说：“我恨你，安静的苏，不过你看上去真好多了，差不多像个人了。”

维尼用电动剃须刀推过我的头皮，头发一堆堆重重地落到地面上时，他也唏嘘不已。“脸，这女孩有脸。”他说。

我在护理室凝视着镜中的自己，那是一块真正的镜子，长长的，在门后面。我得一直看着自己的脸，但没有看太久，因为看到自己时，我开始感到悲伤。

女孩们安静下来，我开始吃东西。你可能觉得，把伤疤显露在一群浑身是疤痕的女孩们面前，应该不会觉得怪异，其实不然。我的目光一直落在盘子上。我想在餐后偷走失物招领箱，找一件长袖衬衫。我觉得暴露太多，冷冷的。我想念离开家前穿的那件破破烂烂的芥末黄开衫。它让我觉得有地方可藏，很安全。我想念我所有的衣服，不是那些在街道上游荡时的衣服，是很久很久以前的衣服，条纹 T 恤，花格子衬衫，还有羊毛帽子。

伊西斯长着小猎犬一样又瘦又不安的脸。她用手指把蓬乱的头发辫绞成圈。其他人都等着。桌子尽头，路易莎无力地朝我笑了笑。

我喜欢梅森罐的碎片。这种罐子很厚，必须用力才能击碎。跟其他玻璃不同，梅森罐碎片大块大块的，呈曲线形，闪出尖锐的光。它们可以留下又宽又深的伤口。厚厚的玻璃片好洗，节省，放到绒布袋里，藏在我的工具箱里，下次使用。

想到这里我先行颤抖起来，就像在护理室的感觉一样，卡斯珀说这是一种“触发”，“是碰到了难以接受的事情”。此刻，我看到几个人开始皱眉，比如长着海蓝色眼睛的、苍白的萨沙。布卢和延斯在等待，脸上毫无表情，匙叉停留在空中。

我觉得我想告诉他们，觉得自己想说话。我感到胸腔里有嗡嗡声，心里似乎有些词，只是不能确定该如何整理一下，不知道到底是什么意思，但我张开了嘴——

桌子那一头，路易莎说话了。她的声音嘶哑而华丽，她参加唱歌的那个乐队叫“无爱”。

“玻璃。”路易莎说。她已经在收拾餐具了。她是个急躁的食客，吃一点这个吃一点那个，从来不会停留太久。“她用玻璃弄的。绝望冠军的早餐结束。”她朝我们耸了耸肩，带着厚纸板杯、塑料盘和匙叉朝垃圾桶飘然而去。

餐桌周围的空气僵硬了，每个女孩都回想起自己最喜欢用的工具。过了一会儿，紧张的空气又松弛下来。

伊西斯继续吃东西，“心真硬，夏克。”

我盯着那一堆闪光的通心粉，单排的绿色豆荚，以及那一坛棕色的苹果酱。

“不是夏克，伊西斯。是夏莉。夏莉·戴维斯。”我的声音不嘶哑了，跟铃声一样清晰。

延斯说：“哇，某人发声了！”

布卢点了点头，盯着我，若有所思地啜饮着咖啡说：“事情，越来越有趣了。”

卡斯珀在她的办公室里朝我微微一笑。“大变样了，”她说，“会说话了，头发剪了，绷带拆了。你感觉怎么样？”

我伸手去拿她桌子上的纸张，还有蓝色的圆珠笔，却听她说：“别。”

乌龟在水槽里停了一会儿，就好像在等我一样。它小小的身体在水里上下摆动着。它喜欢底部的那只小船吗？船上有一个洞，足够它游过去。它喜欢那个供它爬上来休息的大石头吗？它有没有想过要出来？

我拉了拉从失物招领箱里找来的连帽衫，裹紧了，让兜帽紧紧贴在自己脸上。

丑，我跟她说。我的声音不太清楚，因为脸藏在风帽里。真丑，很丑。

只要巴贝罗在娱乐室的长沙发上一睡着，延斯就会马上消失，每晚都如此，我不可能注意不到。其实，她本来就会告诉我一声的。“我要去下厕所。”她边说边往屋里看，看我在电脑上做什么，长长的马尾辫落在肩膀上。“我肚子真出毛病了，得离开一会儿。”或者说：“我去走廊里小跑一下，觉得有点被幽禁的感觉，你好好的。”然后她就走了。

奇怪的是，我现在对上课有点着迷了。到目前为止，我已经完成了十二个单元的课程，差不多是虚构的高四[①]上了一半的水平。点击“提交”时，会有一种满足感，之后，就是等着延斯回来，输入密码后给我评分。没有了其他孩子、不好的老师和恶心的人和事，上学变得超级简单了。

我在等延斯回来，一边等她，一边看巴贝罗在长沙发上打呼噜，这时我突然想到，延斯可能根本不是去做她说的事情。不过，还没去想她到底在干吗，我就转而去想自己可以做些什么了，她不在，巴贝罗又在昏睡。

几分钟后，我打开了另一个窗口，设置了一个 Gmail 账号，绞尽脑汁想出他最新的 E-mail 地址，输入了，抱着最美好的希望，打开了聊天盒子。我有一年多没跟他说话了。他可能在线，也可能不在。

嘿，我打了这个词。

我托着下巴等着，脑袋觉得有点冷，因为头上一点头发也没有。我把风帽拉紧了。他应该在，因为并没有显示麦克不在线什么的。

他真的在。

我的天哪，真的是你！

是的。

你还好吗？

不好，也好，也不好。我在一个精神病院里。

我知道。我妈妈跟我说了，是你妈告诉她的。

我穿着该死的从失物招领箱拿来的衣服。

我在演出现场。

---

① 高四：美国的高中有四年，分别为高一 Freshman，高二 Sophomore，高三 Junior 和高四 Senior。

谁的演出?

火嘴俱乐部的，叫捕蝇草，你知道火嘴吧？你应该会喜欢他们的。

我的手指在键盘上方逗留了一会儿：我想你。

没有回复。我的肚子收缩起来。过去的感觉有一点回来了：我多么喜欢——那时候多么喜欢米奇[1]，可让我困扰的是，他要的是爱丽丝，即便爱丽丝不喜欢他。不过爱丽丝已经不在了。我咬了自己的嘴唇。

我回头看了看巴贝罗，他一条腿伸到了地板上。

对方正在输入……随后：我让妈妈给你捎些T恤衣物。

他的姐姐塔尼亚，现在应该大学毕业了。米奇的房子总是暖暖的。冬天，他妈妈会做油腻松软的长面包和大罐的热汤。

聊天窗口显示：对方正在输入。他没说他想我之类的。我深吸了一口气，努力把脑海里低声咆哮的声音抹杀掉，那个声音告诉我：你又脏又恶心，白痴。谁会想要你?

我五月会到七街口来，跟我现在的乐队一起去参加演出，在那里待两天。你能把我写在访客名单上吗?

当然!

我咧嘴笑起来，简直要疯了，想到要见米奇，整个身体变成了羽毛，那么轻盈。米奇!

麦克打道：演出结束了，明天有课。真不敢相信是你，你有电话吧?

我起身冲向娱乐室墙上的电话，那里用三福牌墨水写着号码，还写着晚上9点后，早上6点前不得打电话。我往回跑，脑子里重复着号码，就在这时，短靴绊到了一个塑料椅，我扑爬到地上。巴贝罗一下子起来了，移动的速度比以往都快，他取下耳塞，转了一圈。“舒马赫去哪儿了？该死的舒马赫跑哪儿去了？”我挣扎着起来，他快速看了看电脑上的

---

① 米奇：是麦克的昵称。

东西。

他用肥胖的手指按了一个键，电脑屏幕变成了黑色。米奇消失了。

“回你的笼子里去，兔崽子。我去追捕你的同伴。”

巴贝罗和护士阿瓦在紧急出口的楼道里找到了延斯。她没有肚子疼，也没在跑步。那天晚上我从路易莎那里得知，她在跟杜利医生做那事。

我蒙在被单下边，一眨眼，睫毛就拂到了织物。我朝路易莎咕哝了一声。

“两人干了很长一段时间了，”路易莎低声说，“他们竟然没早点抓到她，真让我吃惊。”

走廊里出现了一阵忙乱：电话铃在响，延斯在护士站大哭。路易莎说：“真是糟糕。他们现在就会把她踢出门的，再把他开掉。也可能不会开掉他，只是训斥一番。他只是个住院医生，他们总搞得一团糟。”她停顿了一会儿，说：“希望延斯别想着到了外边还能在一起，因为那是根本不可能的事。”

她拉开我脸上的被单，“你还小，不会真正明白的。”她还没有卸妆，睫毛膏晕染到了眼睛下方。

“他选择她是因为她好到手。我们都好到手，对吧？我也曾经以为找到了那个唯一呢。”

我踌躇着说：“也许……他真的喜欢她呢。”

可能吗，可能吗？杜利医生是个美男子，根本不需要引诱毁掉的女孩。他想要谁都可以得到。路易莎的眼睛一闪一闪的。“男人很奇怪的，小不点。你根本不知道他们要干吗。”她把被单放回我脸上，爬回了自己的床。这时，她的声音变得沉闷了，可能她也蒙在了自己的被单下。“我曾经让一个家伙——那时觉得他那么帅气和善良——我让他拍了照。结果他转身就把照片发到一个怪异的网站上售卖。”她在哭吗？我有些迟疑。她真的在啜泣，而且，我听到萨沙也在自己房间里喵呜喵呜地低声哭了起来。

这个地方就是女孩们哭泣的世界。

路易莎在哭，整个走廊都在哭，只有我没哭，因为我已欲哭无泪。我踢开被单，爬出了床。米奇本来那么近了，我却错过了。我失去了他。路易莎咕哝着说：“他们应该在你刚来时就告诉你的，告诉你那种愿望已经不可能实现。我们所做的事情，已经叫人不会爱我们了。不会以正常的方式来爱我们了。”

她一只手像蛇一样从被单下蜿蜒伸出，在空气中摸索。我抓住了她的手指。她的指甲染成了光亮的蓝色，带着小小的红色斑点。她喉咙里哽咽了。

“你要明白这一点，小不点。你能明白那是一种什么样的情形吗？”

有人受伤，需要帮助时，怎么做才能让他们知道有人爱他们呢？我照着人们的说法做了：我爬到路易莎的床上，坐在她的 Hello Kitty 床罩上方。我们这群人中，她是唯一拥有自己的床罩和枕头套的人，她还汇集了一些毛绒拖鞋，放在床下方。我把粉白色的被单缓缓地从她脸上拉下来，让我刚好能抚摸到她的头发，她有一头美妙而蓬乱的头发。

我在想延斯，走廊里安静下来，她被带回了自己房间，整理行装，等候发落。她这一段时间都和杜利医生黏在一起。他们都去了哪里呢？有没有用过护理室，有没有在地板上撒了沙沙作响的纸？他们有没有在检查台上做过，还是一直在楼梯道里？会不会冷呢？他们会聊些什么呢？他们俩都那么高那么漂亮，干净的脸，性感迷人。我描绘着他们亲热的画面，大腿内侧觉得暖暖的。随后，米奇出现在了我的脑海，他金色的骇人发辫非常柔软，从来没有粗俗的气味，他坐在自己卧室的老休闲椅上，朝着我和爱丽丝微笑，让我们尽情地疯，把音乐开得很大声。我从来没跟米奇在一起过，但我试过，我的意思是，我想跟他在一起，非常想，可惜他爱的是爱丽丝。我找的那些男孩闻起来就像烧焦的玻璃，像怒火。污垢一条条地留在他们的皮肤上，还有文身和痤疮。他们住在车库里或汽车上。我知道这些男孩从来不会黏人。他们很油滑，在秀场肮脏的后台或派对的地下室洗浴间完事后，他们就会溜走。

爱丽丝有个男孩。他长着狼一样的牙齿，穿长长的黑色外套。他们在爱丽丝家的地下室里干那事，就躺在海绵一样的粉色地毯上，我在屋子那头裹着睡袋，全都听到了。他给她留下了一些东西：银色的手链，非常薄的长袜，装有圆圆的蓝色药丸的俄罗斯套娃。一旦他不打电话过来，她就会大哭，喉咙都哭哑了。一提起他的名字，米奇就会把目光移开，你可以看到他的下巴发紧，脸色暗了下来。

想到两个人的身体融合在一起，我觉得很伤感，并且隐约有点对什么的渴望。我翻了个身，把脸埋在枕头上，试着让自己的脑海变成空白，忽略那些发痒的伤疤。路易莎在梦中不安地叹息着。

我不愿意相信她的话。

延斯的妈妈像面团一样丰满，长着圆圆的脸和紧抿着的嘴唇。她的爸爸很肥，蔻驰牌的夹克拉链紧紧地绷在肚子上。她父母站在走廊里，忧虑地看着我们。过了一会儿，护士维尼让我们聚到娱乐室，把门锁上了。我们不允许跟延斯说再见。女孩们在屋子里动来动去，从箱子里拿出牌和游戏器具，围着圆桌子跟维尼一起玩。布卢站在窗口，脏兮兮的金发用一根乱糟糟的头绳扎住，燕子文身在脖子后头闪着微光。过了一会儿，她低声说：“她走了。”

我们冲向窗子。停车场里，延斯的爸爸将两个绿色手提箱举到黑色斯巴鲁汽车的后备厢里。天空是灰色的，冷冷的样子。他把自己塞进驾驶座，整辆车因为他的重量往下一沉。延斯像一根可弯曲的稻草，高出妈妈一大截。妈妈拍了她胳膊一下，打开后门钻了进去，让她坐在爸爸旁边的副座上。她一直没有抬头看我们。

车子融进了车流，消失在长长的咖啡和酒吧街区，那地方还有中东饰品店，热狗店里售卖的热狗有二十二种。米奇夏天的时候在那里工作过，他的皮肤散发出拼盘和泡菜的味道来。

天空铺满了黑色的云。暴风雨即将来临，这在四月一点也不寻常。布卢的声音把我带了回来。“可怜的布鲁斯。”她指着窗子外头，轻声说。

巴贝罗站在停车场的一角。他今天没穿防护服，而穿了一件淡蓝色的连帽卫衣和长袖衬衫，还有牛仔裤和白色运动鞋，跟街道上的其他人没什么区别。

“哦！”我说道，紧接着又“哦”了一声。

他喜欢延斯。巴贝罗的名字叫布鲁斯。

他戴着一副金属丝框眼镜，让他看上去不那么……笨手笨脚……还有点……和蔼。布卢和我看着他擦了擦眼镜，爬进自己那辆生锈的橘色两厢车里，开走了。

“可怜，可怜的布鲁斯。”布卢低声说。

人们合到一起，有时又分开了。

4

伊西斯摆弄着文字拼图。她的指甲咬得比我的还短，舌头在嘴角动着。

“差点就好了，夏克。”她从拼图板里拉出一个拼块说。

“差一点了。”

我拨弄着自己的扎染 T 恤和花哨的嬉皮士裙子。米奇的妈妈来过了，带了一盒塔尼亚的旧衣服，没见到我就回去了。盒子里有扎染的 T 恤和薄薄的、沙沙作响的裙子，麻绳凉鞋和外婆披肩。还有些旧旧的毛线衫，我穿了最好的一件：蓝色的编织开衫，有银色的橡子状纽扣。他们没让我跟米奇的妈妈说话。如果你没在访问名单上，就不能进来，而我连访问者名单都没有，因为我坏了规矩。其实我也不知道谁会来看我，除了米奇，不过那已经是几周前的事了。卡斯珀承诺说会把他的名字放在我的名单上。不过我知道，那上边只有一个人——我妈妈的名字。但我不希望她来，卡斯珀也没提起过。

娱乐室的电话铃响了，所有人都在搜寻巴贝罗。只有经楼下的人核对许可，电话才能打到这里来。打电话的人还必须经过审查，在医生许可的名单上，符合医生的裁定。

而且，我们是不能自己去接电话的。

“他肯定拉屎去了。”布卢耸了耸肩说。

电话一直在响。弗朗西轻轻推了推萨沙，“接去。”

“你去接。”萨沙继续玩自己的四子棋。没人喜欢跟她玩，她会作弊。

布卢从长沙发上站了起来。“一群没用的血腥纸杯蛋糕。”她朝我们说道。她不时会这样叫我们：血腥纸杯蛋糕。我们本来很可爱的，你们不觉得吗？有一天集合时，她说，可惜现在就像僵尸！她抬起胳膊，那些伤疤让她看起来像一个破破烂烂、缝了又缝的洋娃娃。

“这里是疯狂小屋，请问你是谁？”她用手指绞着电话软线说。

她丢下了话筒，那东西“咔嗒”一声撞到墙上，在软线上无望地晃荡着。“是你妈妈，安静的苏。”她回去看她的平装书了，把自己挤到硬硬的绿色长沙发里头。

我停止了呼吸。伊西斯一边拼图一边喃喃自语，弗朗西忙着看电影。

是我妈妈。她为何打电话过来？她甚至都没来看过我。

我缓缓地朝电话走去，把听筒放到耳边，转身对着墙，不看那些女孩，我的心疯了似的跳动着。“妈妈？”我抱着希望，低声说。

我的呼吸更加沉重和焦躁了。“不对，夏莉，再猜！”这声音仿佛穿过了我的身体。

是埃文。

“我假装是你妈妈！她名字在你背包里的某样东西上。”他顿了一下，咯咯地笑，突然转成一种甜蜜而尖锐的声音，“你好，我想跟我女儿说说话，请接夏洛特·戴维斯小姐。”

我什么都没说，不知道自己是松了一口气还是感到失望。

“我们是迫不得已，才拿了你的钱，夏莉。”他咳了一声，唾液飞溅出来，“你知道情况的。”

我的背包，就是他和邓普扔下的那个，里头有个空胶卷盒。我把那点微不足道的钱放在里头，需要时可以找出来。

埃文是哮喘病患者，毒品和流浪生活让他无法好转。我曾看着他蜷缩成一团，气喘吁吁，直到脸色发紫，因为努力撑住不晕倒而尿了裤子。免费诊所只给他开呼吸器，外加医疗检查，如果你被毒品弄得很亢奋，他们看都不看你一眼，而埃文的生活就是不断让自己亢奋。他来自亚特兰大，我不知道他是怎么来到这里的。

我紧贴着墙，让女孩们听不到我说话。埃文的声音把我带回了一个黑暗的地方。有一瞬间，我努力让呼吸均衡，就像卡斯珀说的那样。

我小心翼翼地说：“我知道。”

我说："没事的。"

我说："谢谢你把我的背包带过来。"

他再度咳起来，"你在阁楼上弄得一团糟，知道吧？我和邓普都差点拉在裤子里了。到处都是，血。"

我说："是的。"

他的声音那么小，我几乎听不到了。"是该死的弗兰克吗？他是不是……他是不是弄你了？所以你才那样做吗？"

我用残留的小指甲刮着墙。该死的弗兰克，该死的黑眼睛和耳环，还有种子屋，以及女孩们消失其间的红色门。他在架子上放了几盒含糖麦片，冰箱里有啤酒和碳酸水，锁着的特殊盒子里有毒品。他的皮肤肮脏不堪，牙齿却像珍珠一样闪着光。

来种子屋的男人只为了进红门里头的那个屋子，他们有着饥渴的眼睛，仿佛那里长了牙齿，扫过你的身体，试探着你，品尝着你。那就是我长时间躲在阁楼上的原因。我就像一只老鼠，努力不去呼吸，这样才没人注意到我。

我说："不是，不是，他没有弄到我。"

埃文松了一口气，"哦，好的，那就好。嗯。"

"埃文。"我说。

"嗯？"

"不过他是部分原因。你知道吗？就像，压垮骆驼的最后一根稻草。你明白吗？"

埃文一声不吭，随后说道："嗯。"

我想知道他从哪里打过来的——瘦得皮包骨头的埃文，肺坏掉了，穿着有裂口的裤子，滑稽的犬牙花纹运动外套。我问他是怎么找到我的。

他告诉我，人们把脑子不正常的女孩都送到这地方来。他还说："邓普和我找到了去波特兰的车。”

他们在地下通道救我的那个晚上，邓普把一个瓶子砸在了那男人头上。事情发生得很快，像闪电一样。我看到那男人的肩膀后方出现一个男孩惊恐的眼睛，随后，瓶子在空中的黄光里一闪。之后我花了几天才清理掉头发里的玻璃碎片。

邓普丢了魂似的看着掌心里闪光的玻璃，看向我时，微笑的脸上出现扭曲的深痕。带血的玻璃碎片在他黑色的靴子尖上闪耀。

想摆弄我的那个男人躺在地下通道的地面上，一动不动，穿着黑色衣服。埃文用自己的外套裹住了我。

埃文告诉我：“我只是想确保你没事，你没事吧？”

他们说：我们得赶紧离开这儿。他们说：你个该死的疯婊子，你自己逃不脱的。

“对怪胎来说，你倒是酷得很。”笑声，咳嗽声。

他们拖着我走向一辆篷车，把我拉到后车厢里。座椅已经取掉了，地板湿漉漉的，锈孔用脏兮兮的毯子补丁遮起来。埃文和邓普很紧张，眼睛暴突而出，双手在颤抖。我们是不是把那个该死的家伙杀死了？

我跟他们在一起待了七个月。

埃文会在某一天，死在街上某个地方的。我见过他为了让自己亢奋所做的事情。我见过他自认为没人看见时，脸上出现的悲伤。

“嗯，还有，我想对你说，比如说，很抱歉什么的，是我拿走了你的画。”埃文清了清喉咙，“你知道的，就是你画的那本连环画。我不知道为什么，就是喜欢。很酷，就好像能看到我自己在里头，就好像我是个名人什么的。我每天都读一点。”

我的写生簿，他拿着我的写生簿。邓普曾说：你一定要给我一种酷酷的超能力，比如透视眼什么的，可以吗？我想看穿少女的衣服。

我的心跳加速，“埃文，我想要回来，埃文，还给我吧？”

他咳了咳，安静下来，“再说吧，你瞧，这得看我们能不能成功到达那边。我不知道的，我们很快就要离开了。是这样，我真的喜欢那本书。我也不知道，总之能让我感觉到自己的存在，看到自己就在书里。”

埃文，我说，但没有真正说出来。

“你出来后，就到波特兰，好吗？然后到滨水地区打听我。我们在一起很开心。”

我说：“好的，埃文。”

“以后见，老友。”电话挂掉了。

伊西斯在小心翼翼地处理一个新的拼图块。我双手交叉在膝盖上。这是我的双手，曾经从垃圾袋里捡取食物，曾经为睡觉空间和肮脏的毯子而搏斗的双手。它们曾有过完全不同的生活，而此刻，它们在暖室里玩着游戏。窗外的夜色不断消逝。

伊西斯说：“你妈妈怎么样？肯定怪异得很吧？”

她已经拼出了“球”字，花了十分钟才拼出一个“球”字。

我把手塞到大腿下方，用大腿压着。骨头下方的压力让人感觉良好。埃文拿了我的书。不过我有食物，还有床。

“她很不错。”我的声音温和亲切。

“她要去度假，去波特兰。”

我告诉卡斯珀感觉很丑时，你知道她怎么说吗？她说：是感觉觉得丑呢，还是你觉得丑，夏莉？因为这有区别，希望你思考一下其中的区别是什么。这对你的治疗是不可或缺的。

在这地方，他们的问题真多。

集合室里，卡斯珀问我们：谁是我们的朋友？我们有社交吗？有没有可以说话的人？外边的人，谁能给我们安全感？

她还问：谁为你保守秘密？

你瞧，我知道自己是什么模样。究竟如何知道的，我也不清楚，因为我才十七岁，但我就是知道。当我跟其他人在一起时，当他们看着我，把我放入脑海中的某一个位置时，我知道自己是什么模样。如果你有一张我们班上的合影，我打赌你能快速找到我，一点也不难。那个女孩是谁，怎么没有笑容？那个女孩是谁，怎么夹在其他孩子中间，仍然是孑然而立的样子，因为别人都有点避开她？是不是她的衣服有点……朴实无华？肮脏？松垮？似乎都不是。你还记得她的名字吗？你能认出那些将来会过得舒服的女孩，甚至都不需要我去描述她们。你能认出那些靠智慧能过得去的女孩，那些因长得粗壮或有运动天赋而得到认可的女孩。剩下的就是我了，那个头发凌乱的孩子（穷孩子），做什么都不对，独自一人坐在自助餐厅里，一直在画画。或在走廊里被人推搡，被人高喊名字，因为她就是那种货色。有时她会发疯，猛然出拳，不然还能怎样？所以，卡斯珀问谁为你保守秘密时，我想，没有人，没有人会为我保守秘密，直到爱丽丝出现。她是我唯一的机会，而她也选择了我。

你不知道那是一种什么样的感觉，因为你对拥有朋友已经习以为常。你应该有老爸老妈，或者，至少有一个没死的陪着你，而且不会打你。拍集体照时也没人跟你保持距离。所以，你不知道那种感觉，每一天，该死的每一天，都那样孤独，心里的黑洞像要把你吞下去，直到有一天，这个人，这个真正漂亮的人儿出现了，她来到你的学校，好像根本不在意人们瞪着她看。她穿着黑色丝绒连衣裙，渔网袜，大大的黑靴子，染着野蛮的紫色头发，抹着红红的嘴唇。第一天，她来到自助餐厅的门口，甚至没有排队去取托盘，只是把那该死的午餐动物园环顾了一圈，然后突然朝你走来，红红的嘴巴微笑着，巨大的黑色背包往桌子上一扔，掏出精灵糖和纽扣糖，朝你滑过来，你的铅笔在写生簿上方顿住了，因为这可能是一场闹剧，一场精心的策划，但是，这不是。她说："真难以置信，在这个可怕的地方，你是唯一一个正常人。我想嗨起来。放学后跟我一起嗨去？天哪，我喜欢你的头发。还有你的 T 恤，你在这儿买的，还是在网上买的？你在画什么，真像天使一样。"她就是这样形容自己喜欢的东西：像天使一样。这个壶像天使一样。夏莉，这个乐队像天使一样。从那以后，世界好像披上了金色的外衣，闪耀着光芒。我的意思是，世界仍然像屎一样，不过还是好了一点，你能明白吗？我了解到了一些秘密。我了解到在她厚厚的白色化妆品下方，有成片的粉刺，她为此哭泣过。她向我展示壁橱里的一包包垃圾食品，以及她吃太多后如何呕吐出来。她告诉我，她父亲跟她姨妈有一腿，这就是他们搬家的原因，她的父母正在处理这件事。还有，她的真名不叫爱丽丝，叫埃莉诺。不过，搬家的时候，她决定尝试点新鲜的，但千万不要在她妈妈跟前说这个，因为她外婆的名字就叫埃莉诺。外婆最近刚刚去世，她妈妈会大发雷霆的，绝对的大发雷霆。哦，哇，夏莉，你的胳膊。你自己弄的？有点好看的样子。叫人有点害怕，但也有点好看。我昨天在唱片店"海米家"碰上了一个叫米奇的家伙。你去过那家店吗？肯定去过，看你样子就知道。他邀请我们过去，你去吗？他长着天使一样的蓝眼睛。

她房间里蓝色的墙壁上贴满了海报，还有太阳系天花板，在那里，我可以把所有事情都告诉她，也确实那样做了。夏莉，夏莉，你真漂亮，像天使一样。她挽着我的手，穿着白色的法兰绒睡衣，上面有黑色的骷髅头。

她就是为我守护秘密的人。

我上四年级的时候，的确有过一个好老师。她真的非常好，哪怕是对班里的恶霸，也从来不大声喊叫。她让我能真正地做回自己，如果我不愿意，她从来不强迫我到外面休息，或是参加体育活动。她在教室里批改作业时，允许我在里面画画，或是从大大的方形窗口往外望。有一次，她说："夏洛特，我知道现在很艰难，但都会好的。有时，找个特别的朋友需要花点时间，不过你会有的。哦，天哪，上高中之前，我也没有什么真正要好的朋友。"她拨弄着项链上一颗小小的金色的心。

她说得对，我真的找到了属于自己的特殊朋友，但是，没人告诉我她会去自杀。

每天晚上，路易莎都在一个黑白的作文本上潦草地书写一番。写完后，她盖上笔帽，合上本子，俯身趴在床的一侧，让头发像瀑布一样滑落下来。这时我可以看到她的脖子，白皙，没有伤疤，隐约有些绒毛。她把本子滑到床下方，说了声晚安，然后拉被单蒙住脸。今天晚上，听呼吸她已经睡着了，我从床上爬起来，跪到地上。

我偷偷地从她的床罩边看过去，只见床下方，有很多很多那样的作文本，她所有的秘密都整齐地堆放成黑白的一排排。

我得更正一下，我不想误导人。我说爱丽丝自杀了，但其实她没有死。她没有埋进土里，我没办法去坟地探望，把雏菊放在柔软的草地上，或是在记事录里标记一个纪念日。

因为毒品，因为那个狼男孩，她朝离我越来越远的地方滑去，那个狼带走了她全部的心，他那么贪婪。完事后，他舔舔自己的爪子，任由她憔悴，我的爱丽丝，我那丰满而炽热的朋友，就这样被他带走了所有的光芒。后来，我猜她是在学我，试着把自己放干，让自己变小，然后她搞砸了。就像米奇说的，切割这事不是她的风格。我想象她的房间里浸满了血，像河流一样，她父母奋力游过去救她。但是血太多了，你知道吗？一个人不能流那么多血，不能让自己的脑子缺氧那么久，否则，就会在失血性休克后造成缺氧性脑损伤，就是这个，让我的朋友空掉了，只剩下一具空壳。父母把她送到了某个地方，就像我现在待的地方一样，不过很远，很远，跨越了整个州，他们把她塞进新房子，里面满是柔软的床单，充斥着单调乏味，仅有的是每日散步和流口水。爱丽丝再没有染发，再没有性交，再没有毒品，再没有 iPod，再没有重重的靴子、再没有渔网袜，再没有自我清除，再没有心碎，再没有我！只有一天天的无所事事，只有维可牢裤子和尿布。所以，我没办法，没办法做自己想做的事情：摸摸她，让她感觉好点，梳理她脸旁的头发，低声说对不起对不起对不起。

我得做点什么，不然就要爆炸了。

跟埃文说说话，找到米奇，等着他来看我，想想爱丽丝，我真的好想好想她。

我在手工室里，俯身在长长的塑料桌上，把他们全都找回来了。琼尼小姐只是四处走走，用低沉而温暖的声音低声说几句。她戴着紫色的头巾，穿着伐木工衬衫。我第一次进手工室时，光是坐下来，什么都没做，她也只是说："坐下来就对了，女孩，你想坐多久就坐多久。"

我坐着不动手，不是因为我不想把亮闪闪的星星贴到彩色纸上，或是不想混合水性涂料，是因为我的胳膊疼，从胳膊一直疼到指尖，而且在绷带的包裹下非常沉重。

今天，胳膊仍然疼，不过，琼尼小姐说："史汀生医生跟我稍微聊了一下。"说着把一个漂亮的、空白的通用新闻纸簿滑给我，还有一根崭新的木炭棒，我贪婪地用手指抓住炭棒，前臂的疼痛像小火花一样上下蹿动。我的伤疤仍然一触就痛，紧绷绷的，而且还会持续很长很长一段时间，但我不在乎。我深吸了一口气，努力画了起来。我的手指很争气，虽然很久没画了，它们还是知道如何操作。

我画了她，画了他们。我在纸上填满了爱丽丝和米奇、埃文和邓普，甚至还有丹尼男孩。我在所有纸张上填满了他们，这样我就让整个世界充满了思念。

我抬头看时，其他人都走了，只剩下琼尼小姐，她把灯打开了。窗外黑漆漆的，她在用一个塑料杯啜饮咖啡，同时在翻她的粉色手机。

她抬起头，微微一笑，说："好点了吗？"

我点点头，"好点了。"

今天，我为将要跟卡斯珀会面感到兴奋。我想告诉她手工室的事，告诉她我画了什么，以及画画对我的意义。我想她也会感到高兴的。但是，我推开门时，她并非独自一人，海伦医生和她在一起。

乌龟藏到了沉默的船里边。

我进门时，海伦医生转过身来，说道："哦，夏洛特，请坐到这儿来！"她轻轻拍着我之前总坐的那把棕色椅子。我看了看卡斯珀，她脸上的笑容不像往常那么美妙，就好像……笑容小了。

海伦医生比卡斯珀老很多，眼角有皱纹，口红的颜色相对于她的皮肤来说太暗了。

"史汀生医生和我审查了你的情况，夏洛特。很高兴看到你在这么短的时间内跨出了一大步。"

我不知道是否需要回答她，抑或朝她微笑，或是做点什么，所以，我一声不吭。我开始夹紧了花裙子下方的大腿，但让卡斯珀注意到了，她皱了皱眉，所以我止住了。

"你这么年少，就经历了这么多，我只是……"说到这里，她怪异地停住了，似乎整了整自己的下巴，然后非常尖锐地朝卡斯珀说道：“这事你可以帮下忙吗，贝瑟尼？”

我被卡斯珀的名字吸引住了，贝瑟尼……所以，过了一会儿才弄明白她要告诉我的是什么。

我说：“什么？”

卡斯珀重复道：“你可以出院了。”

5

海伦医生随后谈到了一种特殊的精神病收容所，说可以让我到那个医院治疗，还说必须让我妈妈跟鉴定师会个面，签署一些文件，因为“你对自己和别人来说是个危险”，又说到了保险，以及我很久没有想起过的外婆。所有字句在我脑海里碰撞，就好像我的心越缩越小越缩越小，我问起妈妈，得来的却是结结巴巴的回答。我咬着自己舌头，渐渐尝到了淡淡的金属一样的血味。

卡斯珀说：“你妈妈现在不工作了，所以没办法承担费用，据我所知，你待在这里的一些费用是你外婆承担的，但她因为健康问题，没办法继续承担了。”

“我外婆出了什么事吗？”

“我不知道。”卡斯珀回答说。

“你跟我妈妈谈过了？”

卡斯珀点点头。

“关于我，她有没有……有没有说些什么？”

卡斯珀看了看海伦医生，只听海伦医生说：“我们正尽力为你查找可利用的资源。对了，贝瑟尼，皇宫房的床位打听得怎么样了？”

卡斯珀没有回答，海伦医生弹了弹膝盖上的那一叠纸说：“有一个教习所可能有地方给你住，最早要到下个月才行。他们专攻药物上瘾，不过那只是你其中的一项。当然了，在那之前，你需要跟你妈妈在一起，因为你不能待在这儿了。没人想让你回到过去的境况，真的。”

过去的境况：意味着无家可归，意味着流浪，意味着寒冷、生病，还有该死的弗兰克和那些等着上女孩的臭男人。

我看了看乌龟，它的腿一阵抽搐，就好像在朝我耸耸肩：你希望我怎么做？我只是个困在水槽里的乌龟。

窗外，天空变得灰暗阴沉。该死的弗兰克。教习所。我就要被送回外边去了。我开口时，声音就像个婴儿，这让我更加疯狂了：“外边很冷。”

海伦医生说：“我们会尽量帮你的，只是没办法花很长时间去跟你妈妈调解，哪怕是商讨呢？她答应让你回家，直到教习所腾出床位来。那就说明了问题，说明她在努力。”

我绝望地看着卡斯珀，我想她的眼睛是很久很久以来我见过的最伤感的东西。

她非常缓慢地把头从一侧摇向另一侧，“我没有别的选择，夏洛特，对不起！”

有一次我妈妈重重地打了我的耳朵，让我一整周都总听到火车在咆哮。我站起来，朝门口走去。

卡斯珀说：“我们没有抛弃你，夏洛特。我们已经查找了各种可能的选项，只是……”

“没有，”我打开门，“谢谢你，我要回房间了。”

卡斯珀在身后叫我，但我没有留步。我的耳朵里成了蜜蜂的海洋。我们的房间在第四层，叫“丁那肯翼”。我越过路易莎，进了浴室，在那里站了一会儿。路易莎喊了我名字一声。

随后，我走进淋浴处，把前额狠狠地撞在墙上，想让耳朵里的蜜蜂死掉。

卡斯珀奔进来，从腰部抓住我往后拖，想让我停下来。我双手抓住她黄色幼鸟一样漂亮的头发，用力拉扯，她喊叫出声，推开了。我滑到地板上，温暖的血流到了我嘴上。

我说对不起对不起对不起。

一缕缕轻软的头发在我手里飘动，我从来没像卡斯珀这么美丽这么正常过，就在我意识到这一点时，所有的事情涌了出来，所有她问过我的事情。

我告诉她：爸爸死后，妈妈蜷缩成了某种紧绷绷的可怕东西，家里再也没有音乐，再也没有抚摸，她成了一个只会移动和抽烟的鬼魂。如果我妨碍了她，如果学校打电话来，如果我从她钱包里拿了钱，即便我什么都没干，她都会朝我喊叫。她一年年地喊叫，后来厌倦了，举起了拳头。

我说话时，卡斯珀用一块布擦了擦我的脸。路易莎在门口绞着双手。女孩们聚集在她身后，推着搡着，想一看究竟。

我说：她打了我很长时间。

我说：我开始还击她。

我说：求你不要让我回到外边去。我告诉她地下通道里的那个男人，他打坏了我的牙齿，打伤了我，疼得我蜷缩起来，我把心里所有可怕的词倾泻给她——关于爱丽丝，关于该死的弗兰克。

我停下来时，她的眼睛湿润了。我说得太多了。两个勤务兵使劲儿从女孩堆里挤进来。卡斯珀的头发根处有些小孔，一个个小红点夹杂在黄色的头发里。他们扶着她站起来，她什么都没有对我说，一瘸一拐地走了。

时间线：

一个女孩出生了。

爸爸爱她，妈妈爱爸爸。

爸爸陷入了伤感。

爸爸喝酒抽烟，在摇椅里摇、哭泣。

爸爸步入了河流。

妈妈举起了拳头。

女孩很孤独。

女孩在这个世界上一无是处。

没人喜欢那女孩。

她曾经努力过。

但是她的嘴像粥糊一般，话都说不清楚。

愚蠢的女孩，愤怒的女孩。

医生：给她吃药。

懒惰的女孩，粥糊一般坍塌在药物上的女孩。

妈妈打女孩，女孩缩起来。

女孩越来越安静，在家里安静，在学校里安静，像一只安静的粥糊鼠。

女孩听无线电广播，找到了音乐，拥有了另一个世界。

女孩戴上耳机，世界消失了。

女孩不断地画画，画画，画画，世界消失了。

女孩找到了刀，让自己变小，变小，变小，世界消失了。

女孩必须坏起来，所以她切割自己。

坏女孩。世界消失了。

女孩遇见了另一个女孩，漂亮女孩！她们看行星在天花板上移动。

她们攒钱想去巴黎，或伦敦，或冰岛，哪儿都可以。

女孩喜欢一个男孩，但男孩爱那个漂亮女孩。

漂亮女孩遇到了狼男孩，他填满了她的生活，让她越来越萎缩。

漂亮女孩总是很忙。

女孩反击自己的母亲，她们就像风车一样扭打。

女孩在街头流浪。

女孩跟漂亮女孩住到了一起，可狼男孩留下了毒品。

漂亮女孩的父母愤怒了。漂亮女孩撒谎，说毒品是女孩留下的。

女孩被赶了出来。女孩回了家。

漂亮女孩不断发短信说感觉很糟很难受。

女孩戴上耳机，把手机滑到了枕头底下。

漂亮女孩流血过多。

女孩混乱了，太混乱了，心碎了，内疚了。

女孩打伤了妈妈的鼻子。

她回到了大街上。

世界消失了。

我还待在这里，但不知道能待多久。我已经免除了跟卡斯珀的个人会话时间。我的档案和出院日期被快速安排妥当。对我进行评估后，他们另外给我找了一个紧急住处，跟我妈妈和教习所也谈妥了。

卡斯珀仍然对我很友善，但我们之间好像有了点别的什么东西，那种距离感让我的心发疼。我再次开始说对不起对不起，但卡斯珀只是伤感地摇了摇头。

维尼每天早晨检查我前额的缝线时，舌头会发出啧啧的声音。布卢用恐怖电影里的耳语声叫我弗兰肯斯坦[1]。人们叫我去哪儿，我就去哪儿。晚上，我假装在上网络课堂。巴贝罗在忙，或者打瞌睡时，我试着发信息给米奇，但唯一的回复是空空如也的白色对话框。我观察来自索马里的办公室清洁工，在夜间从隔壁建筑的窗口飘过，拉着手推车，里面装着溶液剂、拖把和衣物。

天空像明信片一样梦幻，云里很少有雨滴，每天的阳光都有点强。如果朝窗外更远处望去，在高耸的银色建筑间，可以看到辽阔的大学区域，再往远处，蛇一样蜿蜒的河水流向圣保罗，流向种子屋，通往饥饿和肮脏，受伤和穷途末路，一切又回来了，因为，我没有别的地方可以去。

萨沙在做爆米花。维尼带来了几小罐调味粉末：黄油、辣椒、帕尔马干酪。他在家烹制了一锅巧克力饼，弗朗西正帮忙冻起来。

屋子里的电话响了。我的目光扫过每一个人，直到听见了自己的名字。维尼朝我摆动着电话。我还没说你好，就听到了电话那头的喘息声。

“夏莉，你没把我放在访客名单上！”是米奇。

电话差点掉在地上。我双手抓住听筒，不让它颤动。

“我跟你说我会来的！让你把我加到访客名单上。我在这边只有一天了，是来参加明晚一个演出的，后天早上就要走了。”

“我把你加在名单上了！”我脑子疯狂运转。是不是卡斯珀忘了？还是因为我要离开了，他们就把他赶走了？“你在哪儿？我需要你。他们——”

“把电话挂了，夏莉。有窗子吗？我就在前方的停车场里。”

---

① 《弗兰肯斯坦》：原是英国诗人雪莱的妻子玛丽·雪莱创作的小说，被认为是世界上第一部真正意义上的科幻小说。年轻的科学家弗兰肯斯坦从停尸房等处取得不同人体的器官和组织，拼合成一个人体，并利用雷电使这个人体拥有了生命。后来这个词用来指怪物。

我挂了电话，奔向窗子，把脸贴在玻璃上。一抹摄人心魄的橘色吸引了我的目光。他就站在停车场里，朝空中挥舞着一个橘色的交通锥标。他看到我时，把交通锥标放下了。

米奇还是跟以前一样，开朗而忧虑的样子，而且，安全。

下着点小雨，水滴在他的长发绺上闪光。他似乎壮了一些，但身材依旧瘦弱。他伸出双手，好像在说：发生了什么事？

前额的玻璃凉凉的。维尼在角落里跟萨沙和弗朗西玩钓鱼。布卢在长沙发上，自己哼哼着。

我的脸上布满了泪水，看着他站在雨里，嘴巴张着，脸红红的。

维尼尖声说："夏莉。"布卢离开长沙发，和我一起站到了窗口。

"一个男孩。"布卢呼出的气在玻璃上造出一个雾圈，"一个真正活着的男孩。"

萨沙和弗朗西扔下了手中的牌。

爱丽丝第一次带我回家是在九年级刚开学的时候，我们刚认识一周左右，她发现地下室有个年龄大些的男孩等在那里，连眼睛都没眨一下。那个男孩一只手托着一本连环画在阅读，另一只手里塞着一包椒盐脆饼干。他的运动鞋上有混乱的魔笔符号。他抬头看着爱丽丝，微微一笑，满嘴都是脆饼干。"你妈妈让我进来的，这是谁？"

他穿着一件黑色旗帜乐队的 T 恤。我没来得及克制自己，说道："我就要神经失常。"

他把连环画放下。"我脑袋真的好痛。"他接道，然后等待着，眼睛闪闪发光。

"我找不到离开这里的路！"我大声唱道，受惊的爱丽丝怒视着我。

男孩笑起来，大声续唱道："我就要发狂！"

我们把这首歌剩余的部分唱完了，爱丽丝则洗劫了父母的迷你冰箱。

她有点小生气，想得来的。她不喜欢这类音乐。她喜欢哥特和消沉的东西，比如包豪斯和地下丝绒乐队。我们学校没别的人可以背诵《神经失常》这首歌的歌词，我可以肯定。

不过她不必担心，米奇一直都更爱她。

“哇！”萨沙和弗朗西聚到窗口，异口同声地说道。

我拉起毛衫的袖子，把胳膊按在窗子上。他能看到我的伤疤吗，在下头那么远的地方，能看到吗？

米奇用双手蒙住了脸。我记得那个姿势，他以前做过很多次，每当爱丽丝和我做了让他崩溃的事情，他就会那样。“你们这些家伙，”他会疲惫地说，“快别那样了。”

维尼站在布卢旁边，深深地叹了一口气：“该死！”

“女孩们，”他咕哝着说，“该死的男女。”他粗暴地敲了一下玻璃，吓得萨沙往后一跳。

“快滚！”他透过玻璃朝米奇喊道，又低声自言自语，“别逼我喊人来，孩子。”

他转向我，“你！把那该死的胳膊放下来。”

“就跟电影里一样！”弗朗西喊道。我等着米奇放下蒙住脸的双手。他的 T 恤在雨里浸湿了。

萨沙开始哭泣。“都没人来看过我。”她哀号道。维尼低声说了句“该死”，同时用力按了传呼机的按钮。布卢的手指放在我肩膀上。

“快闭嘴。”弗朗西激动起来，“我也没人来看。”她用指甲挖自己的脸颊，抠出了小小的血斑。

布卢安静地说：“瞧！”

米奇已经打开了他的斜挎包，把一个笔记本按在膝盖上，用记号笔狠狠地在上面来回写着什么。他举了起来。我透过玻璃，透过雨滴，眯着眼看。

不要。

他扔下纸，纸片在潮湿的地上摆动着，渐渐变平坦了，在他的运动鞋旁边尘埃落定。他又从笔记本上撕了一张纸。

你。

萨沙的哀号升级，护士维尼用寻呼机拍打着玻璃。

弗朗西对她说：“闭嘴！”并捏了她一下，却让她号得更厉害了。

“这边有情况。”维尼对着电话说。

米奇正奋力扯下另一张纸，因为纸粘在笔记本夹子里了。两个医院的勤务兵缓缓地穿过停车场，朝米奇大声喊叫。他猛地抬起头，这时，纸扯下来了，却被风吹走了。他追了过去，踩到水坑里滑了一下，哗地摔倒了。布卢吸了一口气，我们相互看着对方，她眼睛里亮闪闪的。

“不同凡响，”她低声说，“相当不同凡响。”她的手指在玻璃上跟我的交织在一起。

布卢又说：“绝对赤诚啊，安静的苏，你知道的，知道的吧？”

那两个男勤务兵，其实是大学生，周末来兼职，长着漂亮健硕的胳膊和剪得很短的头发。他们夹住了米奇的腋窝，把他拖起来。他挣扎着，运动鞋底在水坑里打滑。他哭得一团糟，那是男孩耻辱的泪水。他们把他放下了，脸上的表情由厌烦变为好奇。他的样子对他们来说很古怪，身材小小的，梳着长发辫，身穿旧货店衣服，与身边两个勤务兵单调的白色制服相比，他显眼到爆。他们几乎是同龄人，却有着几光年的距离。

“你们真是废物！”护士维尼喊道，“你们真废物。到底干不干？快把他弄走！”

勤务兵朝维尼耸了耸肩。我们四楼的窗子里头，一阵吵闹。

米奇举起了潮湿的纸。

死。

不要你死。墨水在雨里晕开了。

萨沙砰地把头撞在玻璃上。维尼把她拖开了，轻轻拍着她的胳膊，尽量大着胆靠近她。

不把规则放在心上，可以拥抱任何人的护士阿瓦已经进了娱乐室，让弗朗西靠着她，蒙在她白色的 T 恤上啜泣。布卢和我看着那两个大学生从赤裸的胳膊上刷掉雨水，朝米奇努了努下巴。米奇站在他们旁边，好像又成了十七岁的样子。但他现在已经二十一岁了，他到这儿是来看我的。我想撞开玻璃，飞到下面的停车场上，让他抱住我。绝对赤诚，布卢说过。或许米奇此刻会爱我吧，如果只有我们俩的话。

我的身体涌起了希望。

他擦了擦脸，把湿漉漉的笔记本滑回斜挎包，朝我抬起手。

再见。

两个男孩推了他一下，让他快走。他拖着脚走上潮湿的人行道，消失了。

一切都发生得太快了。

6

我瞪着电脑，停留在网络课堂的界面，虽然我一点也不想做任何作业。今天早晨我就要离开了，回家跟我妈妈待在一起。几周过去了，教习所仍腾不出床位来。

我和米奇唱了黑色旗帜的那首歌后，爱丽丝朝我们噘起了嘴。她从我们旁边走开，往唱机转盘上扔了一张唱片。她跟我一样，有一台唱片机，还有真正的唱片，有很多，不像其他孩子，有一堆常见的CD，用超载的iPod或手机听音乐。她的蓝调专辑放在墙上的框里，还有地下丝绒乐队和大门乐队的巨幅海报。一个破破烂烂、脏兮兮的小山羊皮长沙发靠在木质面板上，所谓的吧台就是一堵假砖墙外加三个高凳子和一个嗡嗡响的冰箱。地下室的天花板很低，空气潮湿有霉味。我喜欢这地方，空间狭小而舒坦，让人放松，不像我妈妈的公寓，总是黑漆漆的，到处是杂志和堆满烟头的烟灰缸。爱丽丝在吧台上放了三罐啤酒。

我想知道她为什么挑我做她的朋友：这样的我，红黑色的头发剪得乱糟糟的，有孔的开衫和破洞的牛仔裤下藏着爱丽丝还不知道的东西。我习惯了走在学校边缘，无视衣物柜上那些污秽词句，对洗手间里的推攘咬牙切齿。她却找到了我，这个穿着天鹅绒连衣裙、条纹紧身袜和弗兰肯斯坦靴子的美丽人儿，擦着白白的脸，抹着深紫色的口红。我看到那个年长的男孩在看爱丽丝，脸上有种深沉，这让我既饶有兴味，又觉得失望。

爱丽丝喝了一大口啤酒，抹了抹嘴，摇了摇头，乌黑的头发在扑了粉的脸颊上跳动。“米奇就住在这条街上，不过他上的是某个愚蠢的自由特许学校。”

史密斯乐队急切而活泼的节奏响起，那强劲的声音让我无法自拔，一直都喜欢把音乐闷在脑海里、把风暴压在心里的我，不由自主地高声唱出了开头：“我离开北方/旅行到南方……”大男孩米奇站起来，把连环画扔到一边，抓住爱丽丝的双手。他们上下跳动着，一起唱起来：“我找到一间小房子/那感觉无法遏制。”爱丽丝和米奇朝我伸出了手。爱丽丝的脸红扑扑的，非常兴奋。

那天下午去她家的路上，她说：“这愚蠢的一天天，我都是这么度过的，知道自己会回到家中，然后在一天结束时搞得一团糟。”

啤酒在我的胃里热热地翻腾，流行音乐钻入了我的皮肤。地下室充斥着老木板味、陈腐的爆米花味，以及肮脏的粉色长绒地毯味。很多年来，没人需要我，很多年来，我总是被推来推去，被人呵斥，被人取笑，而此刻，此刻有两个漂亮人儿，他们选我，选我做了朋友。

我任由他们把我拉了过去。

电脑跟前，我摇了摇头，整理一下自己的思绪。该死的，在这节骨眼上，他们会怎么对待我呢？我回头看了看巴贝罗，他耸耸肩，低头看他的 iPod。延斯走后，他就变了。我登录邮箱，打开了聊天窗口，心一直在狂跳。希望他在线。

一个光点出现后，显示：麦克正在输入，然后是：抱歉我在医院失态了。不希望你像爱丽丝那样结束。明天早晨我要走了，有三周的巡回演出。我会再打电话到医院的。

我妈妈那个潮湿的公寓在埃奇库姆旅馆的二楼，那是一间倾斜的房子，壁板坏掉了，阳台上一个罐子，装满了烟头和拉环。我没有别的选择了，我得抓住这个机会。

米奇，我打道，请你救救我。

我梦到了苍蝇，成群成群地落在我身上，咬我的衣服。对生活在外边的人来说，苍蝇简直是魔鬼，它们咬你，在你身上有臭味的地方四处爬行，以你为食，让你想吐。我醒了，盲目地拍打着，只听一个声音说："停下！"

是布卢，她正跪在我的床边，拉住我不断摇摆的手。她的头发落在脸上。"听着，我想告诉你一些事情。"

她告诉我："曾经有一次，我从爸爸那里逃走了，一直逃到了印第安纳州，跑遍了那里所有的地方，该死的印第安纳。"

她说她吸可卡因，在一个地狱般的地方工作。她说，我整个身体都高度紧张，唯一能想到的就是离开那里，回到我那个屎一样的公寓，切割自己，那样就会感觉好多了，我多么想忘记那份屎一样的工作。

她工作得越来越快，努力把所有麦片盒放到架子上，弄整齐了，贴上价格。她大汗淋漓，用紫色的罩衫来擦脸，这时她听到了笑声。

“就好像，是那个店铺在笑我。那些麦片盒、价格标签，还有该死的小板车和灯光。杂货店的所有东西都笑我是个笨蛋。就好像，即便是没有生命的物体，也知道我在该死的屎坑里。”她的脸上沾了污渍，眼睛湿润了。“那时候，就在那个时候，我就知道我要回家，然后自杀。之后，我就到这里来了。”

我听到路易莎在另外那张床上呼吸，她醒着，在听。

布卢用湿漉漉的眼睛盯着我，深吸了一口气，“夏莉，这个故事的寓意是：别让麦片吃了你。不过是该死的麦片盒子而已，但只要你愿意，它就能生吞活剥了你。”

卡斯珀说：“你要带着你的工具箱走，这让我很不安，虽然里头是空的。”

我坐在床边，背包放在腿上，空荡荡的工具箱就在背包里。路易莎把自己的手提箱给了我，那是一个粗糙的方形老式箱子，上面贴着蜡纸头骨和玫瑰。她耸了耸肩，“反正，目前来说，这儿是我最后一站了。”

她的微笑很浅，这让我担忧，她只是抚了一下自己的发梢，走上前来，在我的脸上轻轻吻了一下，低声说：“我希望你待得久一点，我还有很多话要跟你说。我知道你能明白。”

他们把所有东西都还给了我，就塞在手提箱里：我的拍立得相机，我的长袜，还有一包炭笔和铅笔。琼尼小姐给了我一个崭新的写生簿，非常漂亮，肯定是她用自己的钱买的，这让我觉得有点不好意思。

卡斯珀坐在我对面的折叠椅上，那是从娱乐室借来的，医生们不允许坐在病人的床上。

她硕大的蓝眼睛很亲切，我仍然为之前对她做的事情深感愧疚。

她举起双手，沿着我的身形摸索，手指碰到我的靴子时，她说："你自身的一切，完整无缺，夏莉，一寸也不少。"她顿了一下，"后面的事情，你都知道的，对吧？"

我艰难地咽了一口，"我会回去跟我妈妈住。"

卡斯珀已经给了我一张纸，上边有教习所的电话号码，还有一个援助组织、一个热线号码，以及她的电子邮箱。那张纸塞在我背包的底部。

"不吸毒，不喝酒，不沉默。还有，你必须努力工作，夏莉，把那些旧习惯甩在后头。旧的事情、旧的习惯让人舒服，但也让我们痛苦，这一点我们是深以为然的。所以你要走出来，到未知的领域去。"

我把背包拉到膝盖上，紧紧地抱着。我没办法正视卡斯珀，于是把目光放在光滑的背包布料上。妈妈妈妈妈妈。

卡斯珀说："凉凉的苔藓。"然后朝我微微一笑。我没有吭声。

她又说："你看上去就像个农民，夏洛特，一个心烦意乱的秃顶农民。"

我低头看着米奇家姐姐的工装裤、呆板的 T 恤，破破烂烂的双排扣大衣，都是他妈妈放在盒子里的。我摆了摆自己靴子里的双脚。我想念我的靴子，笨重，但能明确感觉到它们的存在。维尼把它们送来给我时，我紧紧地抱了一会儿才放下。

走廊里，我们一句话也没有说，娱乐室的门关上了，我能听到女孩们在里头低声说话。跟延斯离开时一样，她们不允许跟我道别。电梯下来了，我胃里的热气形成一个巨大的泡泡。我的语言又开始溜走了。门开了。

她坐在桌子旁边，举着一沓报纸和一个信封。她浑身都是灰色的：灰色的拉链夹克、灰色的牛仔裤，膝盖上有个洞，灰色的运动鞋，灰色的针织帽。

我妈妈身上唯一的亮色是她的头发。

她深红色的头发仍然像火一样，挽成了一个整洁的马尾。

我自己的头发是深金色，塞在米奇家姐姐的红色绒帽下，只有一点点，因为我把染成黑色的鸟窝一样的流浪发型剪掉了。

我妈妈没有微笑，我也没指望她这么做。

不过，过了一会儿，我看见有什么东西，似浪潮一样从她眼中掠过。

随后就不见了。

我的手在口袋里颤抖，尽可能紧地捏成了拳头。我差不多有一年没见她了。

卡斯珀只是在做本职工作，她大跨步走向我妈妈。“你来了，谢谢你，米丝蒂！”她转回头，示意我朝前走，“夏莉，该回去了。”

我越是靠近，就越感觉不到自己的存在。我滑远了——卡斯珀说的分裂，又来了。要是我妈妈笑一笑，或者碰我一下，或者做点什么，那该多好。

她只是看了我一会儿，然后转向卡斯珀，“终于见到你了，谢谢你，谢谢你为夏莉做的一切！”

“不用谢。夏莉，照顾好自己。”

卡斯珀没有微笑，也没有皱眉，只是碰了碰我的胳膊，非常非常轻地推了我一下，然后转身去了电梯。

妈妈开始朝医院门走去，马尾辫落在她的夹克上。她没有回头，说道：“你来不来？”

外面，天空里铺着一床肥大的云被。我妈妈廉价的运动鞋在人行道上发出吱吱声。“我现在没车了。”她低着头说，一边走一边点燃了一根香烟。我想知道她是怎么来医院的，是不是有人开车送她来，她一直讨厌坐公交车的。

外面暖暖的，她的鼻尖闪着微光。我预感穿这样的双排扣外套会很热。走到拐角时，我转过身，看到她们在四楼的窗子后方，像洋娃娃一样挤在一起看着我，布卢的手按在玻璃上。

我妈妈转过了拐角。

我得跑起来才能追上她。我开始说卡斯珀和我排练过的话，努力让这些话听起来比较可信，因为我很清楚如果不这样，会有什么样的后果。“我会遵守规矩的，妈妈，你想怎样都行。找个工作之类的，好吗？”

她突然停住了，我撞到了她的肩膀上。我现在差不多跟她一样高了，不过那也说明不了什么，其实我们俩都瘦小。她递过那个信封，“给你，这是你的东西，汽车票、身份证，各种。”

我没明白过来，“什么？”

我没有接那个信封，所以她抓起我的手，把我的手指卷起来，握住信封边缘，“我只能陪你走这么远了，夏洛特。你需要的都在这儿了，好吗？”

“我以为……我以为我要回家，跟你住。”她吸烟的时候，我看到她的双手多么干燥，有很多皲裂的地方。她吸了最后一口，把烟头踩到运动鞋下。

我偷偷看了看她，看了看她鼻梁上轻微的肿块。那个曾被我用平底锅打坏的鼻子。她看着车子在街道上滑过，嘴微微动了动。她不会看我，我也不能看她太长时间。

我们俩之间有太多伤害。我的眼睛模糊了。

“你的朋友麦克，昨天很晚的时候来过。我们都很清楚，你跟我住一起，或是住到可恶的青少年教习所里，都是行不通的。那儿不适合你，夏洛特。我不知道你怎么想，反正我不认可，我坚信那种管理严格的住房都不适合你。麦克的妈妈给你买了一张前往亚利桑那州的汽车票，麦克在那边有个公寓，你就待在那里。他说他会帮你的。”

她在口袋里翻找烟，“他给你留了一封信。你要自己在那里待一小段时间，等他旅行回来。我想他是跟什么乐队在巡回演出吧？麦克是个好人，夏洛特。别搞砸了。”

这么说，麦克收到我的信息后，做了一些事情。我不用跟妈妈一起住了。我要坐上一辆汽车，到沙漠中去。远远地，远远地离开该死的弗兰克、糟糕的河流，所有的一切。

我是那么高兴，又是那么惊恐和迷惘，不知道接下来该做什么了。

我双手颤抖着，缓缓地打开信封，翻找汽车票、身份证，还有出生证明。里面有一封叠起来的信——肯定是麦克给我的——这让我心跳加速。

还有一沓橡皮筋绑着的现金，用塑料纸包着。我瞪着那沓现金，过了一会儿才认出来那是什么。“你怎么……怎么弄到这些钱的？”

我妈妈深深地吸了一口烟，“埃莉诺的妈妈不久前找到的。他们要卖掉房子，搬到西部去，离她近一些。她在爱达荷州，你知道的。”

巴黎、伦敦、冰岛，去哪儿都行，为了这个目标，爱丽丝和我帮人割草坪，我们还在舍本区帮汉普尔夫人清理车库。那工作很辛苦，花了很长时间。她是个什么作家，有各种各样的新闻剪报和老杂志文档。为了挣钱，我们想尽了各种方法。“茱蒂觉得这笔钱应该由你来支配。”

我把钱滑进了双排扣外套的口袋，快速擦了擦眼睛。我不想让她看见我哭。

像是有什么东西哽住了我的喉咙——对不起，我想你——但话没有说出来，好像卡在那里，安静下来了。我妈妈说："我得走了，夏洛特。我要去个地方。"

她起步走开了，但突然转过身来，张开双臂紧紧抱住了我，抱得那么紧，让我喘不过气来，我看到肥大的云彩周围有红色的圈圈，随后，她把嘴按在了我的耳朵上。

她低声说："你以为我就不难过吗？"

随后，她走了，我的身体越来越冷，越来越冷，我站在那里，在河畔路和第二十二大街的转角，世界如此空荡，又如此之小。长途汽车站还要走很远，我甚至不知道现在几点了。

我低头看着汽车票：始发站明尼苏达州明尼阿波利斯市，终点站亚利桑那州土桑市。我浏览了票上其余的地方，城市的名称在我眼前模糊了。沙漠。我叫麦克救我时，他一时间什么都没有说。最后他打道：在行动了。然后就退出了登录。

我要去那片沙漠。我要独自坐汽车穿过不知道几个州，去跟麦克在一起，而我这辈子哪儿都没去过。我怎么去汽车站？现在几点了？我回头看了看医院，想知道我还能不能回去，但我意识到没办法了。他们认为我随妈妈离开了。去了那边我该怎么做呢？麦克会离开多久？我要自己在那儿待多长时间？

事情发生得太突然了，我喘不过气来。穿着双排扣外套太热了。

"搭顺风车吗，粗暴女孩？"

我转过身，一辆带医院标志的白色货车正在我旁边空转。维尼从窗口扔出烟蒂说："上车。"

在货车上，他说："我得说明，我现在要去美国商城，用通票买些减食欲的药物，可不是来载一个离开了监护人的未成年人去某个秘密地方的。"他加快了油门，"系上安全带！我可不想让任何女孩死在这小玩意儿里。我们去哪儿？”

我把地点告诉了他。我们没再说话，一路开到了长途汽车站。里面有几个人，被手提箱、盒子、纸和塑料袋围住了。维尼翻了翻黑色外套的口袋，掏出几张票子递到我手里。

“我不想再在这儿看到你，夏莉女孩。”

我点点头，眼睛被泪水模糊了。

“所有破裂的人和事，都可以修好的。我是这样想的。”他瞥了汽车站一眼，“好了，进去吧，女孩，上了那辆汽车后，你要坐在前头，不要坐在后头。后头是个糟糕的地方，要保持距离。如果有人给你烟不要接，给你喝的也不要喝，除非是机器提供的。你要这样，保持警觉状态。”他抱住双手，“到达目的地后，就会阳光灿烂，永远晴朗了，对吧？别问我怎么知道的，我就是知道。了解你们这些女孩，我有自己的方法。好了，去吧。”他的手越过我，轻轻推开了车门。

他的微笑就像草莓味的斯维舍糖果和暖暖的牛奶，就像街道，像家。

我深深地嗅了他一下，说不定后边几天，都遇不到什么好人了。随后，我下了货车，拖着路易莎的手提箱，背包就在身后。

第二章

02

在这个全能上帝的世上，

我愿意做任何事情，

只求让我跟着你。

——鲍勃·迪伦《宝贝，让我跟着你》

7

汽车是一个隆隆行驶的巨大怪物，充满了悲伤和陈腐的空气。每到一个城市，它就把我们像屎一样拉出来，让我们待上二十分钟，或是两小时、三小时，无所谓，反正都一样：吃顿饭，逛个便利店，上一趟厕所，往水沟里扔扔垃圾。我把维尼给我的钱深深藏在口袋里，只用了一点来买巧克力棒和碳酸水以及咸薯片，买过一个鸡蛋沙拉三明治，上面的保质期被涂黑了。巧克力含在嘴里，就像一场幸福的大爆炸。我没有跟旁边的人说话，他们带着烟草或泥土的味道飘上来，下一站又飘走了。

在堪萨斯州的一个镇上，汽车发生了故障，那里仍然过五月中旬的圣诞节：褪色的花环装饰在发黑的店面，圣诞树小彩灯在加油站的窗口闪耀。我旁边的女人把下巴缩进厚厚的假皮外套里，咕哝着祝福语，我们蹒跚着下了车，傻傻地站在一个用木板搭起来的快餐店跟前。司机踱着步等待救援时，坐在汽车后头的几个男人把他们的赌博游戏搬到了外头。我坐在一个路缘石上，跟所有人保持距离，穿着双排扣外套还是太热了。车票上说要开过六个州才能到亚利桑那州，要花一天零一小时四十五分钟的时间。司机说他不知道还要多久才会有新车过来。

我在一个厕所隔间里，瞪着爱丽丝和我挣的钱，哭了，温暖的泪水流进双排扣外套的领口。我终于要去一个地方了，也许是更好的地方，但她没跟我在一起，太让人伤心了。一切都让我疼痛，让我伤痕累累的皮肤疼得骇人。我努力让自己去想米奇，去想跟他在一起会有多好，也许，这一次会比朋友的情谊更深厚那么一点吧。

我们到达时，是晚上。司机突然兴奋的喊叫声溢满了整辆车，把多半人惊醒了。我加入睡眼惺松的人群，恍恍惚惚地下了车，进入一个温暖而雾蒙蒙的世界。

其中两个乘客，有人在等他们，我看见他们拥抱，亲吻。没人在等我，所以我拿出米奇的信封，让自己不要感觉那么孤独。我在车上已经把信读了一遍又一遍，只是为了提醒自己这是真的，我真的出来了。

夏莉！一切都会好起来的，我向你保证。抱歉我要过段时间才能回来，所以你先自己待着。不用担心，我的女房东人很好，她是个艺术家，知道你会来。她的名字叫艾利尔，你需要什么就问她要好了。你妈妈说她会给你一些钱，所以在食物方面你自己能搞定。这是去我那儿的方向，还有张地图，你看了就知道去哪儿买食品和杂货了。夏莉，我迫不及待地想见你。——麦克

我把那张笔记本纸页捂到脸上，希望上边有米奇的气味，让我可以深吸一口，止住内心的狂跳，但上边没有味道。我深呼吸了几口，试着让自己平静下来。

我仔细看地图，努力搞清楚我在哪里，要到哪里去，米奇的箭头到底指向何方。街道上空荡荡的，但我一直前行。

埃文过去总说，看不见的东西，就不该害怕，一览无余地暴露在眼前的才让人害怕。

走过一个地下通道时，我咬紧了牙关，希望自己不要去想那个夜晚。路易莎的手提箱手柄深抠进了我的掌心，双排扣外套在这种天气穿太厚重了。我在出汗，但我不想停下来脱衣服。我走过很多酒吧和商店。这里的天空就像厚厚的黑色衣服，用隐隐约约的白色星体缝制而成，我想伸个手指去摸一下星星。

米奇的注解有三页那么长：你可以看到一所房子，庭院里有一群大大的银色鸟儿。604 E 第九街道。她住在派·阿伦街区。我住的是后方的紫色客房。你可以使用黄色单车和锁，艾利尔留给你的。房门钥匙在黄色的罐子下方。

对我来说，那些不像是鸟，只是在夜色中闪闪发光的东西，张开了凶猛的翅膀。后方确实有客房。我在罐子底下找到了钥匙。黄色的单车锁在一根拴晾衣绳的柱子上，有个看似崭新的柳条篮子。我打开门，摸索着拧开了墙上的灯，突然的亮光让我眯起了眼睛。里面的墙也刷成了紫色。

我不知道该做什么。这是女房东的家吗？她有没有听到我进来？

这里没有砰地亮起的光，没有米黄色地毯，没有哭泣的女孩，没有秘密房间。

我独自一人。好几个月以来，这是我第一次独处。没有埃文，没有邓普，没有卡斯珀，没有烦人的伊西斯。一时间，恐惧像针一样刺激着我整个身体：万一米奇回来前我出了什么事，谁会知道？谁会在意？一时间，我又回到了过去：埃文和邓普找到我之前那些可怕的街头日子，我每一天都把心绷得紧紧的，夜晚似有几年那么漫长，总等着黑暗结束，一听到声音就吓得一蹦而起，试图找安全的地方躲起来。那时就是独自一人，现在也是独自一人。但根本不是同一回事。

呼吸，夏莉，按卡斯珀说的呼吸。我把手指放到双排扣外套下方，捏了捏自己的大腿，希望疼痛能让我迅速回过神来。恐惧感一点点、一点点地消退了。

我的胃大声咕噜起来。好极了，总算有别的事情来分散我的注意力了，我搜索了塞在角落里的迷你冰箱，里面有几瓶水和几个烂掉的香蕉。我吃了一根香蕉，快速吞了一瓶水。里面还有两块比萨饼，装在一个小小的纸板盒里。饼又硬又不新鲜，我送进自己嘴里时，只听到一声脆响，不过我不在意。我饿坏了。恐惧感消退了，疲倦升腾而起，占了主导地位。

邻里静悄悄的，现在是什么时候？角落里有一个大衣箱，我把它推到了门后方，以防万一。汽车旅途让我浑身酸疼，两腿虚弱不堪。我关掉了灯。虽然身上沾满了汗，我也没把双排扣外套脱下来。脱掉衣服会让我觉得无遮无挡，我需要一点保护的盔甲，以防万一。

我把自己安置在榻榻米上，米奇的榻榻米，就在地板上。我感觉有东西从我身上升腾起来，消失在寂静里。我不用再听女孩们沿走廊哭泣的悲伤。该死的弗兰克在很远很远的地方，他的手够不到我。我背包里有点钱，我的身体越来越轻，越来越轻。

终于，几个月又几个月的挣扎后，我感觉到了，那个东西正拽着我往双排扣外套深处，往榻榻米深处而去，那就是睡眠。我把脸蒙在枕头中，在这里，我找到了米奇的味道，有些像肉桂的气味。我尽可能深地吸了一口，让那股味填满我的缝隙，摇着我入眠。

我醒来时，阳光从客房唯一的窗子倾泻进来。我头昏眼花地环顾了一圈，把湿乎乎的双排扣外套脱掉了。在车上待了差不多两天，身上的气味自己都能闻到了。

过了一会儿，我意识到这间客房不过是用糟糕的车库改装来的：后墙对着小路的两扇门是焊接在一起的，非常不雅观，方形窗户用小小的蓝色窗帘遮住。厨房只是一个水槽装在一个台面上，下方有个古旧的金属橱柜。

天花板上有个吊扇，其中一面墙上装了空调。地板是水泥的，洗手间是个旧旧的小房间，有马桶和塑料手动淋浴器。

我从床上爬下来，往洗手间走去。撒完尿后拧开了淋浴器。水喷射而出，然后变成了缓缓细流。我关掉了。我还没准备好洗澡，没准备好低头看自己，触摸新的伤疤。触摸，会让一切变得更加真实。而且，伤疤还在疼，很长很长一段时间，都会一碰就疼。

在克里利，如伊西斯所说，我们大部分人只用涂了肥皂的毛巾擦洗身体，因为如果你想真正洗个澡，必须有个女的护理人员在场，以防你想用淋浴喷头或者别的把自己淹死。没人在自己裸着的时候希望旁边有个观众，所以，我们大部分都选择另外一种方式。

穿回工装裤，走出浴室，我把手放在厨房柜台上游走。柜台只是涂了 Mod Podge 胶水的夹板，下方用外国城市的明信片来密封。有几张明信片方向反了，上面潦草地写着一些信息：A：喷泉见，亲爱的，四点，跟去年一样。A 肯定是米奇的房东艾利尔。我仔细看着明信片上的图像和混乱的笔迹，一个小故事在手指下方展开了。

我铺开爱丽丝和我一起挣的钱。爱丽丝张开双臂，在她的房间里旋转着说：飞过大海，降落在伦敦、巴黎、冰岛，哪儿都行。只要是她想住的，看似浪漫的地方，都行。在塞纳河上啜饮浓咖啡，真像天使一样，夏莉，等着吧。

九百三十三美元，但我们俩只有一个还活着了，半活着。我瞪着钱看了很长时间，然后把它塞到了水槽下方，一个只能煮一杯的小咖啡壶后头。

我得找东西吃了。

阳光那么明朗，我走进庭院时，眼睛像蒙上了黑斑，所以我重新打开门，走回来，在一个桌抽里翻找，总算找到了一副漆成金色的太阳镜，带黑色斑纹，是女孩子戴的东西，可能不小心留在这里了。麦克有女朋友？麦克有女朋友吗？我现在不想思考这个问题。

米奇的手绘地图上满是箭头和注释。沿着人行道走到 OK 便利店，我的脸和胳膊热了起来。想想有点不可思议，几天前我还在下着雨夹雪的灰蒙蒙天空下，此刻却到了这里，满眼阳光灿烂，不用穿夹克。进入 OK 便利店，空气凉爽，好像在水下方，在一个干净的深池子里。柜台后边的家伙，耳垂上嵌着大大的黑色塞子。我蹒跚步入通道时，他的目光离开厚厚的书本，抬起头来。我抓了几个瓶子、几盒纱布，还有防晒霜、狭布条和药膏。空调吹着，汗液很快干在了脸上，感觉黏糊糊的，像有沙砾。我从冷柜里抓了一瓶冰茶。我得在工具箱里重新存上东西，以防万一。我不想伤害自己，我想遵循卡斯珀的规矩，但我需要这些东西，有备无患。

我付了钱，把所有东西塞进背包。外边的人行道上，我展开了米奇的地图，有个食品杂货店叫“食品同谋”，就在这条街上，我开始朝那边走。

那是一个合作社，看着土气又奢华，低低的音乐声从天花板飘下来。我不确定要买什么。我没看到米奇用什么工具来烹饪，也许根本没有。我拿了一盒饼干、一块胡椒奶酪，放到铁丝篮里。

商店里忙乱嘈杂。两个臀部肥大的女士在压榨梨子，一名高个的小伙子正用勺子把咖喱粉从自助沙拉台舀到特百惠塑料盒里。以前，我曾赤裸着双手，伸向垃圾桶，然后用叉子把纸板上的奶酪通心粉往嘴里塞，而此刻，我在购物了。

在收银台那里，我突然担心自己的钱不够。我在用维尼的钱。我怎么都没有算算账？甚至没有看看篮子里那堆东西的价格？我已经忘了一般的食物多少钱。布卢的话在耳旁响起：不要让麦片吃了你。

麦片正在吃掉我，麦片正在将我生吞活剥。

我在口袋里摸索钞票时，是不是所有人都在看我？他们在看，不是吗？我的手指颤抖了，把食物塞进背包，没等找钱就离开了。

外面，车声人声就像链锯的声响灌入我的耳朵。我闭上眼睛，挤了挤。“不要游离。”我们感到紧张时，卡斯珀会这样对我们说。每当脑子里的压力开始与身体内的压力对抗时，我们就会开始分裂。“千万不要游离，随我待在这儿。”

我沿着错误的方向走太远了，停在了一个地下通道里，车子呼啸而过。

混凝土散发出小便的气味，我的靴子嘎吱踩到了碎玻璃。他又回到了我眼前。

过往的车子在粗糙的墙壁上投下肮脏的影子。我脑袋总觉得不舒服，想要睡上一觉，喉咙被黏糊糊的东西哽住了，身体因发烧而冒着热气。在外面流浪的日子，我总不时地生病。现在我知道了，我有肺炎。

我首先感觉到的是他的手放在了我腿上。

我努力去回忆卡斯珀是怎么说的，卡斯珀是怎么说的：停下来，审视，呼吸。

在这黑暗湿黏的地下通道里，我用双手夹住耳朵，闭上眼睛，屏住呼吸，让所有事情缓缓流出去。车子吹出带着霉味的暖空气，涌向我的双腿，我集中精力，渐渐地，那团火离开了，锯子飘走了，记忆消失了。

我放下手，转过身，一直走到第四个街区，越过米奇地图上的所有标记：乳品皇后、男人们在桌子上玩游戏的路边咖啡店、酒吧、旅馆、古董店、女性主义书店。我又走太远了，不得不再度返回，走到第九大街，我跑了起来，到达紫色客房时，我已精疲力竭。我使劲把米奇的大衣箱弄到门后，把世界挡在外头。

我得想个办法来平息内心的黑暗。首先，我掏出冰茶玻璃瓶，一口气喝光了。又在米奇的小洗手间里找了块褪色的擦手巾，裹住了我的手。我闭上了双眼。

我猛地把瓶子摔在了水泥地面上。

就像成千只形态各异的鸟，散落在水泥上，闪闪发光，都那么美丽。我选了最长最厚的几个碎片，小心翼翼地用原本裹着照片的亚麻布包起来，照片则放进了一个小塑料袋。米奇的簸箕和扫帚在水槽下方。我扫起剩余的玻璃片，扔进了垃圾桶。

我拿出工具箱，整理了一下：把所有纱布卷、药膏、狭布条还有亚麻布里的玻璃一个挨一个安置好，全都弄得整整齐齐。

我现在就需要这个，需要知道工具箱在，而且配备齐全，以防万一。我不想切割，真的不想，这一次，我非常想好起来。

但我就是需要这个工具箱，不知怎么的，它让我感到安全，虽然我知道这一点也说不通。卡斯珀教我呼吸法，让我买一堆橡皮筋，每当感到惊慌，或是有切割自己的冲动时，就在自己手腕上拉紧橡皮筋。我会的，我会试试的，只是她从来没有说过，或者说，我们从来没有抽时间谈过，如果这些东西没用，会出现什么……情况。

我把工具箱塞到米奇大衣箱的一些 T 恤下方。

我爬过地板，砰地打开了路易莎的手提箱。

我看着手提箱内部，平静下来。里面一直就没装过衣服。米奇姐姐的衣服整齐地放在我的背包里。手提箱里放的是其他东西：写生簿、笔、琼尼小姐给我的几沓纸，还有小心翼翼地用纸巾包着的炭笔，以及我的拍立得相机。

我打开写生簿，削了纸巾里取出的一支炭笔，仔细环顾米奇的公寓。漆成紫色的墙壁上贴着乐队海报和专辑列表。米奇的单人榻榻米上有一个枕头和一条破旧的蓝白色毛毯。一张摇摇晃晃的桌子，一把木椅子。一个古老的唱片机，高高的喇叭，周围有几架子的慢转唱片和 CD 片。堆在一起的红色牛奶箱里露出 T 恤、拳击短裤和磨损的蓝色工作裤。白色的牙刷放在橱柜台上的一个锡杯里。米奇的东西随意堆放着。

我画了起来，画我住的地方。我把自己放在一个新的起点，笼罩在别人生活的舒适感里头。

8

两天以来，我都在睡觉和画画，一点一点地咬饼干和奶酪，喝掉了所有的瓶装水，没水了，只好从水龙头那里重新把瓶子装满。

第三天，我找到了米奇的头戴式耳机，可以在画画时戴着。莫里西的歌声那么惬意，就在这时，我听到了一阵沉闷的敲击声。我放下耳机，心狂跳不已，门晃荡着开了。米奇？门后方是他吗？我挣扎着站了起来。

门口的女人个子很高，精瘦的手抓住门框两侧，头发是白的，直直的，刚过耳朵。我穿着工装裤，胳膊从短袖 T 恤中露了出来，所以，我把手藏到了身后。不是米奇，我很失望，心脏的跳动也慢下来。

她眯眼瞧着我，“我跟该死的蝙蝠一样瞎，把眼镜忘在这屋里了。麦克发信息给我，想知道你如何了。我是这地方的女主人。”

她声音粗糙尖锐，有某种我说不清的口音。她脸上有人们说的那种蚀刻的皱纹，美丽，又令人生畏。我总想知道，这种女人孩童时是什么样子。

我谨慎地点了点头。我在新认识的人跟前总是很戒备，尤其是成年人。你根本不知道他们会是什么样子。

“麦克没说你是个哑巴，你哑巴吗？”她手指上的绿松石戒指在门框上发出咔啦声，“你到底是好呢，还是不好呢？”

我再度点了点头，咽了一下。

“天哪！”

她快速走到我跟前，抓起了我的手腕，翻过我的手臂，凸起的条纹暴露无遗。我本能地绷紧了，努力要把胳膊挣脱回来，但她抓得更紧了，指尖上长着老茧，硬硬的。

她号叫了一声：“现在的女孩，真让我伤感。世界已经够让人难过了，干吗还要搞得更糟啊？”

我鼻孔的气息惊慌又强壮如牛。“放开！”这话在我的脑海里像弹球一样晃动着，然后从我嘴里喷射而出。我被自己的声音惊到了，她肯定也是，因为她松开双手，放下了我的胳膊。

我抹了抹手腕，想啐她一口。

“张牙舞爪的女孩，”她的声音里有种古怪的满足，“叫人喜欢。”

门的边缘从我肩膀扫过，脑海中，我把门猛地砸向了她的脸。我退开一步，没让这事在真实生活中发生。她是谁？

“我是艾利尔，给你。”她把一张纸按在了我的胸口，“我在这条街上有个朋友，她有个店，需要人手。跟她说我周五给她带苹果马提尼酒。”

在灌木丛生的院子里走到一半时，她转过身来，遮着眼睛说：“你要找个工作，麦克的朋友，给自己找个地方住。你待在这儿不得超过两周。”

我花了两个小时才鼓起勇气离开屋子。那两个小时我都沿着小小的客房边缘走动，自言自语，按摩自己的胳膊，深呼吸。出门去，到店里找工作，意味着要跟人交谈，意味着我要开口。好好说话，意味着让人打量我，目光在我身上上下移动，看我古怪的工装裤和长长的衬衫，可笑的头发，所有这一切。找工作就是这样的，对吧？你得告诉别人你从哪儿来，在哪儿工作，你喜欢什么，各种狗屁问题。

我的想法是：哪儿也不去，哪儿也不去，把事情搞砸，然后切割自己。根本就不会有什么好结果。

但如果不去，就只有另一个选择：去告诉前边房子里的那个凶女人，我根本不会去找她的朋友，然后，在米奇回来前，我可能就被踢走了，结果就是回到我以前的生活。

我对自己承诺过，要努力好起来的。

我终于跑出了该死的前门，迅速锁了门，不让自己有机会再回屋里绕着墙走一圈。

找到那个商店比我想象的要容易。那个店叫“着迷”。已经是下午较晚的时候了，天气非常热。透过玻璃窗，我看到两个穿银色超短连衣裙的女孩在衣服架间移动，一边笑一边把衣架弄直。银色的光辉在她们的眼睑上闪耀，她们剪了一样的白色波波头。这是一个漂亮酷女孩工作的店铺，没有穿着工装裤的伤疤女孩。我在这里找不到工作的。

我上下打量着这条街，街上有一个意大利餐馆，一个旧货店，一个书店，一个合作社，一间精心设计的咖啡屋。

我没有手机。填了申请后，如果有人给我打电话怎么办？还有，万一要穿短袖呢？女服务生总穿短袖的。我胳膊这个样子，谁会雇用我？我肚子里的那个洞开始变大。我正在做呼吸运动时，只听一个声音响起：“有什么需要帮忙的吗？”

四天以来，除了艾利尔，我没跟任何人说过话。是“着迷”店里一个闪耀的女孩站在门口，正往外看。

“我只是……我朋友……有人告诉我你们这边在招工，不过……”

老天，我的声音，听起来那么……怯懦。

她上下打量着我，“无意冒犯，不过我们是复古型的，你属于……反时尚型的，知道吧？”

我看了她一眼，好像在说，是啊，我懂，因为我们不必伪装。这些女孩和我，外表上有几英里的距离。我继续说：“你……我的意思是，你知道周围有地方招工吗？比较适合我的，别的也行？我真的需要一份工作。”

她噘起了嘴，“嗯，我想，目前这条大街上那些酷酷的店，应该都满员了。等一下。”她朝身后店里喊了一声：“达拉，这里有个孩子要找工作，你知道有人招工吗？”

另一个女孩探出头来。看着她们闪耀的白色头发和嘴唇，以及一模一样的裙子，我觉得晕头转向。

达拉微微一笑，“嘿，你好！”她跟她朋友一样，上下打量了我，不过不是心怀恶意的那种。她们在一家可爱的复古服装店里工作。我明白了，她们穿这样的衣服，是用来招揽顾客的。

“哦，对了，这样吧，去‘真格里特’那里试试。那是一个咖啡馆，就在这条街上，乳品皇后旁边。我想，昨天那里有个人辞职了。你这模样完全是‘真格里特’的料，去那里问问赖利吧。”

另外那个女孩用手肘推了推达拉，“赖利，哦，对，赖利·韦斯特。”她拖长声音吐出来，就好像很好吃一样：韦韦韦斯特。

“别让你的裤子掉下来了，莫莉。”

莫莉朝我转了一下眼珠。“赖利有几分火辣。”她解释说。

达拉说：“是有几分。但要在状态好的时候，不过那种时候不多。总之，跟他说是我们让你过去的，好吧？还有，买顶帽子吧，女孩，别的也行。你的脸变成粉色了。”

她们大笑起来，退回了店里，我没来得及问赖利的事，什么火辣，什么裤子掉下来。我希望他处在“好的时候”，不管她们说的到底是什么意思。

我满怀紧张地沿着街道走，努力为后边的谈话做心理准备。这次不行该怎么办？我摸了摸自己的脸。达拉说我的脸变成了粉色。她说得很聪明，其实是晒伤了。

我还是分心了，到处是闪亮的颜色。两边建筑上的巨幅照片在燃烧：戴着黑色礼帽的跳舞骷髅正从水壶里喝酒，白色的骨头松松散散的。吉米·亨德里克斯和吉姆·莫里森俯瞰着街道，甲壳虫乐队光着脚在墙上走。不管朝哪儿看，都能看到一些独特的酷酷的东西。

一群身穿厚重皮革制品的朋克男孩趴在乳品皇后前方的长木凳上，一点一点地咬着糖粒甜筒。跟他们在一起的只有一个女孩，她没在吃东西，而是边抽烟边剔着黑色的指甲。我走过时，那群朋克男孩注视着我。

隔壁，几个年龄大的男人坐在一张铸铁桌旁，低头瞪着方形板，上边摆着圆形的黑色和白色石头。他们咬着手指，缓缓地从有缺口的白色杯子里啜饮一口。在这些下棋的人后头，一扇模糊的玻璃窗上，有闪耀的霓虹灯歪歪扭扭地拼出的字：真格里特。内面窗台上的咖啡壶和盆栽蕨类植物从字母间隐约可见。悲伤的音乐从置于窗子外上方的一个喇叭飘了出来，轻轻飘向我，是范·莫里森的歌：我们坐在自己的星星上，梦想着过去的样子，曾经想走的路……

咖啡馆的纱门“咔嗒”一声在一个消瘦的家伙身后关上了，那人戴着围裙，上面粘了红色果酱和油脂。他点燃一根烟，眼睛扫过棋盘。烟雾在他面前升腾起来。

音乐声使我生了根似的在人行道上站着不动。我小的时候，父亲反反复复地放这张专辑，他坐在海牙大街那房子的后屋摇椅上，咯吱咯吱地摇来摇去。那是一间奶油色的隔板房，有一个小小的方形后院，一个岩块剥落的烟囱。听着音乐，我突然非常非常想念他，那种情感如此强烈，我差点哭了出来。

“沉迷在幻想里了，呃，亲爱的？”一个带口音的声音轻轻响起，把我唤了回来。

桌旁的几个男人吃吃地笑了。戴围裙的家伙歪着头在看我，脸上长满胡楂，眼睛周围的皱纹像蜘蛛丝。

他注意到我了，这让我很吃惊。他的眼睛漆黑漆黑的，好奇地看着我的脸。

我的内心起了变化，像金色电流一样震撼。他看到，或者说感觉到了我的情况，他的脸舒展出大大的傻傻的笑容。我的面颊泛起了红晕。

一个朋克男孩大声喊道：“他不是真正的英国佬！”

“不是，”坐在桌旁的一个窄脸男人说着，把头靠在自己的手掌上，“他是纯正的美国浑蛋，这是肯定的。”

“噢。”戴围裙的男人把烟头扔到人行道上碾碎了。他现在说话不带口音了，声音慵懒而愉快，脸上的笑容仍然在，“来杯咖啡？浓缩咖啡吗？百吉饼？安琪拉达[①]？”他朝咖啡屋挥了挥胳膊。他把“安琪拉达”说成了“安喜拉达”。

他穿着银扣格子衬衫，口袋里的打火机凸了出来。他是个浑身舒坦自在的人，他怎么会注意到我呢？

“她的舌头被猫叼走了，赖利。”那个朋克女孩咧着嘴灿烂地笑了，我喜欢她粉色的头发。

他们都很亢奋的样子，“她以前没见过什么名人。”

赖利，赖利·韦斯特。让“着迷”店的莫莉掉裤子的人物。我现在

---

① 安琪拉达：墨西哥辣椒乳酪肉馅玉米卷饼。

多少能看出点原因了。今天肯定是他“好的时候”。

“半名人。”另一个朋克朝地上吐了一口，纠正道。

“当地半名人。”一个下棋的人摆着手指说道。

朋克女孩咯咯地笑了，“在这条街上自认为出名的当地半名人。”那群朋克爆笑起来。戴围裙的男人和颜悦色地看着他们。

一个极瘦弱的朋克男孩说道：“赖利，哥们儿，你看上去像狗屎，老得很了。”

我偷偷看了看他，赖利。或许他没注意到我的脸有多红吧？没错，他的脸好像疲惫不堪，有点过于苍白。他不屑地瞥了那群朋克一眼。“我好好的，才二十七，孩儿们，我离天堂还远着呢，不用你们为我操心。”他转动着金色打火机，点燃了另一根烟。我抬起眼睛看着他，他的脸又舒展出了大大的笑容。

不知道为什么，我也笑了，电击一般的感觉，在我心里鼓动。

此刻，我们俩傻傻地看着对方笑。或者说，赖利对任何一个有胸部的女人都是这么笑的，我才是傻笑的那个，因为我就是个蠢驴。

因为，如果他真的懂我，如果他能看清我，他会怎么想呢？有一次，我们去参加旧日大巡游，希望能捞到几个掉落的钱包和没喝完的啤酒，邓普让我们停下来，观看舞蹈队的女孩路过，她们穿着紫色热裤，戴着闪亮的金色礼帽。埃文注意到我也在盯着她们看。过了一会儿，他说：“知道吗，夏莉？你也蛮好看的，”他咧嘴一笑，“只是藏在灰土和污垢下方。”

我只是看了他一眼，不知道说什么。之前，爱丽丝总是受人瞩目的那一个，原因很显然。那些我交往过的男孩呢？他们根本不需要跟我来什么甜言蜜语，或者来鲜花那一套。但是埃文说的……让我觉得心里美美的。

邓普望向我们，专注地看着我的脸，“是啊，你长着一双好看的眼睛，是真正的蓝，就像大海什么的。你不用发愁的。”

这时，赖利歪着头看向我，“喂，怪女孩？你有话要说吗？”

对了，工作。我是来这里找工作的。

我脱口而出，“达拉让我来的，着迷店的那个。她说你这里需要人手。”

“达拉真了解我。”他微微一笑，吐了一个烟圈，“我需要人手，没错，我觉得你可以。”

桌边几个男人偷偷笑了。我感觉自己的脸在升温。

“来找工作，我需要找个该死的工作。”

“哦，好吧，好吧，好吧。不过，你看，我只是个跟班的，我姐姐才是店主，她后天才回来。我没办法——”

“吉尔辞掉了，”桌边的一个棋手说道，“对吧？事发突然？”

赖利嘲讽地说：“她不想洗盘子。”

“我可以，我洗。”我快速说，“我洗。”

赖利摇了摇头，“你还要伺候进餐。”

“不行，我不喜欢人。我不想给他们端餐饮。”

男人们笑出了声，赖利微笑着掐掉了他的烟。我听到里头传来了声音：“赖利！赖利！上菜啦！你跑哪儿去了？”

“看来待在这儿的时间结束了，先生们。”他朝那几个顾客行了个礼，然后转向我，“好吧，怪女孩，明天早上再来。六点钟。我不能承诺什么。”

他朝我眨眨眼睛，“你看，心就是这么碎的，就因为相信了承诺。”

绿色的门在他身后关上了。我站在那里，想着（希望？）那几个棋手，或者那群朋克，或是任何人会跟我说说话，但没人理我。他们已经回到了我来之前的状态。我在想，克里利的人是不是都忘了我？我开始往回走。

工作，洗盘子。我深吸了一口气。是件重要的事。

我回到米奇的住处时，艾利尔的房子里黑灯瞎火的，所以我决定在后院坐一会儿。我找了一根延长线，插进米奇唯一的那盏灯里，拽到外面，放在了泥土上，又把写生簿和炭笔放在旁边。我脱下靴子和袜子，那气味让我皱起了鼻子。我差不多有一周没洗了。怪不得合作社的那些人都瞪着我看：我有臭味。我嗅了嗅自己的腋窝，该洗个澡了。不过现在还不行。我曾有过比这还长的不洗澡纪录。

不远处的某个地方传来了吉他和鼓的声音，那是一个乐队在排练，嘈杂声摇摆不定，有时又突然寂静。

我闭上眼睛听着，脚指头挤进了沙地里。贝斯手很焦躁，变来变去，对自己的手指不自信，鼓手不合拍子。歌手因为大家的笨拙而泄了气。他奋力想跟上过渡乐句时，嗓子破了。乐队突然停了，贝斯的声音逐渐消失。随后，歌手高声喊着一二三，他们又开始了，混乱地在噪声中找对方的音。这让我更想米奇了，他总带我和爱丽丝去看他的乐队朋友在车库和地下室排练。看着一个男孩一遍又一遍地找准和弦音，一个女孩狠狠地打着鼓，那种感觉真实而震撼。爱丽丝总是很快就厌烦了，拿出了手机。而我呢，就那么看着，听着他们创作出音乐，可以让我几天都不用吃饭。

终于，手指和声音合到了一起，音乐产生了，音乐里的歌苏醒了。

我不想成为

你的施舍对象

我只想要你看到

我真实的模样

你能否为我这样

只不过一到三分钟

哦，你能否为我这样？

白天的那些脸在我脑海中涌现，就像多米诺骨牌一样排列起来：下棋的男人们，以及有着清澈眼睛和干裂的嘴唇、坐在乳品皇后长凳上的那群朋克男孩，还有咖啡馆的赖利，戴着脏兮兮的围裙，态度满不在乎。

在克里利，晚上这个时候我们会集中在娱乐室，一群沙沙作响的女孩，带着 iPod 和允许阅读的小说。我想念路易莎，今晚，在我们漆黑的卧室里，她在跟谁交谈呢？我是否已经被取代了？

我的炭笔画在纸上的声音就像狗在门口安静地工作，指甲有条不紊、坚持不懈地刨着。

我缓缓地画出了父亲的脸。他大大的、漆黑的眼睛，沙色的头发，还有我爬在他双膝上时，透过 T 恤能感觉到他的肩胛骨。我好想回忆起他的声音，但我想不起来了。有时他在摇椅上摇时，不让我进房间，我只好坐在外头，跟我们铁锈色的狗狗待在一起，把脸埋在他的毛里，听范·莫里森的歌声从门里飘出来。

我好想回忆起我们的狗是怎么一回事，它有些天在，有些天又不在。就跟我父亲一样。

父亲的牙齿应该画在哪儿呢，我在他嘴里画了很小很小的药瓶子。

我立马又觉得内疚，那样似乎不合适，而且错了。

他在吸烟，他很绝望。他有着黑色的杏仁眼，充满了和善，但当我凑近了看时，看到了别的东西，有什么东西在背后颤抖。

咖啡馆的赖利也长着那种眼睛，想到他就让我的身体胀满了可怕的温暖。

那天晚上睡觉时，我把关于赖利的想法抛开了：是枕头和毯子上米奇的味道安慰着我，就像一个承诺，像一件即将真正发生的好事情。我盖着他的毯子，就好像那是他的身体，让我的肺里充满了他的汗味，以及皮肤上的气味。我尽可能紧紧地抱住他。我不能让他走。

9

我站在咖啡馆的马路对面，大约有十多分钟了。早上四点我就起来了，尽管设置的闹钟时间是五点。那个小小的旅行闹钟是从米奇的大衣箱里找到的。起来后，我开始画画，努力克服来这里前的紧张心理。快六点了，第四大街开始苏醒，商店打开了大门，人们把桌子拖到外边的人行道上。“真格里特”的霓虹灯招牌朝一边倾斜，字母 U 时闪时不闪的。

我跨过街道，深吸了一口气。就在我打算敲咖啡馆沉重的前门时，几英尺外的绿色纱门砰的一声打开了，昨天的赖利出现在我眼前。

确实是他，已经在吸烟了，脸上带着微笑。

“怪女孩，”他亲切地说，“这是你余生的第一天，欢迎，进来吧！”

一个漂染了粉狐狸色发梢的女人骑在一辆蓝色单车上，好奇地看着我们。她年龄比较大了，长得矮而粗壮，身穿旧旧的长袖运动衫和长长的流苏半裙。

“什么情况，赖利？这是干吗？”她朝我亲切地一笑，把单车锁在了架子上。

“临时洗碗工，莱纳斯。对了，”他说着低头看我，“我好像还不知道你名字，怪女孩。”

“叫夏莉，”我轻声说，“夏莉·戴维斯。”

他伸出手来，“那么，很高兴认识你。夏莉——夏莉·戴维斯。我是赖利——赖利·韦斯特。”

我犹豫了一下，但还是握了他的手，暖暖的。自上次抚弄路易莎的头发后，我再没跟任何人有过接触。我的身体突然胀满了温暖，抽出了手。

“好了，”他快活地说，“那就开工吧，可以吗？脏盘子、咖啡杯，讨厌的苦差事，慢到要死的长征。”

莱纳斯笑了起来。

我们穿过那扇赖利称之为员工入口的绿门。墙上有个灰色的带有工业气息的打卡钟，槽口上卡了工作卡。莱纳斯朝前端走去，几分钟后，我听到了磨咖啡豆的声音，空气中弥漫起浓浓的略带甜味的新鲜煮咖啡味。

赖利向我展示如何装填洗碗机，按哪个按钮，餐盘堆在哪儿，在哪儿冲洗，传输桶放在哪儿。餐盘和炊具热得冒气，地板上的垫子滑滑的，上面尽是肥皂水和黏糊糊的食物残渣。水槽里放满了锅和壶，还有粘了硬皮层的盘子。赖利皱了皱眉，“我估计，昨天晚上那些女孩没好好清理。”

莱纳斯滑到我们前头，去烤架那边拿什么东西。“欢迎来到精神病院，孩子。”她笑着说，然后大步迈回了前屋柜台，开始翻找 CD 片。

赖利扔给我一条脏围裙，开始切甜椒和洋葱，然后投进一个一尘不染的不锈钢容器里。我从头顶套上围裙，想从后边系上，但围裙太大了，只能把带子绕过来，系在前面。

我从眼角看到赖利停了一下，等着莱纳斯播放音乐。她按下了按钮，音乐来了，是《星际星期》[①]，哀戚悲伤。他自己点了点头，就好像表示同意似的，然后开始往烤架上放面包。

我转回水槽，瞪着一堆堆的盘子和壶，打开了水龙头。这就是你来

① 《星际星期》：北爱尔兰传奇歌手范·莫里森的专辑。

这里要做的事情，我对自己说，现在来了，就好好干吧。

过了一小时左右，莱纳斯打开了前门。我们没等多久，就开始有人来了，到处是声音和弥漫的香烟烟雾。他们有的朝我点点头，大部分只跟赖利和莱纳斯交谈。我无所谓。我不介意做个聆听者，不管怎么说，我更擅长聆听，而不是交谈。

我一早上都在往洗碗机里放盘子，然后是等待，紧接着把碗从架子上撤下，重新堆到烹饪和等候区。要把餐具重新堆到烹饪区，我得从赖利身后走过，伸手去够架子。烹饪台很小，与洗碗区没有隔开。这里有个烤架，还有煎炒锅、烤箱、双门不锈钢冰箱、砧板台和一个小小的独立工作台。

听赖利跟服务生说话，我了解到真格里特都提供一些什么样的食物，以及那几个服务生都是谁。他们大多是乐队或学校的人。浓缩咖啡机强健的噼啪声一直在后屋响着，我口渴了，但不敢要任何东西。在这里喝东西需要付钱吗？我没带钱。爱丽丝和我挣的那笔钱，每个子儿都得花在刀刃上。我觉得没人看着时，拿起一个玻璃杯，从水槽的龙头处接了水喝。很快，我的肚子开始咕噜噜叫了，把残余的食物扔到垃圾桶里真让人痛苦。我寻思着要不要抓起剩的半块三明治，只是脑子里想不出该藏在哪里。

有一次，我放回盘子和银器时，赖利没在烹饪。他专注地看着我，我的皮肤因尴尬而刺痛起来。

“你从哪儿来的，怪女孩？”

“明尼苏达。”我谨慎地回答。我从他旁边挤过去，把盘子放在他肩膀上方的架子上。他没给我让位，所以，我的后背擦到了他身体前方。

“哦，有意思。明尼苏达。你知道吗，我还在第七大街入口表演过一次呢？你去过那里吗？”

我摇了摇头。那群朋克说他是半名人。第七大街入口是一个俱乐部，常有很棒的乐队在那里演出，就在明尼阿波利斯市的中心。难道……赖利参加过……乐队？

“你是为了个男孩到这边来的吧，我猜，呃？”他顽皮地一笑。

“不是。”我说道，声音里燃烧着愤怒。不全是，我想。也可能，是？

“关你什么事？”

“你有点怪，知道吧？”

我默不作声，他这么关注我，吓到我了。我搞不清楚他是真的好，还是想引诱我。有时你真的说不准。终于，我喷出一句话：“你管我？”

“跟我说话你可以放松点，怪女孩。你看，我不会咬人。”

莱纳斯把一张订单粘到滑车上，“现在可不是时间，得了吧。”

赖利朝她扔了一片面包皮，她避开了。

四点半时，赖利说我可以走了。我脱掉围裙，放到洗碗机里过了一遍，就像他给我展示的那样。我穿着长袖 T 恤，浑身是汗，我往上推了推袖子，凉快一下。

赖利打算把现金递给我时，说道：“哇，哇，哎呀，嘿，那是怎么了？”我低下头，很惊恐，迅速拉下袖子盖住了胳膊。

“没什么，”我含糊地说，“被猫抓的。”我抓起钱，塞进了工装裤口袋。

赖利低声说：“希望你把那只猫扔了。真是一只可怕的猫，怪女孩。”我能感觉到他的目光落在我身上，但我没有看他的脸。就这样吧，我肯定被炒了，他绝不会让我在这儿工作了。

“确实，”我慌乱地回答说，“今天，马上就扔。我会的。”我迅速朝后门走去。

他大声说道：“明天早上六点再过来，跟朱莉谈谈，我会帮你说好话的。”

我又是惊讶又是感激，回头看了一眼。我明天还能回来，意味着也许后天也还能来。我微微一笑，虽然没打算笑。他似乎也朝我笑了一下，然后转向了烤架。

我又累又疼。潮湿食物的味道附在了衣服和皮肤上，不过，我口袋里有钱了，而且，明天还可以去工作。我在街对面的“食品同谋”合作社买了一大块面包和一罐黄油花生酱。

回到米奇的车库，我躺在床上，外面的灯光消失了，我的身体覆上了一层干汗，还有陈旧的食物和肥皂水。站了一整天，不停地举起沉重的传输桶和碗碟，现在能躺下来，感觉真好。我慢慢地吃了一个花生酱黄油三明治，紧接着又吃了一个。第一天工作，不是那么糟，那里的人似乎还好。赖利看似很和善，而且很可爱。不管怎么说，这已经够幸运了。吃完第二块三明治，我打开了摇摇晃晃的淋浴器，脱掉了衣服。水凉凉地洒到身上，我颤抖起来。朝四周望去，没有香波，也没有肥皂。我故意不去近距离看自己，但没用，我还是看到了大腿上耀眼的伤疤，我的胃往下一沉。

我是弗兰肯斯坦，我是个满目疮痍的女孩。

我抬起脸面向水花，水一下子变热了，好烫，很突然。我假装这突然的热和刺痛才是我哭泣的理由。

米奇的纱门砰的一声关上，把我惊醒了。我坐起来，慢慢地揉揉脸。

洗完澡后，我只穿了 T 恤和内裤。我肯定是打瞌睡了，在真格里特工作了那么长时间，太累了。我挣扎着，背对艾利尔穿上了工装裤，这样她就不会看到我大腿上的伤疤。今天做了那么多上举动作，我浑身酸疼，好几个月没用过自己的肌肉了。

艾利尔弯下身，翻起了我的写生簿，发出饥饿的蜜蜂一样的声音。她在我父亲的素描那一页停了下来。我异常保护自己的画作，还有他，所以把写生簿拉开了，按到自己胸口。她耸耸肩，站了起来。

“处方药瓶，有趣的选择，不过太疯狂了。肖像画中，眼睛是最能表现人的地方，是心灵的窗户。你把整个故事放在牙齿上，把牙齿画成药瓶子，对我们来说太简单了。你只给了故事的结局。我们为何在这张画上逗留？因为我们需要浏览整张脸，需要花时间思考。你懂吧？”

浏览整张脸，花时间思考。我还没来得及问是什么意思，她就轻快地说道：“走吧，我们吃早餐去。我喜欢把晚饭当早餐吃，你呢？估计饿了吧。”

我套上连帽衫，草草穿上靴子。我不想拒绝免费的晚餐。虽然洗澡前我已经吃过了，但又饿了，估计肚子里还有很大的空间需要填满。穿过院子时，我嘴里流口水了。我抬起头，星星就像一个个白色的针孔。

她的房子通风又舒适。水泥地面漆成了大大的蓝色和黑色圆圈，就像步入气泡里，很酷，我喜欢。

我从来没见过哪间房子里有这么多的画，简直让人喘不过气来。艾利尔奶油色的客厅墙壁上涂满了大大的黑色系画作。有些是在黑暗中凿出倾斜的光条来，就像门缝下边照进来，或是透过高大的老树枝照下来的光。有些只是形态迥异的黑色阴影。有些涂得非常厚，从画布上凸了起来，就像极小的山峰。我手指痒痒，想摸一摸它们，但又连询问的勇气都没有。不管望向哪儿，都有东西可看，我好喜欢。

艾利尔站在厨房门口，看着我。

“你可以轻轻摸一摸。”

我摸了，非常小心地把一个手指放到一幅特别黑的漆画上，轻触了那极小的山峰。很奇怪，摸起来凉凉的，非常坚固，简直就像一个痊愈的凸起伤疤。

艾利尔说："你在想什么，夏莉？说说看。我总跟学生说，关于艺术，不管你感受到的是什么，都是真实的，取决于他们的经历，而非我的。"

"我不是很肯定……我不知道怎么说。"词句在内部沸腾着，我却不知道怎么组织起来。我不想让人听起来很笨，也不想做哑巴。

"试试吧，我的耳朵，可是跟大象的一样大。"

我往后退，这些画作那么巨大，除了飞溅的光，其他都是黑的。"它们让我……它们让我想到自己被堵在了某个地方？我也不知道，就好像因为太重而下坠，但这些小小的补缀又……"我支吾着。我的话听起来很蠢。看着这么多的黑暗，就好像在拉扯我内部的什么东西，因为，我觉得，只有非常悲伤的人，才会作出这些画来，是什么让艾利尔如此悲伤呢？

这时，艾利尔走到了我身后。"继续。"她轻声说。

"那些小小的凸出部分，让人感觉好像黑暗正试图远离整体，因为小小的光芒在背后，而它转过身背对光芒。这很蠢，我知道。"

"不，"艾利尔若有所思地说，"不蠢，一点也不蠢。"她走开了，回了厨房，我跟了过去，松了一口气，终于不用再谈画作了，至少现在不用了。

她光滑的红色餐桌上有一个彩虹色的大浅盘，上面盛着草莓片、凤梨块、几铲炒鸡蛋，还有红红的，看似软软的肉。"口利左香肠[①]，"她说，"你会喜欢的。"

看到真正烧煮的食物时，我那副饥饿相简直让人羞愧。我盘算着该往自己的盘子放多少，才不会显得我太过贪婪。

口利左香肠不是很烫，但很辣，类似土豆泥热狗，有点油腻，所以我转而去吃鸡蛋。我很久很久没在住房里吃过真正的饭食了。上一次大

---

① 口利左香肠：西班牙猪肉香肠。

概是跟爱丽丝和她父母，在他们的纹理餐桌旁吃的吧，那桌子有点往右偏斜。

我手里握的银器凉凉的，盘子坚固而明亮。我努力慢下来吃，虽然真的很想一次性把所有东西推到嘴里。

艾利尔吃了一大口香肠和鸡蛋，津津有味地嚼着。

“你的家人在哪儿？你妈妈呢？”

我弄了一堆草莓，又在上头楔入一块凤梨，就像一顶小帽子。我把嘴巴填得满满的，这样就不用回答艾利尔的问题了。

“也许你觉得她不关心你，但她肯定关心的。”她在手指间把草莓转动了一下，我能感觉到她在看我。

“麦克说你失去了一个朋友，最好的朋友。我也为你难过。”她看着我说，“真不幸。”

她这番话出乎人的意料，我的眼里突然溢满了新鲜的泪水。我很惊讶米奇竟然把爱丽丝的事情跟她讲了，搞不懂他是为什么。我有点被他出卖的感觉。爱丽丝是……我的。“我现在不想谈那些。”我快速说道，同时用凤梨和草莓堵住了自己的嘴。我快速眨了眨眼睛，努力让眼泪不要流下来。

艾利尔从结了茧的手指上舔掉香肠油脂，然后用餐巾擦了擦手，再把餐巾边缘浸到冰水玻璃杯里。

“很多你这个年龄的女孩，不去上学，跟男孩子乱搞，发胖，有时成绩好，有时成绩差，对老爸老妈撒谎，在肚子上打孔，在后腰上文身。”她朝我笑了笑。

“不过，你不是这样的，对吧？麦克说你高中没读完，所以你没法去学那些男孩和该死的书本。”她自己笑了起来。

“我读完了的，”我满嘴食物，反驳道，“嗯，差不多读完了，快读完了。”

艾利尔小口咬着凤梨，定定地看着我。她的眼睛在镜片后放大了一些。她的喉咙里发出一个低低的炸裂声：“轰！”她伸开手指。“你把人都藏在心里了，就是这么回事。记忆和懊恼把你吞没了，并且在你的灵魂精髓里变得非常庞大，然后——”

我看着她，被她这番奇怪的话惊到了。她的脸柔和起来，说道：“然后，轰隆，你炸掉了。这就是你搞成那样的原因吗？”她朝我藏在连帽衫下方的胳膊示意了一下。

我注视着自己的盘子。轰隆。没错。

她再度笑了笑，“你打算怎么度过这艰难的一生，夏洛特？”

听到自己完整的名字，我抬起了头。浅桃色的粉抹在艾利尔棕褐色的面颊上，些许口红染到了她嘴巴上方的皱纹里。我想象不出她到底多少岁，又是怎么到这儿来的？怎么有了这所通风的房子，过着这样的人生？这里的每一天都令我难以想象。我不知道该说什么。

她的手伸过桌子，轻轻碰了碰我前额的伤疤。她的指尖很温暖，有一瞬间我放松下来，任由她抚摸。“你只是个孩子，”她轻声说，“这么年少。”

我站起身，笨拙地撞到了桌子。我让她靠得太近了。食物跟亲善让我瞌睡和满足。随时保持警觉，埃文这么警告我：狐狸总有很多伪装。

她叹了一口气，挺直了肩膀，然后把桌子上的碎屑扫到了手心里，朝后门抬了抬下巴，那是示意我离开。

走出去时，我的屁股撞到了一张小桌子。一个亮闪闪的东西从一堆信封和传单下方露了出来。我毫不迟疑地把它放进了工装裤口袋。今晚，艾利尔从我身上拿走了一点东西，所以，我也要拿她一点东西。

10

我从口袋里掏出那个东西，放到米奇车库的地板上。那是一个红色的十字架，比我的手大，用石膏做成，镶嵌着肥大的白色头骨，眼窝漆成黑色，鼻孔是黑色，嘴上也有黑色圆点。十字架的两边粘了厚厚的红色闪片。

头骨十字架俗丽、廉价又奇妙，让一种明晰的痛笼罩了我：爱丽丝会喜欢这个，她会买很多，钉到她漆成蓝色的卧室墙上，让它们与莫里西、艾略特·史密斯、乔治亚·奥基弗以及伊迪丝和孤独玩偶的海报共享那忧郁的空间。

我在米奇的大衣箱里找到一条旧旧的条纹围巾，小心地把十字架包好，放到枕头下方。我站起身，环顾米奇小小的居所，思考艾利尔说的，是什么让我不堪重负，让我渴望通过大衣箱里的工具箱带来安全感。我走进小小的洗手间，在马桶上前后摇动了一会儿。卡斯珀说重复的动作，比如摇动，或是原地跳跃，有助于舒缓神经。

一旦我不堪重负时，就不能集中到一件事上，一旦所有可怕的事情一起袭来，我就好像变成了漫画里巨大的龙卷风，令人毛骨悚然的灰色一团，碰到什么都吸进去：毫无警惕的邮递员、一头奶牛、一条狗、一个消防栓。龙卷风的我会卷起自己做过的所有坏事，卷走我反反复复诅咒的每一个人、切下的每一道伤口、所有的一切。龙卷风的我不停地旋转着，越来越庞大，塞得越来越满。

我得小心一点，一旦被压垮，觉得无能为力，让耻辱和空虚的龙卷风抓住，就可能触发一切。

卡斯珀跟我说："你一次就做一件事情，设定一个目标，达到目的了，事情做完了，再着手另外一件事。"她告诉我从小事做起。

我对自己说：你已经从克里利出来了，不管怎么说，这都是事实了。你上了一辆汽车，来到了沙漠里。你找到了食物，在这个新的地方没有伤害自己。你还找到了一份工作。

我重复着这些句子，直到龙卷风停止旋转。等米奇回来，一切就会好起来的。我大声说：“找个住的地方。”

我有钱，可以找到住的地方。这是我告诉自己的，用的是祈祷文的形式。我躺到米奇的榻榻米上，睡着了。

第二天早晨，莱纳斯在咖啡馆外头等我，正在用一根发圈把粉色的头发扎起来。她的话是从下嘴唇喷出来的：“你看到赖利了吗？虽然不太可能？”

我摇了摇头，她皱起了眉，“好吧，先开工吧。”

她打开了咖啡馆的门，按了安全警报器上的几个按钮，然后把围巾挂在了一个桩子上。

“朱莉在塞多纳耽搁了，可能要晚到。她很酷，比较自由畅快，不像我们这些人，有时钟管着。对了，你可以帮我准备一下。我听说彼得·李和坦纳昨晚在塔室值班到打烊，所以他们也不会准时到了。那是商业区的一个酒吧。你年龄太小，不知道那些。”

她从洗碗机里取出一条条围裙，因为很湿，她缩了一下，然后把其中一条递给我。“我猜赖利没把新员工实情告诉你吧，嗯，基本来说是这样的：你可以定时免费喝咖啡，喝多少都可以，各种浓缩咖啡也可以喝，但不要太过。喝太多了，朱莉会问你要钱的。吃的应该是要付费，不过这条不一定，搞错订单的时候就另当别论了，知道我意思吧？抽烟、休息要到前门外，有时也可以在休息室抽。”她露齿一笑，指着烤架和碗碟区那头的黑暗走廊，那里乱扔着拖把、扫帚和铲子，“不过，别让朱莉逮住了。她的办公室就在那边，她讨厌烟味。”

她顿了一下，“还有赖利。本来也有各种规矩要遵守，但他基本都打破了，不过朱莉都由着他，因为他是她弟弟，她有该死的爱的观念。所以，这就意味着……她不在的时候，他可能会在后屋一边烹饪一边抽烟。有时他还在后屋喝酒。鉴于你在后屋工作，我也常到这边来，所以，你得看着他一点，这也算你工作的一部分。如果事情即将变得一塌糊涂，你得告诉我。知道我的意思吧？”

她仔细看着我说：“说定了？”

我点点头。

“好，那就工作吧，我们先来做调味汁。”她带着我走到浓缩咖啡机那里，只见壶里装着五种不同的咖啡，脏兮兮的糕点展示台面朝咖啡馆的座位区。

“对了，开始之前，”她说，“我们得来点音乐。”她翻阅了柜台上一堆堆的 CD 和磁带。下面橱柜里的 CD 更多，夹在绿色的菜单垫子及一盒盒铅笔和钢笔之间，还有多余的收银发票、一瓶威士忌，这瓶酒让莱纳斯深深叹了一口气，把它推到了箱子一侧看不见的地方。

她抬头看着我，“我们根据自己的心情来选音乐。待会儿就按顾客的喜好来，除非他们选了我们讨厌的。今天早上，我们觉得非常……”

她顿了一下，“悲伤。生命中有那么多事情没法说出来。你太年轻了，不会懂的，知道吗？”她朝我眨了眨眼睛。

“就范·莫里森吧，他的《结核床单》熟悉不？我这会儿有点莫里森的那种心情。”

我点点头，有点紧张，因为我爸爸的缘故。不过，当哒哒哒特哒特哒哒哒哒的声音溢满空间时，我放松下来。音乐很熟悉，而且有抚慰作用，我试着去想，或许我爸爸正以奇怪的方式，跟我在一起。

莱纳斯浏览着透明容器里油滑的豆子：科纳豆、法国豆、瓜地马拉豆、埃塞俄比亚豆、蓝山豆、肯尼亚豆。茶叶散放在拉出来的木架子上，就像一堆堆小小的、香香的嫩枝。开向第四大街的巨大窗子外，其他地方也开始营业了，窗子刷干净了，货架放到了人行道上，露台桌拉了出来。对这条街上的所有人来说，新的一天开始了，而我，也是街上的人之一。

我有了一份工作，有点恶心，但那是我的工作。我有某种归属感了，至少拖着自己走上了楼梯的一个横挡。我希望卡斯珀在，她应该会可笑地要跟我击掌之类的吧。我让她跟我击掌，这让我为自己高兴。

有个人出现在了真格里特的窗前，挡住了光线。

莱纳斯用肘子轻轻推开我，朝人行道上那个面部脏兮兮的男人打手势：她拍了手腕十次，意思肯定是让他再等十分钟吧。他点点头，草帽边缘彻底挡住了眼睛。他靠到单车架上，从胳膊下掏出一份报纸，自顾自看了起来。莱纳斯继续磨咖啡，由于碾磨咖啡豆的声音很大，她大声喊着："是十五分钟屎男。他每天都在店铺开门时到这儿来，带着一份报纸和一只桶。他在厕所里花十五分钟清理粪便，我们就让他把旧咖啡渣装桶带走。"她指向一个空空的五加仑的泡菜桶。

我看着他，因为碾磨声，我得大声喊出来："真的？清理粪便？花十五分钟？"

她点点头。"真的。作为洗碗工，你还有个任务，就是在他完工后进去检查一下，确保都清理干净了。"她眨了眨眼睛，"不过，你知道吗，他把咖啡渣用到了第六大街他自己的花园里，老天，真是太漂亮了！向日葵到我眼球那么高，番茄有我奶子那么大。"

我不假思索地笑了起来，笑得很大声，然后快速蒙住了自己的嘴。莱纳斯说："没关系的，你可以笑。我真幽默，对吧？"她用手肘推了推我。我把手从嘴边放下了。

我回了她一个微笑。

“这才像话，我喜欢。”她往一个壶里装了水，然后把埃塞俄比亚豆的过滤器递给我，低下头来。这时她的眼睛和我的在同一平面上，她的眉毛间有点模糊的黑毛。

“朱莉会喜欢的，不用担心。她喜欢损毁的事物，你就散发出那样的气息。这话没有冒犯你的意思。在这地方，以怪怪的方式活着是一件好事。我们都是一团糟。”

她从咖啡壶里倒出两杯咖啡，递给我一杯。

“好了，让十五分钟屎男进来吧。”

到了八点半，莱纳斯的脸焕发出明亮的红色，她骂骂咧咧的，从咖啡馆前屋跑到后屋的烤架台，把百吉饼切片，扔到烤面包架上。服务员迟到了，赖利仍然不见踪影。他本来六点就该到，把早餐品目准备好的：辣味番茄酱入锅，家常炸土豆片放上烤架。莱纳斯让我来烤土豆，后来因为我忘了定时翻一翻而对我骂骂咧咧。

“你得去把他弄来，”她说着把一叉子炒豆腐送进嘴里。看着她，我的胃咕噜咕噜地叫。我离开公寓前忘记吃东西了。“他没有手机，我又不能走开，也不能把店关掉，朱莉会杀了我的。”

她潦草地在一张纸上写了地址，画了方向，然后让我到外头找一个圆脸的棋手来当服务员，这会儿她要烧煮。“就跟他说，今天剩下的时间里，咖啡可以随便喝。”我出了门，看了看她画给我的方向，在市中心，我想应该不远，穿过地下通道就是了。我开了单车锁，骑走了。

他住在知更鸟蛋般的淡蓝色平房里，就在血库转角处，一片散漫的棉白杨后方，那条街上尽是古怪的彩色房子和破旧的车子，保险杠贴都脱落了。我走到前门廊，看到一个装满了灰的烟灰缸、一个空的啤酒瓶，旁边是一把绿色的阿迪朗达克椅[①]，堆满了卷边的平装本。

我敲了敲门，没人应。看到纱门没有闩上，我稍微推了一下前门，推开了一点点。我轻声喊道："喂，有人吗？你上班迟到了……"

没人应。我思考了几秒钟，从门缝往里看了看。我不想看到他裸身在床上，跟某个少女在一起，也不想试都不试一下就回莱纳斯那里。而且，我也有点好奇，赖利到底在干吗呢？他的生活是什么样的，这个曾经参加过乐队、现在摆弄肉沫的人。

我推开整扇门，走了进去，轻轻把一双匡威牌鞋子推到一边。前屋到处是书，堆在地上，塞进镶玻璃的橡木书架里，从地板一直到天花板。一个下塌的酒红色长沙发靠在远处的墙角，上方是打开的窗户，没有窗帘。

我走过厨房，墙上的日历吸引了我的目光。日历上有曲线唯美的四十年代海报女郎，头发沐浴在阳光里，长长的腿，胸部在泳装下跳动。当前页在十一月。

今天是五月的最后一天。过去的那四十五天中，我曾试图自杀，后来被安置在精神病院，又乘坐汽车穿过整个国家，在一个破旧的咖啡馆里找了个刷盘子的工作；而此刻，我潜入了一个怪人的房子，那人明显酗酒。他是个可爱的怪人，但终究是怪人。

即便是爱丽丝，也没法让这一切听起来像天使一样。

我穿过一个黑暗的走廊，缓缓推开一扇门。那是一间小小的洗手间，漆成了白色。贵妃浴缸上方有淋浴器。脏脏的镜子置于药柜上方。镶边明信片是鲍勃·迪伦的照片，他站在一辆斯蒂旁克车前。明信片底部写着：伍德斯托克，1968 年。我一边沉思一边观察明信片。我父亲喜欢听《纳什维尔地平线》这张唱片。他告诉我，鲍勃曾出过很严重的摩托车祸，所以不再抽烟喝酒了，他在唱片里的声音也因此纯净而深沉。

---

① 阿迪朗达克椅：一种户外椅子，靠背可以调整角度，座位通常用宽的长木条制成。

上帝来到了迪伦的身后。我父亲是这么告诉我的。

我把另外一扇门咯吱开了一点点，犹豫了一会儿才敲门。我的心怦怦怦地跳。轻轻敲了几下后，我小心翼翼地推开了门，眼睛睁得老大，以防有什么不测。

他正面躺在床上，还穿着昨天的衣服：粘了食物的白色 T 恤，宽松的棕色裤子。他的胳膊放在脑袋后方，眼睛闭着。他把叠起来的被子当枕头，一堆衣服乱扔在大大的皮革椅上。床边的地板上有一个满了的烟灰缸，两包揉皱的香烟。房间里充满了陈腐的烟味和汗味。

心在狂跳，我吸了一口气，喊了他的名字。

没有回应。

他死了吗？我走近了，瞪着他的胸口，想看看是否还有起伏，幸好有轻微跳动。“赖利。”一股奇怪的气味环绕在他身体周围。不是酒味，不是汗味或烟味，是其他的味道。我弯下身嗅了嗅，突然，他的眼睛一下子睁开了，他坐了起来。

我没来得及往后跳，他就抓住了我的手腕，把我拖到两腿中间，用膝盖夹住了我，这让我喘不过气来。突然的紧张感席卷了我的全身。

我脑子一片模糊，该死的弗兰克那张脸忽隐忽现。赖利的呼吸热热地在我耳畔。我努力挣扎，但他抓得太紧了，我哭喊着：“放开！放开！”

他的声音低沉而沙哑：“你是谁，怪女孩？鬼鬼祟祟进我的房子，是想打劫我吗？”

“滚开！”我努力不让自己恐慌，努力待在此时此刻，不要游离。我不明白他在干吗，之前他看似那么友善。我奋力用胳膊去戳他的肚子，但他的手指把我的手腕抓得太紧了，我的皮肤在烧，我动不了。

“放手。”我气喘吁吁。

他呼出的气涌到我的脸上、脖子上，此刻，该死的弗兰克不见了，是地下通道里那个突然跑到我身后的男人，黑色的可怕记忆触发了我的街道感，我本以为已经撇开的街道感。“不！”我大声吼道。

我用尽全力扭动着屁股，找到了一点平衡，然后狠狠地踩在了他该死的脚上。他喊出了声，胳膊突然松开，放开了我。我挣扎着冲到开着的门那里，保持足够安全的距离。他抱起光着的脚，疼得脸都拧到了一块儿。我揉了揉刺痛的手腕，怒视着他。

“天哪，我只是闹着玩的，”他朝我皱着眉，“你以为我要干吗，有企图？”

“浑蛋。”我吞了一口气，努力往下吸，想把我体内开始旋转的龙卷风逼出来。“你真可怕，一点也不好玩。你怎么会觉得这可以闹着玩？你该去上班了。”

我不断吞咽着空气，只是这会儿打起嗝来了，眼泪顺着我的脸往下流，我现在只想哭。

“天哪，亲爱的，”赖利突然严肃地说，“对不起！”

我愤怒地擦了擦脸。糟糕的地狱，不好的人。我竟然在他跟前哭。

赖利瞪着我，他眼睛下方的黑圈就像黑色的半月。是什么引起这种黑斑的，不仅仅是酒，我很肯定。

“对不起，真的对不起，我是个浑蛋。是个浑蛋。别哭了，我没想让你哭。”他的声音跟刚才不一样了，温和了很多。我们俩相互看着对方，我发现他脸上轻轻掠过了什么，是悲伤，是对我的认识，这让我更加想哭了，因为他现在知道了，知道我出过什么事，知道那样抓住我是不行的。

他一副羞愧的样子。

“莱纳斯……莱纳斯让你快去上班。”我转过身，跑出了他的卧室，跑出房子，砰地关上了身后的门，然后骑着单车落荒而逃。

回咖啡馆的路上，经过第四大街的地下通道时，黑暗一下子代替了白色的阳光，我突然想到，他知道莱纳斯不能亲自过来，他知道我要在咖啡馆工作，所以我会过来。

他根本没有睡着。他就在等着我。我以为他是个好人，现在我要提醒自己：人根本就不好，人根本就不好，现在你该知道了。

我停下自行车，想掉转头，回到米奇的屋里，关上门，推大衣箱顶住，拿出我的工具箱。不回真格里特了，再也不见他了，也不用去应付什么了。但如果那样，我刚刚得到的那一点点，就又失去了。我深吸了一口气，闭上双眼。布卢出现在眼前。这就是麦片要吃了我的感觉？

一辆车朝我鸣笛，吓了我一大跳。还没来得及进一步思考，我已经踏着自行车回到了咖啡馆。真格里特外头，人行道上的桌子已经坐满了人，棋手们朝空咖啡杯皱着眉，人们用菜单扇着风。我飞速跑进雇员纱门，冲去拿围裙时，顾客中发出好大的嗡嗡声。

莱纳斯看到我自己一个人回来，扔下抹刀，骂骂咧咧地说："我就知道。一般情况下他也就喝喝酒，但要是迟到这么久，像这种情况，那就说明他在用了。我就知道。"

我还没问什么是"在用"，一个脖子上文着文身的家伙闯进那道双开门，高喊着"订单"同时把绿色的薄板砰地放到了莱纳斯跟前的柜台上，然后到前屋录账去了。莱纳斯在烤架旁忙忙碌碌，把鸡蛋放进盘子，同时在烤百吉饼。我转头去了洗碗机那里，脸上笼罩了一层蒸汽。我脑子里一直在想，莱纳斯说的赖利"在用"是什么意思。

丹尼男孩曾把脸伸进米尔斯公园湍急的溪流，差点淹死，在那之前，他已经开始在赖斯街上转圈圈，寻找一个脸部精瘦的男人了，那人身穿带紫色滚边的黑色人造皮夹克。丹尼男孩不管穿什么，脸色都是灰灰的，胃部紧缩。从那以后，他简直成了一个婴儿。

赖利有那种奇怪的味道，还有他抓住我的方式那么强劲有力。不过他服用的跟丹尼男孩不是同一种，丹尼男孩变得要么很兴奋要么就唉声叹气。不管怎样，赖利昨晚做的都不是什么好事情。

11

匆忙来吃早餐的人流渐渐平息下来。纱门晃开时，我正忙着清理碗碟和咖啡杯。只见赖利无精打采地走了进来，后面紧跟着一个身材较宽的女人，穿着又长又宽松的棕色布衣，有点像帐篷。她四周看了看，朝烤架后的莱纳斯摇了摇头，莱纳斯快速找了条围裙遮住自己脏兮兮的衬衣。赖利已经洗过澡了：头发没再纠缠在一起，身上仍然穿着白色 T 恤和棕色裤子，但换成了干净的白色 T 恤和棕色裤子。

他看了看我，眼里一闪，乐了。“哦，”他愉快地说，“看来你这会儿要接受工作面试了。”

他说话的样子，就好像什么都没发生过一样。我手腕处还有微弱的红色印记，是他紧紧扭住我时留下的。

那个女人朝长长的走廊点了点头，我跟了过去，没有脱掉湿漉漉的围裙。走廊走到一半时，我转身面向在我身后慢跑的赖利，嘘声说：“你浑蛋。”

“这话我不是第一次听了，亲爱的。”

女人瘫坐到桌子后方的一个转椅上，那桌子上堆满了纸张、收据、小册子，装满钢笔和铅笔的杯子，还有一碗明亮的蓝色石头。她把前额按到桌子上，“好累啊！”

她身后浅灰色的墙上，有一张装裱了的垒球队女队员照片，太阳晒黑了的脸蛋，阳光晒褪色了的头发扎起来，搁在绿帽子下方。我看了看女人脸上的斑点形成的黑色路线图。她在照片上很容易认出来，就在右手边，肩上扛着球棒，大腿把短裙边绷得紧紧的。

她的手在桌子上摸索着，好像在找什么，啪嗒啪嗒啪嗒。她好像有点迷惑的样子，同时给人友善风趣的感觉。

赖利伸开腿坐在长沙发上，闭上了双眼。我不知道要做什么，只好站在门边，背靠着墙。

“你没带点咖啡进来，”她对赖利说。

“你又没让我带咖啡来。”

“哦，那就去给我弄点。”

她抬头面向我。“我叫朱莉，朱莉·巴克斯特。你呢？”她再度把头放到桌子上，低声发着牢骚。

我觉得奇怪，她和赖利的姓怎么不一样？或许她结婚了？

“赖利，怎么还没去给我弄咖啡？”朱莉的声音在桌面上闷响。

赖利从长沙发上拖着脚站起来，在我旁边站住了，“你也来杯咖啡吗？”

我摇了摇头，我还在为他做的事情感到生气和不自在。他似乎一脸疲惫，还有些紧张不安，走出门的方式有点滑稽。我等着他出了门，才转回身面向朱莉。

我轻声说：“我的名字叫夏莉。”

此刻，朱莉坐直了，好像没听到我说话，“哈，”她温和地说，“好奇怪。”

她注视着天花板，嘴巴微微张开，然后直直地看着我说：“你瞧，正常的赖利从来不问人要不要咖啡。正常的赖利会直接给你端来咖啡，很可能是奢华型的，比如摩卡，还多放了生奶油和草莓碎片。因为正常的赖利肯定会跟每一个女性打情骂俏，年轻的年老的，胖的瘦的中等身材的，都无所谓。他会给你送来漂亮礼物，然后你就会骚动不安，咯咯地笑，他就觉得自己又多了个盟友。不过，老实说，你好像不是骚动不安的那种类型。”

她顿了一下，抱起双手，“可以肯定的是，这不是一种征服，而是一种结盟。他靠着滥情焕发勃勃生机，有时又想把一切都推开。所以，有意思，很有意思。”

“你们俩之间有点什么。”她两手转着一支铅笔说，“我说不上来，我直觉很强。”

她淡褐色的眼睛快速扫过我的脸，但我什么都没表现出来。我不打算把发生的事情告诉她。她可能不会让我留下。而我只想避开他。

她张开嘴，正打算说话，赖利端着两杯咖啡进来了。她用同样的目光打量着他，把他审视了一番。

“干吗？”他生气地说，“干吗那样看着我？”

“直觉。想好好验证一下我的议题。”她捧着咖啡杯，急切地交织着双手，“好了，言归正传，夏莉，我一直在听。估计你以为我没在听吧。你前额上有个可怕的伤疤，你在沙漠里还穿着工装裤，这两个事情让我觉得有趣又伤感。”她大大地啜了一口咖啡，“你为什么到这儿来？”

我想都没想就朝赖利望去，他耸了耸肩，坐回到长沙发上，咖啡杯放在胸口。我在背后把手指弯曲起来，“为了钱？”

“不是，你为什么到这儿来？”朱莉闭上了眼睛，好像很烦躁的样子。

“到，这个星球来吗？”

“亚利桑那州。星球的事以后可以再谈，那是更复杂的话题。”她一边啜饮着咖啡，一边朝我眯了眯眼睛。

“我从明尼苏达州，到这儿来？”我还能说什么呢？

“为了一个男孩，很可能。”赖利笑着说。

“闭嘴，”我突然说道，“你干吗老说这个？根本不是真的。”

朱莉说：“那么，真的是什么？”

这一整个早上就是一场混乱，包括这怪异的工作面试，我没来得及阻止自己，脱口而出：“因为我试图杀掉自己，可以了吧？我搞砸了，所以就到这儿来了。我饿了，需要钱，需要一份愚蠢的工作。”我刚说出口，就恨不得把所有词收起来，推回嘴里。怪物，她肯定会这样想的。我本能地感觉了一下衬衫的袖子，确保它们拉下来盖住了胳膊。

我能感觉到赖利盯着我看，紧紧地盯着。我能做的就是不去看他。

他突然从长沙发上站起来，离开了办公室。

朱莉眯着眼看了几分钟，就好像要把无意中进入眼睛的尘土弄出来。我的胃在翻腾。她会跟我说滚出去的，她没可能让我待在这儿。我开始解围裙。

这时，她朝我点了点头，眼睛和善而忧伤，“这里的事有点多，对吧？”她的手在心脏附近摆动着，就像鸟一样。

她朝自己点了点头，摸着桌子上那一碗蓝色的石头，“没错，我做事情是这样的，喜欢跟人交谈。这能让我更好地了解他们，比问一问他们有没有洗碗，食物送出去没有，拖地没有，在学校学的什么，有效多了。”她直直地看着我，长着雀斑的脸舒展开了，眼睛清澈透亮。“过来。”她说。

我走过去，她抓住我的手，眼睛里好像有一小潭温暖的清泉。朱莉的手就像母亲般踏实、光滑。她轻轻拍了拍我的手，薰衣草精油的香味从她皮肤上飘过来。

她闭上眼睛，“这会儿，我真的感觉到你了。”

她睁开眼睛，放下我的双手，从碗里拿了一个石头，按到我的掌心里，用手指捂起来。那个石头出奇地热。

“天青石，”她对我说，“有惊人的治愈能力，你知道吗？他们的力量在于，能从混乱和情绪骚动中开凿出一条幽深的小路来。有时真能帮我走出困境。你对石头有了解吗？”

“一点也不了解。”我说，感觉自己的声音很小。一个小石头怎能有这样的力量？我用手指握紧了，“你喜欢向它祷告之类的？”跟石头说话，布卢在那方面就能大显身手。

“你想祷告也可以，”朱莉笑着说，“或者光是握着它也行，闭上眼睛，让自己真正去感受它的能量，并且相信，石头的能量也能感觉到你。”

她在一沓纸上写了起来，同时说道：“石头里有真正美丽的学问。你可以寻思一下。明天我带点芦荟汁来，给你敷头上的疤。拿着，石头是你的了。”

她把一些表格滑过桌子，“给，你需要填一下这些表格，方便纳税和制作薪水账册。带回家填，明天和你的身份证一起带过来，我们会把你的信息录到册子上。”我拿起那几张纸，折起来，放进工装裤的口袋里。

她递给我一张纸，上面写着工时。一周四天，上午七点到下午三点。“那是你的时间表，夏莉。我弟弟是个真正的笨蛋，但毕竟是我弟。他摔倒了，我拉他起来，他推开我，又摔倒了，我再拉他起来，诸如此类等等。”

电话响了，她转过椅子接去了。

我站了一会儿，才意识到这是让我离开的信号。我缓缓走过走廊，石头仍然握在手里。我看到赖利在洗碗区擦柜台，赶紧移开了目光，把石头放进了自己的口袋。

我开始从传输桶往外取咖啡杯，扔掉湿乎乎的餐巾纸和弯曲的搅拌棒。赖利走过来，拿起一个杯子，倾斜了，让我看里头。

“看到咖啡渍了吗？这些你需要浸泡一下。大概一周泡一次，用两盖子漂白剂，兑上热水，在一个水槽或空泡菜桶里装上水，泡起来就行。只要看到这类的，就泡一下。朱莉喜欢让它们保持干净整洁。”

我点点头，没有看他。

赖利低声说：“我是个糟糕的人，不过其实你已经发现了。”

我什么都没说，他把一个手指按到我衣服袖子上，就在手腕上方，然后靠近我说：“你不用骗我说是猫抓的，在搞得一团糟方面，我一点也不陌生。”

“赖利！”那个文身的家伙在侍者台喊道，“跟我们讲讲你吐在亚当·李维鞋子上那一次吧。”

“哦，那次不错。”莱纳斯就像一匹卡通马那样大声笑起来。我转过身，她朝我眨了眨眼睛。

赖利点燃一根烟，深吸了一口，烟雾从他鼻孔里斜着飘出来，他走回碗碟区，“好吧，好吧，对摇滚乐队来说，呕吐又不是什么罕见的事情。可以说是一项主要特征了。吐在李维鞋子上的人，我不是第一个，相信也不会是最后一个。不过我想提醒你，因为消化问题突然想吐的时候，不光是他的鞋，连李维先生本人都是呕吐对象。事情是这样的……”

我继续洗碗，听着赖利讲自己的故事，跟随着轻快的调子和他那抑扬顿挫的沙哑声音，同时也在想他说的：在搞得一团糟方面，我一点也不陌生。

他说的话有点触动了我，尽管我不想被触动。他说的那话，我该把它印在一件该死的 T 恤上，因为这也是我的人生格言。这意味着，不管他今天早晨有多可怕，不管他此刻对我是不是友善，也不管他讲的故事是否有趣，他跟我都是很相近的人，尽管我不愿意承认。

我的脸涨红了，把一只手伸进口袋，抓住那颗石头，希望它告诉我停止自己的想法，但石头安安静静的。

工作结束后，我拿了赖利给的现金，在合作社买了一包薯片和一杯冰茶。我太饿了，立马撕开来吃，弄得满脸都是，一边吃一边看社区外边公告栏上的出租信息。

似乎没什么指望。大部分房东都要求付第一个月和最后一个月的租金，还有保证金。即便是单张床的房间，也要六百美元一个月，预付一千八百美元，外加水电费等。我哪能付得起水电费啊？这是不是也得提前付？我在脑子里算了一下：真格里特付给我的工资，不管在哪儿租房，房租一付，就什么也不剩了，别提那些额外的花销了，比如食膳、燃气费和电费。

我骑着车在市中心转了一会儿，找到了图书馆。我先去了洗手间，等一个女人离开后，从背包里取出米奇的一个空水瓶，在分配器那儿往里头灌了柠檬味的洗手液。我可以用这个洗澡，但还需要找牙刷和牙膏。我用手腕缠了一些厕纸，放到包里，米奇的房间里没有卷纸了。

楼下，我发现如果要使用公用电脑，得登记才行，并且他们要计时。我在登记页上写自己名字时，那个年轻的图书管理员谨慎地看着我，我猜肯定是因为我额头上的疤痕，因为我臭，而且胳膊也是盖住的。

我坐在电脑跟前，把卡斯珀给我的那张纸拽了出来。上面有她的电子邮箱，是打出来的，但旁边整洁浑圆的字迹是手写的，她写道：夏莉，跟我联系时不用犹豫。我会想着你的。她甚至签了自己的真名：贝瑟尼。我略过了有关教习所和援助组织的信息，因为那是明尼苏达的，我现在离那里很远了。

我登录了在克里利接受埃特纳网的教育时注册的账户。我真不知道要说什么，但还是开始打字了。

嘿，我没在你认为我该待的地方，对不起。跟我妈妈住在一起行不通，她也深知这一点。我朋友米奇住在土桑市，我现在到这边来了。我身上有一点钱，住的是米奇的地方。不是那么好，但总比在外边强。我还找了个工作，刷盘子。我觉得我擅长这个。我在画册里画了很多东西。我觉得自己不恐惧了，但可能还是有点。我只是觉得怪，所有的事情都怪怪的。就好像，我不懂得如何生存。我的意思是，我在街头都能设法活下来，但那种生活不同于正常的生活——可以说，只是勉强不被干掉而已。我对水电费、房租、保证金以及买什么样的食物，一点也搞不清。我基本没跟任何人说话，但已经厌倦了说话。问候大家，告诉路易莎我想她。——夏莉。

我正打算退出登录时，看到了另一则消息，淹没在我重新开始上课时，在线教育中心发过来的通知里，还有尼日利亚人发来要钱的邮件里。

主题那一栏写的是：血腥纸杯蛋糕。我的心一沉，犹豫了一会儿，还是点开了邮件。

嘿，灵魂姐妹——萨沙在幽灵医生的桌子旁晃悠时找到了你的档案。里面有些你上的那个在线学校发过来的邮件，就是在那里找到你邮箱地址的。幽灵医生那里有完整的关于你的档案，吧啦吧啦说了一大堆——你可从来没说起过什么古怪的性爱房子。你现在跟妈妈在一起了吗？能不能行得通啊？谢天谢地，幸好幽灵医生把你的文档遗漏在这儿了，你还好吧？弗朗西出去了——拿了一日通票出去后，就没再回来。路易莎还是老样子，还是老样子，写啊写啊写啊，就那类的。

外边怎么样，夏莉？我还有很多时日要度过，亲爱的，我一点希望也没有，给我点希望吧！伊西斯三周后就要出去了，她兴奋疯了。再见，纸杯蛋糕，快点回信。

布卢

计时器的声音惊得我一下子弄掉了鼠标。一个长着肉乎乎胳膊的胖女人轻轻把我从椅子上推开，我差点没时间退出登录。

我出了图书馆，走向广场。太阳开始西下，天空呈现出一片漂亮的粉色和淡紫色。

布卢为什么要找我呢？在克里利的时候，她好像根本不喜欢我。至少，看似不喜欢。

我希望把那个世界藏起来，我希望那个世界就待在一千六百英里以外。我想有个新的开始。

图书馆草地上三个肮脏的男孩吸引了我的视线。他们在卷香烟，背靠着自己的黑色背包。我咬紧了牙齿。我不想跟他们说话，但我要过去，因为他们可能有我想要的信息。

我问他们食物银行[①]在哪儿时，其中两个哼了一声，只有第三个指了指街那头，把地名告诉了我。不过另一个男的说："呀，你这会儿进不去了，女孩。最好天刚亮就去排队吃饭，晚了就到处是婴儿妈妈妈妈地叫。你可不能跟婴儿抢一盘饭，女孩。"

我说了声谢谢，打开了自行车锁。骑回家的路上，我绊到了栅栏上一条潮湿的格呢毯子。肯定是别人放在外面晾晒的。在我的"全新开始列表"上，下一项是"住的地方"。这条毯子迟早用得上。

---

① 食物银行：全球知名的福利机构，每周对需要帮助的家庭进行食物发放，大部分食品都由善心人士提供。

12

第二天早晨，太阳没出来我就起床了，在微弱的晨光中一边画画，一边吃一片花生酱面包。我在画爱丽丝，画我记忆中她的样子。她喜欢在洗澡的时候让我跟她说话，她的皮肤湿漉漉光溜溜的。我喜欢她的皮肤，那么滑腻、润泽，没有疤痕。

工作的时候，赖利准时到了，但他的样子有点吓人，面色苍白，眼睛暗沉。他偷喝了冰箱里的一点啤酒后，才恢复了一点点面色。我假装没看见，不过，估计他知道我心知肚明。大多数时候，我只是安静地待着，他也是。我感觉走到他身边的时候得踮起脚尖来走。

下班后，我骑车去了市中心，找到了收容所和厨房，昨天那几个人说得没错。一排排听天由命的女人和满眼紧张不安的孩子露宿在防晒油布下，等着厨房开门给他们饭吃。建筑后方是一箱箱衣服和家居用品，放在一个长长的灰色帐篷下。我在那些箱子里搜寻时，收容所的一个工作人员正在读一份杂志。我拿了几个盘子，几个有咖啡渍的杯子，炊具，一个有瑕疵的碗。我找到一个桶，里面有几包卫生巾、几盒棉条。收容所的工作人员递给我两卷厕纸，跟我说只能拿这么多。她还给了我一个小袋子，里面有牙刷、牙线、两个避孕套、一管牙膏、一张传单，宣传的是一个看似有好几英里远的食品架，另外还有一叠关于性传播疾病的小册子、一些食品券。我对她说谢谢，她微微笑了一下。来这里我一点也不觉得怪，埃文把这种地方叫天赐之地。确实如此。我把这些微薄的补给品带回米奇的住处，然后开始画画，一直画到天彻底黑了。

十点钟后，我越过第四大街，朝食品同谋后方的巷子里骑行。我第一次去合作社时，就想到了这一点，这里的大垃圾箱应该是寻找蔬菜瓜果的理想之地。我仍然不愿意使用爱丽丝和我一起挣的钱。如果要花那钱，必须是用在住处上，而从真格里特赚得又不多。总吃花生酱三明治，我开始胃疼了。我需要吃点别的。

我动作很快，往背包里装了有瘀伤的苹果、带凹痕的梨子，还有太过软的芹菜。我正把拉链拉上时，看到巷子尽头有个人，正往这边看，有点摇摇晃晃的。我从收容所那里抢到了一把防身用的叉子，塞到了背包里。此刻我手里紧握着叉子，瞪着巷子里那个摇摇摆摆的人影。然后，不一会儿，我出了一口气，手指也放松了。

赖利吸了一口烟。我不由自主地开了口，试探性的声音顺着巷子传到他那里。

“赖利，”我说，“嘿，嗨！”

我希望他跟我说话，但他只是吸了一口烟，继续走路。“拜！”我说，而他没有回头。

第二天早晨工作时，我等着他提起头天晚上的事情，但他没有提。他一整天都没怎么说话。但就在我打卡准备下班时，他拿着一个棕色袋子走了过来。他眼睛下方有黑圈。

“你要是饿了，”他说，“就说一声。我不想再在黑巷子里看到你，怪女孩。好吗？”

他没等我回答就走回了烹饪台。

中途休息时，我坐在咖啡馆外头，旁边是那些下棋的人，这时我突然想到有个地方我可以租，那地方几乎不需要花什么钱，那地方跟《土桑市周报》或食品同谋合作社公告栏上打的那些广告不一样，不需要信用核查、第一个月和最后一月的租金、押金，还有其他，比如棋手们提到的费用。一个棋手越过我肩膀，看着报纸上的广告，告诉我说：“你以前要是没在土桑市住过，自己名下没有水电设施，就得付上该死的二百四十美元，把气开通。他们叫‘预存款’。”

另一个棋手说：“七十五美元开通电。”

他们为租金和费用打起赌来。我想知道他们都住在哪儿，是做什么的，因为他们好像根本没有工作，只是每天到这儿来，一整天喝咖啡，吃百吉饼，然后回家，在咖啡杯里留满了烟头，等着我清理。

埃文。

埃文喜欢到有露天座位的饭店和酒吧晃悠，从烟灰缸里捡取吸了一半的烟头。他会带着我们穿过圣保罗非常狭窄的地方，在那里，人们从高高的、看似闷热的公寓里往外望，眼睛无精打采的，或是待在三季门廊[①]里，萎靡不振。要是我们能挣到钱，也可以在品质低劣的住房里找间屋子，三个人住上一周左右，破烂的门把深夜寻施舍的瘾君子挡在外头。跟蜷缩在巷子里，或是到河边找个好场地相比，待在屋子里真是太好了。

我可以租的那地方不需要多少费用，不需要第一个月和最后一月的租金，那地方甚至不会出现在报纸广告上。我把周报扔在椅子上，回去工作了。

下班后，我骑着车回到米奇的社区，然后又往远处走了几个街区，那里的人行道拥挤，有裂纹，房屋紧紧地挨在一起。跟圣保罗一样，在这样的社区里，人们无所事事，就是倚靠在破旧的公寓楼门廊上，或者靠着电线杆，因为那里比较温暖。我一直骑行，直到在一座墙皮脱落的白色建筑前看到一个出租牌，用透明胶带粘在铁丝网围栏上，上面潦草地写着：房屋出租，里头咨询，1a 室。建筑的前门大大地开着，隔壁过去两家是一个可驱车进入的酒品贩卖店。

进了门，一个年老的男人打开了标着 1a 办公室的底楼房门。他身后的房间黑洞洞的，他眨了眨眼睛，光线刺到了他。

---

① 三季门廊：春夏秋三季使用，不保温，单层玻璃，冬天和户外差不多温度，也可叫防风隔间。

“你精神健全不？别介意啊，只想提前了解一下。”

“我不知道什么意思。”我跟他说。

他耸了耸肩，从口袋里掏出一大串杂乱的钥匙。我们踏着门厅里褪色的红地毯，走上了嘎吱嘎吱响的楼梯。一楼两边都有门，大部分门的油漆脱落了。

蓝色的管带粘住楼梯井墙上松散的灰泥。那个年老的男人停住了，靠在楼梯的扶栏上。我犹豫了一下，伸手去扶他的手肘处。他那里的皮肤苍白而干燥，开裂了。

“十六级台阶，”他喘着气说，“估计你不知道我有多老吧。”他布满皱纹的眼睛有点红，鼻子上有毛和黑头。我外婆一直自己照顾自己：每天都梳头，浑身有乳酪和肉桂的香味。有关外婆的情况，真希望我当时问一问老妈，她究竟出了什么事，以至于不能再给克里利付费了。

这个男人衰老不堪，而且照顾不周。他笑了笑，露出潮湿而空荡荡的嘴巴，“我也不知道呢。”

他停在了二楼，“你住这样的地方，似乎年轻了点，不过我什么也不过问。这里的很多人都有困难，我只要求他们不要带别人过来，你听明白没？”

我点点头，他引着我走到一扇门前，门上用灰泥和油漆涂抹了令人不快的棕色阴影，底层还有奇怪的橘色阴影残留。我跟妈妈住的也是些糟糕的地方，老鼠会在橱柜里乱咬。我还在雨雪交加的天气里在外头住过，还住过种子屋。这些低劣破烂的墙壁和糟糕的涂漆，还有这个很老很老的男人，算不上好也算不上坏。以前的那些我都习惯了，这里对我来说不是天堂，但也不是地狱。

房间只有一个大卧室那么大，侧边有额外的一个小室。我往那里头看去，发现那个小室是厨房和洗手间的组合体，一个有凹痕的粉色冰箱和一个很老的水槽位于其中一侧，马桶和小小的爪式浴缸在另一侧。没有炉子。那是我见过的最小的浴缸，我爬进去坐下时，膝盖都挤到了胸部。奇怪的是，我有点喜欢。

他耸了耸肩，“这座楼很老了，可能是 20 世纪 80 年代的了，那个时候，浴缸是真正的奢侈品。人们在上头横着搭一块板子，就当餐桌吃晚饭。走廊那边有男人用的普通洗手间，我想尽量把带洗手间的房间给女士用。”

他把“横着”说成“浑着”，人们在上头浑着搭一块板子吃晚饭。

天花板就像一个迷宫，尽是剥落的纸、红色和黄色的飞溅物。我看着这个老人。

他若有所思地揉揉下巴，“哎呀，瞧，那是老罗杰干的。他喝酒的时候，有时会突然发作，用芥末和番茄酱来打斗一番。我们的罗杰，他喜欢热狗。”

“找个梯子来清理一下。第一个月的房租减二十美金，因为屋子不干净。下边一楼有个家伙，以前给我做这些手上活计的，现在不干了。”他顿了一下，“叫他学校老师，因为我猜他以前是干那行的。他总在唠唠叨叨地说些什么。我想以前的事情你准没办法真正抛下，它总黏着你。”

在外头，那些上了年纪的人，人们知道的往往不是他们的名字，而是在流浪街头前，他们曾经干过哪一行。金钱老兄、烘烤女士、比萨男。如果你是个孩子，那你的称呼就是：孩子。我在想，如果我再度成为一个孩子，这里的人会怎么叫我。

我想知道那个学校老师是怎么从教室沦落到这样一个破烂地方的。

老人回头看了看前屋，迷惑了一分钟的样子，然后说道：“噢。”

“没有床，”他对我说，“罗杰去世后，就把那个搬走了。不过，可以再减十美金，其实也不过是个床垫。”

前屋有一盏很可能不会亮的灯，一张寻常的牌桌，一把绿色的轻便椅。他见我在观察，微微一笑说："带部分家具呢！"

"三百八十五美元一月，含水电费，不过，你要是带电视进来，想装宽带，那就得自己装，自己付钱，不过一楼的两个先生好像暗中搞出了什么法子。我也没什么 Wi-Fi。"

他说："大部分人是按月结，你知道的，如果他们要求，也可以一两周结一次。我要收押金，这是规矩，即便是短期租，即便你不像什么麻烦人物。因为你可不知道人们什么时候会破坏东西，对吧？你就交两百美元，退租的时候会还给你的，只要房间保持得好。"

他顿了一下，严肃地看着我说："酒品贩卖店会有点吵，可能会打扰到你。我不是个挑剔的人，不过，就像我刚才说的，已有的麻烦带进来就算了，可别再惹什么乱子。"

走廊对边的电视传来微弱的笑声。有人在走廊那头用西班牙语轻声唱着歌。我不知道如何是好。我不知道这是个好地方，还是个坏地方，也不知道该问些什么。我只知道这是我目前能住得起的地方，这个男的看似比较友好，而且不要中介费，不需要信用核查，诸如那类的事情。我住过比这糟糕的地方，但还是感到害怕，不过，我还是抬头看着他，点了点头。我找不到话说，双手在颤抖。我不愿意去想，如果这是个可怕的地方，会发生什么样的事。

他弯腰把一只苍蝇从裤腿上赶走。他脚上穿着凉鞋，脚趾又脏又糙。"我叫雷纳德。干吗不把你的名字告诉我呢，然后我们就可以开始一段美好的友谊了。"他伸手要把我从浴缸里拉起来。

我抓住他的手，竟发现他的手软得出奇，我朝他笑了笑，尽管心里并不想。我放松了一点。他看着像个和善又诚实的人。"夏莉，"我说，"我叫夏莉·戴维斯。"

我回到米奇的公寓时，发现一张 CD 斜靠在纱门上，正面贴了一个信封。上面用流畅的紫色墨水写着麦克（Mike）的名字，字母 e 写成了一连串别致的紫色花朵。我没时间去细想那是什么意思，所以把信留在了门边。我给米奇写了张便条，把新地址告诉了他。

重新打包我的东西没花多少时间。我把收容所拿来的盘子包在栅栏上搞来的格呢毯子里，塞进路易莎的手提箱，又把自己的衣服扔进背包里。我在外边找了绳子和吊耳，将路易莎的手提箱捆到黄色自行车后头，然后把背包背到了肩膀上。

前屋的窗子流淌出歌剧的声音，我停留了一会儿，仔细聆听，想着我是不是该跟艾利尔说声再见，或者谢一谢她，或者说点别的什么，但是我没有。我从花园门离开了，没有回头。这是我一直以来就没有学会的事情：说再见。

骑到白色建筑是一段缓慢而艰难的旅程。驮在身后的手提箱总在晃动，我得努力保持平衡，一直蹬脚踏板。把自行车放外边我有点不放心，即便上了锁，但我还是抱着乐观的想法，把它留在了外头。

我把自己拥有的所有东西拽上摇摇晃晃的楼梯，停下来把汗水从脸上擦掉，然后在房间门口足足站了五分钟，等着别人让我进去，这时才发现：我可以自己进去的，因为我有钥匙。我低头看着那把钥匙，银色的，凉凉的，就在我手里。

我啪地打开屋子里的灯的开关，什么也没发生。透过阴影我能看到，灯具那里没有灯泡，只是一个空空的黑洞。我把背包和路易莎的手提箱拽进房间，关上门，把链锁闩上了。

我拽了拽地灯的线，没亮。我拧了一下灯泡，看到了灯丝烧坏后留下的污点。厨房区离门口只有几步。水槽上方那个小小的灯泡能亮，不过我必须踮起脚尖才能够到拉线，那是一根脏兮兮的鞋带。

阳光渐渐褪去。街道上不断传来沉闷的“威－喔－威－喔”的声音，那是车子在酒品贩卖店撞上了车道警铃。

我已经吃光了面包和花生酱，只剩下一个带瘀青的梨子了，从合作社的大垃圾桶拣来的。我的胃咕咕咕地响，但今晚我哪儿也不想去。外面路灯的黄色光线透过窗子倾泻进来。我用双手从厨房水龙头那里捧起霉味的水来喝，想着下一步该做些什么。我想，最好还是找雷纳德吧。

我取掉链锁，打开门。走廊里空空的，可以闻到烟味。我屋子旁边有三道门，对面还有三道，走廊尽头是洗手间。那扇门是关着的，可以听到低低的咕哝声。我关上自己的门，快速朝楼下走去，所幸的是走廊灯会亮。

在雷纳德的房间里，他给了我一个锤子和一颗钉子。我给了他一个二十五美分的硬币，买了一个备用灯泡，他接过钱，咧嘴笑了。我回到房间，把灯泡拧上了。

我把钉子敲进墙壁，将从艾利尔那里拿来的亮闪闪的骷髅头十字架挂在了浴缸上方。

我把绿色椅子推到门后方，确保门上了闩，然后躺在地板上，头枕着背包。我在心里计算着：爱丽丝和我挣的钱总共有九百三十三美元，我一共给雷纳德付了五百九十五美元，包括租金和押金，所以，我还剩三百三十八美元。一次性把那么多钱交出去，真让人恐慌又难过，原本这笔钱该用在我们曾梦寐以求的地方。

不过，至少我有自己的房间了。我没住在巷子里，没在地下通道或者漏雨的篷车里，也没在一座恐怖房子的红色房间里。我在这里。

此刻，我不觉得难过，也不觉得害怕，这一刻，我感觉，有点胜利的欢欣。

我抱住自己，聆听这个肮脏屋子外头的生活，街道上的叫嚷声，其他房间传来的含混说话声、电视声、噼啪响的收音机声，还有几个街区外嘟嘟嘟的汽笛声，心里想着：我的房间，我的房间。

13

门外边靴子的咔嗒声一大早就把我吵醒了。走廊尽头的门开了又关关了又开，撒尿或叹息的声音不断传来，然后是冲水的声音，紧接着又是靴子声。我精神恍惚地揉了揉自己的眼睛，只觉得手臂上满是沙子和盐。

浴缸没有淋浴喷头。我把水打开，脱掉了衣服，然后四处看，看我工装裤上的钩子，蓝色运动衫上的污渍，就是不看自己的身体。浴缸满了，这样站着一点也不舒服，所以，我走进去，坐下了。温暖的水一下子让人惬意起来。我用图书馆弄来的柠檬洗手液洗了头，然后闭上眼睛，往大腿、腹部、胸部和脸上泼水。终于，我感觉洗干净了，蜷起身体往后靠，把头浸到水里，享受难得的安宁。

我准备走出浴缸时，突然意识到没有毛巾。应该在必需品清单上再加一样东西。我尽量用双手擦掉了身上的水。头发仍然很短，不用担心。我从塔尼亚的那一堆衣服里选了一件干净的长袖衫穿上，又把工装裤套上了。出去工作时，我差点忘了锁门。我的门。

第二天下午，下班后，我枕着背包，躺在地板上打瞌睡，这时走廊里传来了轻微的敲门声。一开始我以为是其他房间传来的电视声，后来发现不是，这才意识到有人在敲我的门。我站起来，从背包里抓起弯曲的叉子，以防万一。我小心翼翼地推开挡门的绿色椅子，不打开门闩，只把门拉开一点点，往外窥探。

一个金发的蓄着发绺的人影把脸按在门缝上，朝我笑开了。叉子“咔嗒”一声掉在地上，我的心开始狂跳不已。

“夏莉·戴维斯，”米奇轻声唱道，“是你，快看看你。”我匆忙打开门，脸上已经泪湿了。“米奇，”我把脸埋在他身上，低声说，“哦，你来了，你终于来了。”

他那么紧地抱住我，我们俩倒在了地上，笑着，哭着。抱在一起，感受一双胳膊环绕我整个身体，紧扣我的腹部，感受另一双脚在轻轻摆动，一张脸按在我脖子上，吸收着我的热度和眼泪，真是太欣慰了。好了，这下好了，米奇的声音那么轻柔，在我的耳畔响起，他的嘴唇就贴在我的太阳穴上。他摇着我，揉着我的后背，用下巴爱抚我的头，他的胡楂缠到了我刚长出的发尖。我说：我想你。他回答说：我也是。都是我的错，我说。不，他说，你没错。我说：我没回复她。爱丽丝的短信一条条发来：很难受。你不知道有多难受。太难受了。看到米奇，一切又在脑海里重现。我大概有三个月没见到她了。当时，我瞪着亮黄色的短信，把手机翻朝背面，放在了床上，用所有的愤怒来让自己铁石心肠，第二天早晨，我醒来时，妈妈站在门口，用一种奇怪的音调叫我的名字，她的嘴巴在颤抖。

和米奇抱在一起，躺在偷来的格呢毯子上，我想起了那些在波浪里拍的照片，那些冲浪运动员穿着漂亮套装，踩着踏板在水浪形成的隧道里滑行，眼睛睁得大大的。我想，在水的包围下，他们肯定有种受保护的感觉吧，世界突然安静了，哪怕只是短暂的几分钟。此刻，在我黑暗的小房间里，我也有那样的感觉：过去一年、过去几周我所做的一切，我假装的一切，都被冲走了，被洗净了，移走了，一切都擦得亮堂堂的，迎接新的世界。

“嗯，说说吧，跟我说说。在那边，他们是怎么跟你讲的？你患的，病，有没有，名称，之类的……切割那事。”米奇专注地盯着我。他什么时候变这么帅了？我低下头，看着自己的盘子。我们在一个叫作“绅士本”的地方吃黑色和蓝色汉堡，还有胡椒炸薯条。

他的问题让我紧张——我该跟他说多少呢？到底是什么讨厌的因素让人切割自己，出现精神病患者的行为？我吞下一根法式薯条，深吸了一口气，“叫 NSSI，非自杀式自虐。”

他抹了抹嘴，喝了一小口可乐，眼睛亮闪闪的，“那到底是什么意思呢？是不是……爱丽丝，也有那个？”

“意思是我伤害自己，但并不想死。”我咬了一口汉堡。烹饪过的食物是那么可口。我还要了一杯柠檬茶，说话前喝一口，享受溢满嘴巴的甘甜，卡斯珀说，要多说话。我强迫自己慢慢开了口：“很难说清楚。我还有其他病，冲动控制障碍，创伤后压力心理障碍症。”

他皱了皱眉，“创伤后压力心理障碍症？那不是退伍军人常患的病吗？”

我小心翼翼地嚼着汉堡。不经意间，我说出的话变成了耳语：“那是很多事情造成的。”我从来没跟米奇说过父亲的事。估计他认为我父母离婚了，因为很多人的父母都离婚了。他也不知道我妈妈会打我，直到上次离开前。

他不知道切割的事情，也不知道爱丽丝有厌食问题。我们把各自的秘密守得紧紧的。

“天哪，夏莉，对不起。”他把盘子推开了，“你看，我那次休息完回来后，就跟丹尼男孩一起去找过你，但是没找到。”

他的脸瘦了，也坚毅了，某种程度上像个成年人了。他抱起膝盖，顶着自己的身体，把运动鞋留在塑料椅子脚那里。

他当然会找我。我们四个中：爱丽丝、夏莉、米奇和丹尼男孩，他是最有责任心，是最善谈的。在下城的时候，是他跟警察交谈，让我们摆脱了麻烦。吃过的消夜和散发出的酒精气息，他也能在父母面前掩藏起来。他可以把自己瘦小结实的身体挺在肥胖松弛的丹尼男孩和那个手臂有鲜猪腿那么粗的暴怒小流氓中间。

他清了清喉咙，“我再也不喝酒了，夏莉，别的那些也戒掉了。我现在完全改好了。我想你应该知道，我现在只想回归正轨。”

“嗯，”我缓缓地说，心里有点感激。我也不想做那些事情了，如果米奇戒了，那我也会容易得多。“我也不能喝酒，或做那些事了，真的。医生不希望我那么做。在医院里待着还可以，不坏，怎么都比外边安全。”

米奇似乎松了一口气，很高兴。“那就好，”他说，“你不喝酒了，真是太好了。我的情况也相似，到这里以后，我对那些事都厌倦了，只想重新开始。我是说，在家的时候，我们浪费了那么多时间啊，你意识到了吗？我们一直都搞得一团糟。”

“我知道。不过有些事情还是很有趣的。”我微微一笑。

“是啊，不过要想往前走，就得把事情放下，知道吗？丹尼男孩也戒掉那些恶习了，你知道吗？”

“开玩笑吧？”我还记得丹尼男孩的情况越来越糟糕，他会花好几个小时在街上走，寻找那个穿紫色滚边黑夹克的男人。找到那人后，他就会像个婴儿一样瘫软下来，懒洋洋地靠在米尔斯公园那个浅湖边的草地上，阳光照在他松弛的脸上。

“是真的。我回去过圣诞节时，跟他妈妈聊过。他在什么康复中心待了六个月，他们往北一直到了边界水域，然后进了森林，在那里，他们要自己砍柴生火，养鸡生蛋，自己做食物。很疯狂的事情，但他做到了。他已经戒掉一年了，现在跟老年人一起工作，有点像是在照顾他们，给他们喂食之类的。在德卢斯。”

我试着去想象笨拙的丹尼男孩把一勺燕麦粥喂进一个老人的嘴里，或者帮他们换尿布，但我想象不出来。我只能看到他要么兴奋得不行，要么很忧郁，或是在一场演出后，痛揍了巷子里的某个人。

“可以做到的，夏莉。你看，只要你愿意，就可以改变生活。”

我谨慎地点了点头，因为我不确定有没有这种可能，也不确定自己能否做得到，因为我好像总搞得一团糟。米奇笑了，从口袋里掏出钱，塞到他盘子下方。看到他这样做，我有些难过，我才刚刚跟他谈起劲来，词汇像水一样在流动。

“对了，”他缓缓地说，“我不喜欢你现在住的地方，不过，还是先办要紧的事情，对吧？我们得给你找个能睡觉的东西。我没有车，所以只能跑腿了。你准备好跑腿了吗？看似你得用一用腿了啊。”

“喂！”我说着，脸红了，意识到他在打量我的身体，这让我惊恐又有点抱着希望的感觉。我换了个座位。他是不是觉得我现在太胖了呢？

“他们不让我们运动。而且吃的都是含淀粉的东西。”

“开玩笑的，”他笑着说，“你增加点体重挺好的，以前那样子太瘦了。”

我们站了起来。他伸了个懒腰，绿色的连帽衫往上升，露出柔软的棕色腹部，上面穿了一个银色的环。我突然有种冲动，想把手放到他露出的髋关节尖骨上，感受那温暖的皮肤。我感觉自己的脸又红了。真想知道他对我是不是也有同样的想法。

我突然想起该问问他门阶上的那张CD，还有那个紫色脚本的信封。我差点忘了，米奇可能有女朋友的。正当我要问时，他靠近我，轻声说：“给我看看。”

我知道他说的是什么。我缩了一下，担心他看到后会怎么说，但还是缓缓地、缓缓地拉起了运动衫的一只袖子，然后又拉起了另外一只。

天几乎全黑了，悬挂在露台顶的那些白色灯光就像我抛在明尼苏达的雪一样模糊。我深吸了一口气，温暖的气体包围了我的脸。看着我的伤口，他的眼睛湿润了。我把袖子拉了下来。“时间到。”我轻声说。我很清楚我们俩离得有多近，而且他的嘴唇离我的不远。

如果他看见我腿上还有更多伤疤，会说什么呢？

米奇用他的掌根抹了抹眼睛。

“所有的事情都变得非常庞大。”我说。

他没有吭声。

卡斯珀说，你得开口说话，夏洛特，你不能总沉默。“就像我刚才说的，”我努力把词汇挤出来，“所有的事情，好像，变得很重，我再也承受不住了，你懂吗？”

我太想念爱丽丝了，简直疯掉了，都是我的错。还有，米奇，有一座房子，那地方真正坏透了。不过这些事我没有说出口。

他摇了摇头。我们俩相互看着对方。他说：“好了，那我们就试着让它变小，好吗？一次一次，一件事情一件事情地来。”

“变小。”我小心翼翼地说出这个词，“变小。”我喜欢这个词的声音。变得让我两手能够托住。变小。

我们从他那个胖嘟嘟的、住在欧几里德大街的朋友——罗林那里借了一辆皮卡车。大学周围，书桌、餐桌和床垫收拢在巷子里，或是堆成摇摇晃晃的一堆，放在公寓大楼和宿舍外的人行道上。米奇说：“时间正好，因为放暑假，人们都搬出去了。把一些很好的东西往外扔。”

我们找到一个铝的野猫垃圾桶，一个箱式风扇，一个漆着黑白波尔卡圆点的烤箱，一个水壶，一个小茶儿。随后，我们驾着车缓缓驶过小巷，发现一个双人榻榻米楔在一张玻璃面的咖啡桌和一堆猫头鹰连锁餐厅的海报之间。米奇过去查看有没有烟烧出的洞。我试着跟他开玩笑，说那个根本没关系，因为我曾经睡在地下通道里，但我的话只会让他痛苦。

他沿街跑回了公寓，想去拿绳子来把榻榻米捆成一卷。榻榻米上有烟和啤酒的味道。就在我感觉累了，揉着自己的眼睛时，传来了拖着脚走的声音。

是赖利，他一只手提着一个大帆布包，另一只手拿着烟。已经近午夜了，他却还戴着太阳镜。他看了看榻榻米和皮卡车里的其他东西。

“哇，”他声音混浊，有点含糊不清，“正是拾路边家具的好季节。”

街灯把他的脸照成柳条一样的黄色。

他把太阳镜推到头顶上。“我不是跟你说别在小巷子里晃了吗？”他把烟扔到了路上，从大帆布包里拿出一瓶啤酒，用皮带扣拧掉盖子，斜着递给我。

我摇摇头，他耸了耸肩，喝了一口，眼里闪出温暖的光来。他微微一笑，我心里突然闪过一点光芒，小小的快速移动的光，就像导航灯啪地一闪，让我的脸发热。他朝我靠过来，靠得非常近，我能感觉到他呼出的气飘到我嘴唇上，能闻到他的啤酒味，他低声说：“我也感觉到了。”

沙砾的嘎吱声让我俩倏地分开了。米奇小跑着出现在巷子里，手里挥舞着绳子。我透过口袋捏着自己的大腿，好让心跳缓慢下来。

米奇突然停下了，来回看。“嘿，”他喘着气说，“赖利，最近怎么样？”

“麦克，”赖利喝了一口啤酒，“我还不错，猫弗利乐队的旅行怎么样？”

“简直太棒了，”米奇一边绕着榻榻米拉紧绳子，一边咕哝着说，“从东部来了些了不起的家伙，德维托真的参加了波士顿的演出。嘿，这是我朋友，夏莉。夏莉，这是赖利。”

“我们已经是老朋友了，麦克。”

米奇看看赖利又看看我，然后一脸困惑地回到赖利身上，“你说什么？”

“我在真格里特工作，”我不情愿地说，“洗盘子，一周前开始的。”

赖利点点头，“她懂得怎么洗白咖啡杯，这一点我得夸夸她。你们俩……你俩也认识……怎么认识的？”

他眼里闪出我不喜欢的光芒，即便他喝醉了，我也能看出他的脑子在转，他记得有关我为何搬来这里的对话。他觉得我是为米奇搬到这儿来的。

米奇说：“我们可以说是一起长大的，在明尼苏达就认识。”他绕着榻榻米走，把绳子捆紧了。

我叹了口气，等着。

赖利打量着我。“真有意思，夏莉竟然没提过。”他的眼睛亮闪闪的，俏皮的笑容里带着狡黠，“多好的一对——我是说，你交了一个多好的朋友。”

我怒视着他。

米奇对赖利的讽刺一无所知，正忙着把绳子打成结，“嘿，夏莉，赖利以前也在乐队里，你知道吗？还记得那首歌吧——《施舍对象》？”

赖利的表情突然变了。“别提了！”他说，声音很尖锐，“没必要揭人的旧伤疤。”

这首歌的名字在我脑子里砰砰作响，最后落在了我坐在米奇院子里画画的那个夜晚。歌词也回想起来了。“记得，”我说，“我有天晚上还听某个乐队唱过。”

米奇点点头，“嗯，是啊，这可是本地一大话题，绝对的。赖利不怎么领唱，但他确实很在行。”他朝一脸恼怒的赖利笑了起来。

我记得，四五年前，有一段时间，那首歌很流行。模糊的画面闪现在眼前：电视里有四个家伙，留着凌乱的头发，穿着黑色低帮鞋，破旧的T恤，套着短袖格子衬衫，在一辆皮卡车的床板上唱一首歌，车子在沙漠里漫步向前。有蜥蜴和跳摇摆舞的女孩镜头，她们穿着俏皮短裤，把尘土踢了起来。那四个家伙都长得平平常常，但唱歌那人的声音令人一颤，浪漫高昂的鼻音突然一个俯冲，转成深沉的蓝调。

我看着赖利，突然想起来了，电视里的那个歌者，在简洁的货车后厢里，两个穿露背装的唯美模特靠着他，他直直地瞪着镜头唱道：我只想要你看到我真实的模样……那天晚上我们有点醉了，懒洋洋地躺在爱丽丝的床中央，不停地换台，她停在了这个视频上，大声喊道，那家伙，真是呱呱叫，然后调到别的台去了。

“是你，”我有些兴高采烈地说，“是你唱的。”

赖利抬起一只手。“这边没我的事了，孩子们，”他从大帆布包里抽出了第二瓶啤酒，“再见，麦克，怪女孩。别忘了好好睡一觉。盘子可不会自己清理干净。”

我们看着他缓慢而吃力地走开了。

“那家伙，”麦克说，“顶级音乐家，一流的词曲作家，但是个大浑蛋。简直浪费了天赋。”他摇了摇头，我们看着那条巷子渐渐地湮没了赖利的身影。

把榻榻米搬上十六级梯子需要从门廊那里的醉汉中找个人来帮忙，搬完后，米奇满足而欣慰，把手上的尘土刷到了裤子上。

“夏莉。”他轻声说。

他目光柔和，我朝他走过去。跟他在一起真是太好了，熬过了那么漫长的等待，此刻是那么安全。两周多了，我一直搂着、呼吸着他的枕头，等着他回来。他已经了解我了，或许不会介意我的伤疤吧。

我把手放在他的腰带上，很轻，屏住了呼吸。路易莎说没有哪个正常人会爱我们，这不是真的，我对自己说，她说的不是真的。米奇似乎笑了一下，但没有看我的眼睛。他用双手抱住我，在我的头发里说话："我得走了，夏莉。都快凌晨两点了，我明天还得去麦格派上班。现在一切都好起来了，对吧？我会帮你的，你知道的，对吧？我在乐队里有很多工作要做，还有别的事情。不过我就在这里，在你身边。你已经找到工作了，很棒，这是个很好的开始。"

我听着他的心脏在衬衫下方跳动，心里涌起一阵失望。"好的，米奇。"我希望他留下来，我想知道他说的别的事情是什么意思，是不是跟那封信和那张 CD 有关。他朝我挥了挥手，走了。

门在他身后关上了。我拉了轻便椅挡在门后，那椅子有股干掉的酒味和没人爱的猫味。我们找来的旧物堆在房间里，那些愚蠢的、想用来填满房子的东西。今晚这栋楼里的人动作都很轻，静静地往水槽里放水，对着手机小声说话。

外边的温度下降了，所以，我关上厨房水槽上方的窗户，用格呢毛毯裹住了自己，然后取出写生簿、铅笔和炭笔。我的手指在画页上勾勒出了一个图案，今晚的一切重新上演，在我脑海里缠绕，在我眼前重现。

唰唰唰！赖利的脸一点点在我指下成形，刚把人像的头部画好时，电流一样的温暖击到了我。

我突然意识到，赖利消失在巷子里时，身子摇摇晃晃的，并不完全是酒醉的缘故，是搞得一团糟时才会出现的情况。那种摇摆，是一个人把自己倒空了的感觉，根本不在乎事情能否回转，失去的能否回来了。

我觉得自己有时也那样走路。

我看着自己作的画。他的脸比几年前电视上看到的老了，似乎很疲惫，再不是呱呱叫的模样。有什么东西消失了。而且，他也有个棱痕，只是我不太确定在哪儿。

管他是什么，管他经历过什么事，我一点也不想了解，虽然他靠近我时，我的身体反应异常。我翻了一页，开始画长发绺、纠缠的头发窝，以及米奇亲切的轮廓和敞开心扉的脸庞。

14

第二天早晨，赖利压根没提起在巷子里碰到我和米奇的事。他肯定是搞得一团糟，要么就是记性不好，想不起来了。或者是他根本不在乎。跟他说话真困难。他跟莱纳斯和服务生都很能说，唯独不跟我说话，只在午餐时给我滑过来半个烤好的奶酪三明治。

下班后，我去了图书馆。所有电脑都有人用，所以我爬上楼梯，进了艺术区。爱丽丝曾觉得我很怪，喜欢看古老艺术之类的东西，比如鲁本斯[①]和他画中那些柔软的女性，柔柔的头发，红扑扑的面颊。我还喜欢弗里达·卡洛[②]，她似乎很不高兴，色彩里充满了愤怒。她的画作里好像有数百万的故事。虽然埃文说我的连环画让他觉得很棒，跟名作没什么区别，但对我来说，不过是些蠢笨的东西，画着失落的小孩在街头，飞得跟风筝一样高，披着黑色的斗篷跳舞，假装他们是超级英雄。

画画这门艺术似乎很重要，放入书里，历久弥新。我得自学，我想自学，学会画伟大的作品。我想画了不起的作品。

我离开前，终于有机会坐到了一台电脑跟前。有一封卡斯珀发来的

① 彼得·保罗·鲁本斯，佛兰德斯画家，是巴洛克画派早期的代表人物。

② 弗里达·卡洛（Frida Kahlo，1907—1954）：墨西哥最受欢迎的现代女画家。

邮件。

亲爱的夏莉：

哎，我之前就担心会有这样的事情，对你妈妈能不能帮你确实没什么信心。不过你现在安安全全的，又有朋友照看，我很高兴。希望你遵守我给你定的规矩，也希望你能寻求到一些帮助。你应该可以找到一些免费咨询处，或者加入适合你的组织。也许你的朋友能帮忙找找？我希望你安全，夏莉。有时，事情好转的时候，我们很容易过度自信，没意识到危险信号，让所有的进步毁于一旦。做什么事都要慢下来，夏莉，一次就做一件事，好吗？对你来说，需要放在第一位的就是：你自己。

你找了一份工作，真是太好了，工作非常有利于增强信心。很棒！

你问起路易莎，我也希望能跟你谈谈她，但是没办法，夏莉。因为要保守病人机密，还有“一大堆该死的等等等理由”，布卢形容得不错。要好好的，希望你早点回复我。

另外，你们给我取的绰号我都知道，比如“卡斯珀”和“幽灵医生”，等等。随便啦，你们爱怎么叫都可以。

我刚开始回复，定时器就响了。我对自己说，明天下班后一定要过来，给她写一封邮件。我也该给布卢回复一下。我知道在克里利有多孤独，上次在图书馆没给她写回信，想想有点内疚。

我回到家，发现一张便条，是米奇塞到门下方的：九点钟到麦格派来见我。我今天很倒霉，要轮双班。完了我带你去参加一个派对，好吗？到时见。

我轻轻折起便条，想到要见米奇，心里扑通扑通地跳。派对。像约会一样？是吗？我也不确定。我在浴缸里用了很多肥皂，洗完后换了件干净的衬衫。我进了走廊尽头的那个洗手间，厕所的尿味和垃圾桶里溢出来的东西让我缩了一下。我从那面肮脏有裂缝的镜子里审视着自己的脸。

“其实你也蛮好看的，只是藏在灰土和污垢下方。”这是埃文在那次游行时说的。

现在我脸上没有灰土和污垢了。这张被太阳晒得红扑扑的脸，干干净净，鼻子上有条斑。因为多年的烫染，我看到自己真正的发色时，不由得吃了一惊。这是谁？她怎么成了这个模样？

我朝自己眨眨眼睛。原来我可以成为一个女孩，一个真正的女孩。我有可能，跟米奇在一起。

不是吗？

隔着一个街区，就能听到派对的声音了，鼓声、贝斯声，还有笑声。一群群人散落在人行道上，在街头乱转。房子外头，一顶蓝色的天鹅绒牛仔帽套在了一个矮矮胖胖的仙人球上。

进院前，米奇突然停住了，脸色沉了下来。“哦，天哪！”他低头看着我说，“我给彻底忘了，喝酒这事，我自己是可以保持冷静的，你呢？我得确保你没事。”我深吸了一口气。“没事的，”我说，“我没问题。我想去，不会有事。”我微微一笑，“我保证。”

进去后，我有点怀疑自己是否准备好了。

“妈呀！”他瞪着我前方，院子里有很多人在跳舞和乱转。“真想好好听听这支乐队。你还好吗？”

“嗯，挺好。”

“那就好。”他咬着嘴唇，脸涨红了，“还有别的事，我早该告诉你的，只是……”

他被打断了，只见一个汗流浃背的家伙跑上来，在他耳边大声说着什么不明所以的话。米奇用手指给我打了个“等一分钟”的手势，跟着那家伙去了乐队演奏的地方。他在一些电吉他后边弯下了腰。我看不见他了，自己被卷入到一大群人中，他们穿着各种各样的运动鞋、战靴、复古服饰、T恤，戴各种穿刺饰品和平顶帽。这里的人似乎都比我年龄大。

乐队那里有乱作一团的线、电吉他、乞丐牛仔、牛角框眼镜和汗湿的格子衬衫。音乐闲散而炽热，有很多刺耳的浊音和高声号叫。歌手在脸上泼了一杯啤酒，又点了一支烟，朝众人扔去，然后弓着背，面朝麦克风，唱着关于小狼、女孩、啤酒和一个垃圾工[①]的歌。人们伴着歌声跳舞，红色的酒杯顶在头上。

我闭了一会儿眼睛，让音乐把我折叠在里头，感受人们推挤时，把我轻轻弄皱。这是我一直想念的，参加一场聚会或演出，成为人群中的一员，成为什么东西的一部分。

我想念仓库和地下室，想念尖叫的歌手，以及贝斯手那像要撕裂的血腥的手指。我想念硬核[②]演出的乐池。爱丽丝不喜欢这种演出，但还是会跟我一起去，我围绕乐池把自己猛掷出去，或者被人掷出去时，她就站在人群边上。在乐池里，没人注意你，没人问你的名字。你投入其中，移动，摇摆，转圈，痛击，如果失足绊倒，身上的瘀青和伤口也有种美丽的感觉。

我心里突然灵光一闪：如果我就那么往前移动，一步，两步，也许就可以加入到起伏不定的人群中，沉浸在皮肤挤着皮肤、骨头碰着骨头的人群里。但是，当我睁开眼睛时，我并没有移动，米奇也不在电吉他

---

① 垃圾工：这里指经常跟那些被男人像垃圾一样抛弃的女孩约会的人。

② 硬核：一种电子舞曲，通常具有更高的 BPM（160~200BPM 或以上）。鼓点的强度和低音、节奏以及歌曲要表达的主题都更剧烈。唱腔则采用喊叫和反复呼喊的方式，也会使用口语的韵文。

后边了。

“你好啊，怪女孩。”

一个声音在我耳畔响起，发出的凉意落到我脖子上。赖利。我转过身，只见他咧嘴笑着，朝我靠过来。我以前没注意到，他下颌骨下方，靠近耳朵那里，有一条细细的伤疤。疤痕像珍珠一样白，浅浅的，很唯美。

一般情况下他都在我后面，在烹饪台那里，跟服务生插科打诨，我只有把盘子搬过去时才会靠近他，但我一般都努力不看他，因为皮肤会开始发热。

而此刻，在笼罩街道的白色灯光下，站得这样近，我看到他的皮肤红润润的，面部胡楂下方有痘痕。他的棕色 T 恤松松垮垮的，似乎他曾经胖过，但旧衣服一直没有换下。

我还发现，如果我朝他靠过去，头顶刚好到他的下巴那里。

这种想法可不好，我退开了一点，抱住了双手。不管有多可爱，他都是个搞得一团糟的人，我现在不想一团糟了。

“呃，怪女孩，我们这个又热又美又干燥的州，还喜欢吧？还有我们这些……富有创意又精力充沛的人？”他用啤酒瓶指了指派对里的人群。

赖利盯着我看，眼里没有不友好，甚至还有点和善，又有那么点伤感，奇怪的是，他似乎……对我将出口的答案很感兴趣，这让我有点无所适从，而且让人迷惑，因为我在想米奇。

突然，我想知道这个一团糟的人是否认为我也一团糟，虽然这对他来说无关紧要。

这让我脸红了，所以我低下头，以免让他从脸上看出我的想法。我正打算回答时，米奇出现了，拿着两塑料杯的水，旁边站了一个高高的金发美女。她是那种会让爱丽丝妒忌的苗条女孩：皮肤光滑无脂肪，身穿背心装和长长的嬉皮花短裙，胸前戴了两条项链，脚链也戴了两条，而不是一条。

我一下子脸色白了。

她绝对是那种会用紫色笔写字的女孩。米奇吃吃笑着。金发美女跪下来，把溢出来的水用裙边从米奇的运动鞋上擦掉。赖利在我耳边低声说："好像有点问题哟。你知道麦克有女朋友吗？小心那个邦妮。我们男孩子容易对脚链着迷。"

赖利飘走前，大声说道："好好享受，怪女孩，看来这将是一个有趣的夜晚了。周一在真格里特，等着听你的故事。"

叫邦妮的女孩站起来，她比我高很多，比米奇还高。她的皮肤一点瑕疵也没有，自然红润的面颊，看上去那么丰盈，完全不是我这种疤痕累累的悲伤模样。

她漂亮地一笑，"夏莉，我是邦妮。哦，天哪，你刚才在跟赖利·韦斯特说话？他很棒吧？有趣极了，而且，老天，他还是个了不起的音乐家。"

她又说："终于见到你了，真是太好了！你感觉怎么样？麦克说你有过一段艰难时期，现在好了吗？"她的脸因为关切而皱了起来，但马上又明朗了。

"哦，我想你可以跟我讲讲麦克以前那些女朋友的事。"她开玩笑地捏了捏他的胳膊。

麦克的脸上泛起了兴奋的红晕。邦妮转过去看乐队时，麦克用低到几乎听不见的声音跟我说："我之前，想告诉你的。"

我想了米奇两周，想着他能拯救我，说白了就是我抱着希望，抱着微小的希望，希望发生点什么——真蠢！真是太蠢了！我咬着自己的嘴唇，看着邦妮靠在他身上，背部压着他的胸膛，头靠在他的脑袋上。

米奇说："夏莉。"

我逃走了。这里人太多了，我会迷路的，我总是迷路。我总知道怎么迷路。我挤到人群后头，那里放着黄啤酒。我想起了卡斯珀，还有她定的规矩，还有——

很简单，对吧，抓起一个杯子，按下接酒的龙头，然后喝下去。把内心生起的火堵塞下去。

我只是个穿工装裤和肮脏运动衫的女孩，有着弗兰肯斯坦一样的脸、弗兰肯斯坦一样的身体，谁会真正在乎我？谁会在意我？谁会关注我的一举一动？我喝个一两杯又如何？或者三四杯呢？卡斯珀没有告诉我这种情况下该怎么做，我那么那么喜欢的一个人，那个人那么那么值得去爱，那么适合我，又那么了解我，可最终发现他没有跟我一样的想法。

他离开后，就忘记了我，然后向前迈步了。

夜把自己剥裂，打开了，啤酒胀满了我的血脉。透过人群的缝隙，我看到他吻了她，那么轻柔，一只手轻轻地勾着她的一缕头发，在指间捻着。我喝了一杯，又喝了一杯，再来一杯，就像水一样，就像水一样。

我的内部出现了一条裂缝，非常丑陋。在人群中，我孤零零一人，任由塑料杯从手上滑落，随后，我跑开了。

我听到米奇在大声叫我，但我没有停下来。商业区的酒吧刚刚开始关门，沮丧的、衣冠不整的人开始在街头出现，朝我蹒跚走来，我一推挤，他们就弹开了。

米奇大声喊着我的名字，用手抓住了我胳膊，“站住，夏莉，等一下。”

“回去，”我唾沫飞溅地说，“找你女朋友去。”啤酒让我有点摇摇晃晃的，我已经很久没喝过酒了，眼睛开始模糊不清。我想知道他能不能看出我喝了酒。

他沉重地叹了一声，咬紧牙齿，“邦妮和我已经交往了一段时间了，是啊，我应该早点告诉你的，但是，老实说，这算什么大不了的事啊？”

我快速走开了，但他跟着我，自顾自说着：“我不会让你自己一个人回家的，夏莉。”我没有回头，但能听出他跟着我，运动鞋在人行道上发出轻微的嘎吱声。

三个男人瘫坐在我楼前的阶梯上，赤裸的胸脯在炽热的天气里发光。他们把一个纸包递过来递过去的。我们走过时，他们眯眼看着，礼貌地点了点头。

我跌跌撞撞地上了十六级阶梯，到了二楼，差点撞掉了一颗牙齿。我咒骂着，自己站起身来。米奇说：“老天，你还好吧，夏莉？”但我没有停下来。楼梯井的灯光亮了，我把钥匙塞进门锁里，好不容易才打开门。我想把米奇关在外边，但他轻轻推开门，走了进来。

“夏莉，别这样！”他终于说道。我没理他。我担心自己一开口就会哭。我解开鞋带，把靴子尽量整齐地摆在屋子的一角，然后打开了落地灯。我妈妈暴怒时，我就是这样做的，尽量把东西弄得整整齐齐。我把牌桌上的写生簿竖起来，把铅笔和钢笔放进玻璃罐子里，把格呢毯轻轻放到榻榻米上，在我跟前铺开。想到喝了那么多啤酒，很糟糕，太糟糕了，因为此刻我把内部的什么东西放出来了。我之前将它堵塞在一面墙里头，我没想到那面墙有这么重要，总之我现在想要工具箱。我想让他离开。我需要工具箱。大海在咆哮，龙卷风在旋转，我被吞没了。

米奇叹了一声：“难道爱丽丝和那家伙的情形又要重演吗？好了，夏莉，跟那会儿相比，你已经长大了。”

我转着圈，耳朵里在充血。

爱丽丝开始与那个男孩交往时，那家伙站在她身边，占去了我的位置，那么轻而易举，就像走一步棋，我被轻轻推到了一边。我很生气，也很受伤。

我没想过要被人推到米奇的一边。

“你这是怎么了，夏莉？”他的声音疲惫而模糊，“快告诉我，你的表现很奇怪，哦，天——”他突然停住了，嘴张得老大。他还站在门跟前。我扭过头，羞耻的红晕横贯我的皮肤。

“快出去！”我低声说，感觉到眼泪在眼眶里打转。

“哦，天哪。你……你以为我们……以为我……”他深深地吸了一口气，捂住了脸，双手后头发出沉闷的声音：“该死，该死，该死。”

“请你出去。我没事，没什么。我很好，你走吧。”我喋喋不休地说着，瞪着墙，看哪儿都可以，就是不看他。我紧紧咬着牙，咬得下巴发疼。我很窘。

但他没走，而且把事情搞得更糟糕了，因为他是米奇，因为他很善良。

他朝我走过来，双手抱住我，“对不起，夏莉，如果是我让你误会了，我不是故意的。我最不想做的事情就是伤害你。”

这样一来，事情变得更糟糕了，因为被他这样搂着，在他暖暖的怀抱里，因为他低下头来看着我，呼出的气暖暖地在我脸上，他的眼睛那样哀伤，他离我这么近。我吻了他。

片刻之后，短暂的白热化的一秒之后，他回吻了我。

随后，他把我推开了。

他擦了擦自己的嘴。

是啊，他肯定要擦自己嘴的。

“不行，夏莉，”他说，“不行，我不能那样做。我不想那样。”

我用力闭上双眼，看到红色的云布满了我的眼眶。

“请你出去，好吗？”

我睁开眼睛时，他离开了，门关着。我关掉灯，因为此刻我需要黑暗。

我还能感觉到他嘴唇压在我唇上的那一瞬，那十亿分之一秒的温暖，但仍然无法遏制我羞耻的洪流：我多蠢啊！这声音在我整个身体里回荡，就像路易莎说的："没有哪个正常人会爱我们。"

我已经破坏了卡斯珀定下的一条规矩：我喝酒了。我还想打破另外一条，不，我不想，不想不想不想不想，所以，我从一堆衣服下头取出工具箱，用格呢毯包住了，又拿一堆衬衫裹起来，然后用靴子压住，塞进了路易莎的手提箱，塞到了爪足浴缸下，这样我就看不见了。

我尽可能地去做愚蠢的呼吸运动，持续了好长时间，直到自己能正常呼吸，随后，我找出了写生簿，因为画画是我的语言，可以说出我无法说出的事情。我在画面上留下了一个散漫的故事，一个女孩以为一个男孩喜欢她，可以拯救她，但最终发现自己很蠢，太蠢了，因为她是个可恶的怪物。不过，如果今晚她能熬过来，也许以后还会有机会吧。

也许，也许吧。

15

太阳开始往上升时，我的手指发疼了。第一道色彩从窗子射进来，柔柔的，亮晶晶的，我终于放下了炭笔。我喝了一杯水，听到人们在用走廊尽头的那个洗手间，雷纳德拖着脚走到门廊处，用他的粉色杯子喝着咖啡。

因为喝了啤酒，我脑袋像要爆炸了，双眼疼痛，嘴巴里的味道很可怕。令人欣慰的是，这两天我不用去真格里特了。我脱掉衣服，躺到榻榻米上，沉沉地睡着了。

我醒来时，是下午了，房间里热得人汗流浃背。昨晚我熬过来了，但仍然紧张不安。我想跟人说话，但我唯一认识的人是米奇，而我把一切搞砸了。我决定去图书馆，给卡斯珀发一封邮件。或许我该告诉她，我辜负了她，喝酒了，把自己扔给了米奇。

外边热得让人窒息，但我不想脱掉工装裤，因为这样穿着让我觉得比较舒服，有安全感。我回到公寓楼，敲开雷纳德的门。他一言不发，借了我一把剪刀。回到楼上，我把工装裤的裤腿剪到了膝盖那里，这样能凉快一些，不过大腿还是要遮住。

到达图书馆时，我汗如雨下。

虽然天气这么热，但其他人似乎都很凉快。过一会儿，我也就好了吧。图书馆外头有个温度计，九十七华氏度，天上一片云也没有。

我登录账户，先回复了布卢，因为我知道她能深切体会我的感受。

亲爱的布卢：

我遭遇了一场空前的灾难，对某个人做了愚蠢的事情。真希望感觉不要那么糟。我的身体是自己最大的敌人。它总是要这个，要那个，得不到的时候，它就会哭，不停地哭，我只好惩罚它。你自己一个人时，是如何与恐惧共处的？我们到底会怎样呢，布卢？

我愚蠢地等着，就好像她马上会回复一样。她当然不会了——她得等待时机，偷偷打开电脑，谁知道何时能有那样的机会。不过，写完之后，我内心好像放松了一点。

随后，我给卡斯珀写了信，因为我得告诉她自己都做了些什么。我跟她说我喝了三杯啤酒，试图去吻米奇，也确实吻了，但他不喜欢我的吻。我还告诉她我没有切割，尽管不切割会让我觉得筋疲力尽。

我按了发送键，在终端那里坐了一会儿，看着图书馆里的人们，看着他们挑书，低声对着手机说话，或者在椅子上坠入了梦乡，看得越久，越觉得孤独，内心也越沉重。每个人的生命中，似乎都有可以抓住的东西，唯有我除外。什么时候才能好起来一点呢?

我回去时，米奇在公寓楼前的阶梯那里等着，最上边那级阶梯上放着一个杂货包。我有点惊慌，想从他旁边走过，但他从耳朵上取下耳塞，一把抓住了我的手。

他说："喂，夏莉，别这样，好吗？坐下。"

我沉沉地坐下，避开他的目光，试图把他的气味阻塞在外，他离得这样近。

街区那边，血库外的灯光像一条蛇在缓缓移动。我有意识地擦掉了前额上的汗水。估计邦妮从来不出这么多汗吧。

"嘿，瞧我给你带了什么。"米奇打开杂货包的口子，让我看里面：一块面包、一罐花生酱、一个苹果、一个橘子。我叹了一声，我对花生酱已经很厌倦了。

我拿出那个苹果，用拇指揉着，好光亮。

"谢谢！"我轻声说。

他清了清喉咙，"已经发生的事情，不会再有第二次了。那样……不好。吻。"

我胸口一阵刺痛，收紧了。我愤怒地说："是你回吻我的，之前你……算了。"

"你还喝酒了。我尝到了酒味。你保证过不喝的。"

"对不起！"我对着人行道，小声说。

"你来这里以后，就这一件事让你非喝酒不可吗？"

"是的。"

“你确定？”

“是的。是的！”

他叹了一声：“夏莉，你知道我为什么决定到这边来上大学吗？你和爱丽丝让人筋疲力尽了。你们相互之间的小把戏，对我玩的小把戏，让我厌倦了。你有意识到吗？很可能没有。你们俩都太自我了。”

“你去了医院，还说不希望我死。我以为……”我的声音断裂了。我把头压在膝盖上，避免看到他。我一下子又想哭了。我以为，我以为，我想什么呢？米奇可能喜欢我，那个哑巴一样的小小的我？

“我当然不希望你死了！从来都不希望你死。你是我的朋友，但那不意味着我……我们……”

米奇沉默了。过了一会儿，他说：“是这样的，夏莉。我是在这里没错，但已经在跟别人交往了。我已经向前走了。到这儿来以后，真的改变了我一些东西，我已经在往前走了，给自己定好目标了。我希望你好起来，也会帮你的，但只有你想要我帮忙时，我才能帮得上忙。”

我抬起头，在日光里眨了眨眼睛。米奇迎面看着我。

“好吗？”他抓起我一只手，问道，“我们和好了吧？”

我还能说什么呢。“好的，”我回答说，“好的。”

他连忙站起身，把我也拉了起来。我膝盖上的苹果掉落了。他跟所有的好人一样，慢跑到人行道上，捡起了苹果。

我答应米奇等他下班后去闹市区的一个画廊见他。他在离我公寓楼不远的地方画了一张地图。一开始，我不打算去。我只是觉得尴尬，邦妮也可能会在那儿，不过，我还是决定去一趟。我在这里只有一个朋友，那就是他，而且，也许某一天，我不再觉得自己在他跟前有那么蠢了呢。卡斯珀会为我自豪的。我换上另一条工装裤，另一件长袖运动衫，把钥匙和宝石放进口袋里。

画廊在小小的商业区中央，离我下车的长途汽车站不远，位于一栋粉色楼房的三层，夹在一个酒吧和叫作“格瑞尔”的餐馆中间。画廊窄窄的，很拥挤，地板叽叽嘎嘎地响，有股深色葡萄酒和非本土奶酪的味道。很多老年人穿着黑色衣服，带着银色珠宝，头发弄得整整齐齐的，很有格调。我很高兴自己在工装裤上头穿了连帽衫，在这里我觉得有点尴尬和不相称。藏在连帽衫里，感觉会好一些，必要时可以把帽子戴上。我看到米奇朝角落里的艾利尔走去，松了一口气：邦妮似乎没在周围。

我低头看着艾利尔光滑平整的凉鞋，上边有亮亮的珠宝，在我肮脏的靴子旁边，显得那么闪亮。艾利尔有没有穿过笨重的衣服，把自己身体藏起来呢？她似乎跟那样的事情毫不沾边，好像生来就那么迷人。

艾利尔啜了一口酒，“夏莉，你来了！”

米奇说：“嘿，夏莉，很高兴你来了，”他在我肩膀上轻轻拍了一下。我朝他微微一笑。“就当是一次短途旅行，你觉得呢？”他漫步走开了，去看画作。

艾利尔悄悄靠过来跟我说话，就好像我们是很好的朋友似的，“你觉得怎样，夏莉？我朋友安东尼奥花了很多心血弄的。”

我朝周围仔细看去。对我来说，就好像是一些三角形和正方形，用红黄蓝三原色画上。我耸了耸肩。“非常明亮。”我试着去想象，如果我的画作在这样一个地方，或者别的任何一个地方展出，会是什么样子。不过谁会来看一大堆有关失意孩子的连环画呢？谁会看我晚上独自一人在屋子里画的那些草图，有关米奇、赖利，我老爸？

“船漆。”艾利尔从自助餐桌上另外拿了一杯酒。那里还有手状的面包块，我拿了一块轻轻咬着。“真的很闪亮，对吧？他不再烧自己的画作了，我真的很高兴。那样对他的肺非常不好，但他觉得有必要。

你看，几年前，他就那样干过。那时候我们俩在这片沙漠里，不过是两个闹腾的傻子，吸食大麻，把脑子都吸出来了，谁对我们微微一笑，我们就可以跟他睡觉。”

我差点被面包手噎住了。

“不过，”她审视着手上的戒指，继续说，“他当时是处在弗基[1]阶段。我们都有过自己的弗基阶段，那是我们为了创造而想要摧毁自己的时候。也是为了看看那种毁灭是不是很美。”

她指了指屋子那头一个非常帅气的男子，光滑的黑发缠绕成马尾。他光着脚，穿着一套闪闪发光的灰色套装，戴着一串看似又大又沉的绿宝石项链。“就是他，托尼·帕迪拉。他打算把这些画都卖掉。你呢？你画得怎么样了？有时我发觉自己在思考你的画，用药片代替牙齿的那一幅。”

“是我爸爸。”我没来得及阻止自己，脱口而出。我掐了掐自己的大腿，真蠢！

艾利尔看着我，脸色柔和了一些。不知道她在想什么。

“这样啊。”她说完喝了一小口酒，“嗯，画得很好，画错了，不过很好。你对那种类型的线稿没自信——我看得出来。你需要上课学习一下。今年七月我在自己的工作室给讲习班授课。画画，绘制肖像，教退休人士画周末战士之类的。要付费，而且我很喜欢那批人。跟大学班级里的很多学生不同，他们很努力，而且有渴求，不会光在那里假想艺术是属于他们的。”

“我没有……我是说，我现在有工作了，但仅仅是刷盘子的工作，什么钱也没有，对不起！”

“我知道你没钱。我过去也是个饥饿的艺术家。你可以过来坐下听。

---

① 弗基：指那些因为害怕伤害，在周围筑起高墙的人，他们表现得根本不在乎，其实心里比谁都在乎。

下课后帮我清理工作室，怎么样？”她让酒在嘴里打了个旋，看着人群。她的目光移动得很快，落在一个人身上，停留一会儿，然后开始搜索另一个人，就像鸟在寻找完美的树枝。

“夏莉，我觉得，你有天赋。真的。不过我认为你走不远，除非你能审视自我，并好好学习，除非你能让自己成为自己的主题。这才是青春的美妙之处：允许有庞大的虚荣心，有时间自我反省。好好珍惜，别为自己感到羞耻。”

她说的我一点也不明白，只知道我该说声谢谢，但我脱口说出的却是：“你为何对我这么好？你甚至都不了解我。”

“因为，等该说的都说了，该做的都做了以后，夏洛特，世界就会在仁慈中运转。理应如此，否则我们就无法承受住自己。现在的你可能不这么看，等你长大了，就知道了。”她的声音非常强烈。她喝了一大口酒，直直地看着我。

她说：“而且我了解你，真的了解你，夏莉。”

就在这时，我觉得好像看到了一团悲伤的、可怕的云彩从她眼中掠过。

米奇跌跌撞撞地回来了，非常兴奋，简直喘不过气来，艾利尔的脸回归了平和冷静。

“真希望我有很多钱，”米奇喋喋不休地说，“那样我就可以买一幅画了。这些画真的太棒了。”

“你老带着四处转的那个乐队，说不定能取得很大成功，到时你就可以把所有想要的画都买下来了。”艾利尔笑着说，“夏莉不喜欢这些画呢。”

“不是这样的！”我赶紧说，觉得有点尴尬。

“只是……我想，我喜欢故事。我喜欢脸，喜欢正在做事情的人。

这些好像只是色彩画……画色彩？”这样说话让我很紧张。之前没人真正跟我谈论过艺术，我不知道自己是否全说错了。

艾利尔瞪着我说：“色彩本身也可以成为故事，夏莉。不过是不同类型的故事。来我的班级上课，到时我会通知米奇的。在这儿碰上你，我很高兴，夏莉。米奇，你的房租到期了，亲爱的。”她一只手放到我的胳膊上，然后朝屋子那头的某人挥了挥手，飘走了。

米奇扬起眉毛，“哇，夏莉，太好了。艾利尔想教你？简直再好不过了。艾利尔·莱弗托夫可以说是个大人物，你知道吧。”他眉开眼笑地看着我，我挤出了一个笑容，很庆幸跟他待在一起时，是这么一个欢乐的时刻，虽然这种近距离的接触还是让我有点痛苦。我在心里记着，下次去图书馆时，要搜一搜“弗基”这个词，还有艾利尔·莱弗托夫。

他举起两只面包手，跟我打闹着玩。我甚至不在乎画廊里的一些人瞪着我们看，就好像我们是愚蠢的孩子，也不在乎今晚离开后，他就会回到邦妮身边，还可能留下来陪她过夜。艾利尔喜欢我的画，她喜欢我，而且，米奇和我在一起。他送我回到家后，我看到了贴在公寓门上的便条，心里感觉更加亮堂了，便条上奇怪地写着：明天早上五点半，来叫醒我。我保证这次不会咬人了。——赖

我双手捧着便条，感觉皮肤在暖暖地震颤。

我从米奇的客房搬离时，没带走他的旅行闹钟。每天早晨，我都是靠其他人的声音醒来的，突然之间，我不想迟到或搞得时间不够了。明天过去要跟赖利说说话，就我们两人。

赖利过来找过我。

我蹦跳着下了楼梯，去问雷纳德有没有多余的闹钟，我身处一个温暖的小小泡沫里，跟爱丽丝在一起时，就是这样的感觉，我还以为再不会有这样的感觉了。

16

第二天早晨，赖利没有应门，我毫不犹豫地自己进去了。我在前屋发现一个旧旧的木吉他和一个四轨盒式磁带录音机，就在地板中央，周围是一捆捆笔记本纸页。上次来时，这些东西不在这里。

他在床上的位置倒是跟上次一样：双手放在头后方，双腿在膝盖处交叉。两个空瓶子放在床边的地板上。他慢慢睁开眼睛，花了几分钟才真正意识到我站在卧室门口，这时，他的脸一下子笑开了，笑得那么突然，奇怪的是，我也忍不住咧嘴笑了。

“嘿！”他昏昏欲睡地说。他看我的样子，好像浑身都舒坦，让我觉得怪怪的，胃部缩了一下。那种样子就好像在说，早晨五点半看到我在他的卧室门口，是自然而然的事情。希望他没看到我脸上涌起的暖流。

“我没花多长时间就找到你住处了，只要打听一下那个骑黄色自行车的女孩，然后，哇，就找到了。当然了，也有可能不是你。碰到你的邻居们真是种享受，他们是很好的人。”

“该起床了。你好像喝得烂醉。”我说，“你头发上是烟灰吗？”天哪，这家伙真是。

他侧翻躺着，睡眼惺忪地抬头看着我，咧嘴而笑。“对了，说到‘好人’这词，我倒是想起来，你们那天晚上是怎么解决的？跟你的朋友麦克，还有他的朋友……邦妮？”

我噘起嘴，但是并没有真正生气。他刚才那种舒坦模样此刻仍然魔法似的在发挥作用。他似乎很高兴。“根本就没有什么，你还非知道不可。好了，起床了，我们可不能迟到，我不想迟到。”

“好吧，”他呻吟着坐起来，说，“那是麦克的损失。”他叹了一声，就好像伤到了一样。

“你需要帮忙吗？”我小心翼翼地问。有了上次的经历，我不想走太近了。“你好像一团糟。”

“你那样说真是嘴甜，怪女孩。不，不用帮忙。我洗个热水澡就焕然一新了。”我走开了，让他从门口经过。他去了洗手间，我很快听到了水流的声音。我溜进厨房，把冰箱里浏览了一遍，我的胃在翻腾，想吃东西，而且，我想分散自己的注意力，因为他虽然是个蠢货，但曾经可是个长得不错的蠢货，而且，此刻，他裸着。

一纸盒鸡蛋，一小包玉米粉圆饼，一罐绿色的辣茄酱，一块黄奶酪，一块白奶酪。我从一个抽屉里找来刀子，快速切了一大块黄奶酪，塞进自己嘴里，然后小心翼翼地把剩余的包好，放回了冰箱。旁边的口袋里有一瓶喝了一半的夏敦埃酒，跟一罐起了硬壳的果酱放在一起，还有三个橘子。我快速剥了一个橘子，吃了几瓣，甜甜的，剩下的塞进了背包里。这是一个方形的开放式厨房，普普通通，干干净净，空空荡荡。可能他大部分时间在真格里特吃饭吧。火炉上有个茶壶，这倒是我没有想到的。

我在水槽下方发现了他藏的瓶子，心里想，他藏的其他东西，莱纳斯说他在用的那个，会在哪里呢？透过后门窗户，可以看到院子里有座坚实的木建筑，周围是多肉的仙人掌。

光脚的啪嗒声在硬木地板上响起。赖利和我一起站到了窗边，他用毛巾擦头时，小水珠四溅开来。“那是我的录音室。之前花了些钱建的，当时正在录《长房子》。现在有点摇摇欲坠了，里面没什么新奇的，不过还能用，至少，以前是能用的。”他的手指穿过头发，说。

“你怎么不在乐队了？”我问，“我意思是，你们不是有点名气了吗？”

他耸了耸肩，“反正就是老套的摇滚乐故事。男孩加入了乐队，乐队成名了，或者说几乎成名了，差点成名了，名气够大了，怎么说都行，所以自负来了，钱从天而降，纵欲开始了，魔鬼出现了，就我而言，其实就是从小心翼翼藏着的地方爬到了表面。爬得很高，神气活现，然后就摔下来了，重重地摔回地面。结束了。”

“你，你还演奏吗？”他瞪着录音室，眼神里有些恍惚。

“当然了，有时候吧。”他清了清喉咙，最后用毛巾擦了一下头发，“不过你知道我真正擅长什么吗？擅长令人失望。我想，既然这是与生俱来的天赋，那就与之好好共处了。”

他把毛巾扔到厨柜上，“我们走吧，怪女孩，别让莱纳斯疯掉。”

我们安静地走着，我推着自行车。

擅长令人失望，他是这么说的。我也总让人失望，比如让我妈妈和老师失望。干吗还要煞费苦心呢？我知道赖利是这个意思。

还不到六点，空气已经暖起来了。我把风帽衫系在了腰上。“这里永远都这么热吗？”我问。赖利笑了起来。

“哦，天哪，你是真没见过，女孩，等到七月份，外边像有一百二十华氏度那么热。”

我们静悄悄地穿过黑暗的地下通道，过了一会儿，我觉得即便这样不说话，也比较舒适从容了。我的意思是，我想再问他一些关于音乐的问题，问问他究竟发生了什么事，不过，什么也不聊，也挺好的。而且我仍有那么点紧张，我不想让他生气。

离真格里特还有半个街区，他停下来点了根烟，双手在剧烈颤抖，但我什么都没说。“你先走，好吗？我过几分钟再来。”烟雾从他鼻孔里飘出，“我们不能一起进去。”

我想问为什么，但没问，只是继续往前，把自行车锁在了一根杆子上。我进去时，莱纳斯热情地喊了声：“你好啊！”几分钟后，赖利进来了，直接去了咖啡台，回到碗碟区时，他拿了两了杯子，递给我一杯。

我帮莱纳斯清理完咖啡壶和浓缩咖啡机后，开始在碗碟区工作。昨晚不知道谁做的洗碗工，留了一盘盘干掉的食物堆在水槽里，顶上是脏兮兮的杯子、滤茶器，还有小小的浓缩咖啡调羹。我一头扎进工作中，把食物剥到垃圾桶里，把盘子和杯子浸到水槽里。

莱纳斯从前屋走回来，脸色苍白。“赖，比安卡在柜台那里，她是来要钱的。”她低声说，“我们……有钱给她吗？朱莉去哪儿了？”

赖利非常安静，“哦，好吧，我去给她弄张支票，马上回来。”

莱纳斯咬着自己的嘴唇，赖利冲进走廊，去了办公室。通往厨房的门晃开了，一个卷发女人在四处看，她穿着松散的紫色连衣裙，眼里写满了怀疑。莱纳斯说：“赖利去拿支票了。”

那个女人有些粗暴地打量了我一番后，怒视着莱纳斯，“我不想每次都跟要饭似的来要钱，莱纳斯。你们想要我的货，就得按时给钱。朱莉应该想清楚了。”

“我知道，比安卡。目前有点不稳定，有些日子生意不好，有时候又很火爆。我们正在调整。”莱纳斯在手里绞着洗碗毛巾说。

赖利小跑着回到了走廊。看到比安卡时，他一只手拍了拍额头，“比女士！我发誓，这都是我的错。我姐姐昨天吩咐我把现金送到面包房去，结果我搞忘了。真是抱歉！”

比安卡拿起支票，仔细查看，“支票，赖利？这好用吗？能行不？我是老古董。你们该搞明白才好。”

“好用的，比女士。”

她扮了个苦相，出了厨房门。莱纳斯怒视着赖利，“又这样，赖？又这样？”

“不是你想的那样，莱纳斯，你干吗还不回去工作？”

莱纳斯大步走到前屋去了。赖利从我旁边走过，什么都没说。

我听着油炸锅里发出闷闷的汩汩声，烤架上发出嗡嗡声，盘子在洗碗机里前前后后地摇摆，想知道究竟发生了什么事。本该付给那位女士的现金，赖利拿去干吗了？莱纳斯说的“又这样”是什么意思？

随后，我清楚地听到哽住和呕吐的混乱声，赶紧转过身去。

赖利一只手放在嘴上，躬在烤架旁的垃圾桶上方，液体从他的下巴不断往下掉。

我赶紧给他递了一条毛巾，然后捂住了鼻子。气味太难闻了。

他擦了擦下巴和脖子，把毛巾扔进垃圾桶，然后打开冰箱门，挡住了脸。冰箱门关上时，他在如饥似渴地喝一罐啤酒。随后，他放回啤酒，胸口起伏不定。他脸上慢慢红润起来了，整张脸像一条粉色的河流。

街头有些年龄大的男男女女也这样。他们不停地喝啊喝，喝得身体里充斥着老葡萄酒、啤酒和呕吐物的臭味。第二天早晨，要想让双手停止颤抖，让酸水和施粥处吃的食物别再往上涌，唯一能做的就是再喝些酒。埃文说这叫震颤性谵妄[①]。

赖利按在嘴唇上的手指，有几个小小的红色切口，我意识到那是厨师刀划的，因为他的双手颤抖得太厉害。

嘘，他用嘴唇说道，然后把垃圾桶往我这边推。我朝莱纳斯看去，她正在收银机那里录账。她之前跟我说，如果赖利出现这种情况，要告诉她。

赖利的眼里充满了恳求。我不知道该怎么做了。就在这时，爱丽丝的短信在我脑海中闪过：很难受。你不知道有多难受。太难受了。我胃里因愧疚而翻腾起来，我没帮她，最后失去了她。

我快速拉出垃圾桶里的袋子，系上，拿到后方的大垃圾箱里扔了。毕竟，他给了我这份工作。

下班时，我正走出纱门，赖利拿着一个棕色纸包出现了。

---

① 震颤性谵妄：慢性酒精中毒基础上出现的一种急性脑病综合征。

“搞错了一个订单。吃得开心。”

我犹豫着是否应该接那个纸包，因为一旦接了，就意味着我同意保守秘密了，我不确定到底要不要那样做。

但是胃里的饥饿感占了上风。不新鲜的面包和花生酱已经让我想吐了。刚回到家，我就狼吞虎咽地吃开了：一个绿青椒百吉饼，还有炒豆腐和瑞士奶酪，一个碎了的燕麦葡萄干曲奇饼，用蜡纸包着。

图书馆的人快走光了，用电脑的时间很充裕。卡斯珀终于给我发了一条消息。

亲爱的夏莉，很抱歉这么久才给你回信，同时也为你的焦虑感到不安。不过，我得在这儿申明一下：从法律上讲，我不再是你的医生了，所以，给你的建议或想法，都要十分谨慎才行。而且我也在帮助别人，所以，有时候可能没办法立即回复你，希望你能理解。我为你搜到了一些土桑市的资源，可能对你有帮助。你可以在信尾看到。

夏莉，最重要的莫过于，让自己积极向上，保持清醒，比如：不要喝酒，这一条你没好好遵循。上次给我发完邮件后，还有没有再喝过？那边有没有可以说话的人，比如说朋友？每天进步一点点，让自己保持清醒和安全，这一点非常非常重要。这是一条艰辛的路，夏莉，大多数艰难困苦只能靠自己解决。你孩童时获得的情感来源非常少，到目前为止，你一直隐藏生活中的情绪，直到它们变得非常庞大，大到你再也控制不住。多练习呼吸法，多走走，多画画。善待自己。——史汀生医生。

有时候可能没办法立即回复你。

我查看了她的资源列表：父母嗜酒青少年互助会，自杀未遂者治疗组，还有一个妇女收容所。父母嗜酒青少年互助会？我想象坐在一群孩子中间，谈论喝酒的事情，以及喝了酒会怎样。

随后我想：如果失控喝酒了，大概就是我这样了。一个以流浪街头告终的孩子，无家可归，等等。我不想坐在那样一群人中间，因为我就是他们努力不想成为的样子。我在网站上查看了自杀未遂者治疗组，有很多照片，悲哀的人们围成一圈坐在草地上。我甚至没有查看那个收容所，因为我现在有地方住了，虽然不是很好的地方。

我开始回复，然后又删掉了。我该跟她说些什么呢？再发一发牢骚，抱怨搞砸了跟米奇的关系？她可能会说再交一个朋友。她会让我选择其中一个组织。我泄气了，点开了另外一条消息，是布卢发来的，有一个礼拜了。

安静的苏，你在哪儿？我想你，我的好女孩。回复你上一次的邮件：对啊，我们是自己最大的敌人。但也不是非那样不可。我最近在集合时真正用了点心，按幽灵医生说的做了，效果不太坏，没那么……我正在慢慢地被吸引！！！不知道何时开始的。守规矩，吃药，想象和伊西斯在“堪萨屎”勾勾搭搭。或许我们会一起出现，到你那里查岗！你已经成为好女孩了吗？记得告诉我。这里边你认识的人都走了，只剩我和路易莎了，我跟你说，路易莎不太好，她出了状况。布卢。

我瞪着这条消息。布卢还没出来，那只有她一个人玩扑克了吗？我看着她发来的那一列邮件，在克里利的时候，她从一开始就对我很有敌意啊，现在看似喜欢我了。而且，我突然想到，她有点伤感，而且也非常孤独。我有种同情布卢的感觉，不知道该怎么做了。和她做朋友？回复她一下又没什么坏处。此刻，她可能是唯一能了解我这种处境的人了。

布卢，你在听卡斯珀的话了，真好！现在你有什么打算呢？沙漠里真是热死了——你要是过来，记得带吊带衫和太阳镜，还要多带防晒油，因为每天都感觉皮肤上着了火似的。我也不确定自己到底在干吗，不过我想，既来之则安之吧。我找了一份刷盘子的工作，不算太坏。路易莎怎么了？你离开前记得告诉她，我想她，好吗？或许你可以把我的邮箱地址告诉她。我不是个好女孩，一直以来都很糟糕。——夏莉

几天后，在洗碗机的辘辘声中，赖利喊道："我听说你那个男朋友要和乐队去西海岸参加一个大型巡回演出。后边几个月你岂不是很孤独？"

我猛地一拉机器下面的操纵杆。"什么？"我吹掉脸上的蒸汽说。厨房里的湿垫冷却器坏了，外边热得可怕，洗碗机、油炸锅和烤架旁边就更热了。赖利说六月这么热很反常。有箱式风扇，墙上还有赖利弄上去的一个偷工减料的风扇，但他脸上还是沾满了汗水，鼻子和发际线上满是红色污斑。他正往柜台下藏一罐渗出蒸汽的啤酒，嘴里抽着一支烟，烟灰落到地上。他用靴子扫开了。

他喝了一口啤酒，假装呛到了，"哎哟，我是不是泄露了还没准备好泄露的秘密？看来麦克要倒霉了。"

我眨了眨眼睛，"米奇？"

"麦克。他是个男人，叫男人的名字，女孩。"我在想他是不是会带邦妮一起去，是不是已经把消息告诉了邦妮。

我心里想，我刚到这儿不久，正愁眉苦脸地把塑料水杯泡到满是污泥的肥皂水中。而他已经要离开了。

这时我想起米奇说的：现在跟以前不一样了。然后我又想，又有什么所谓呢。我的一个朋友，已经，走了。

赖利从烤架上刮下一块薯饼，在手里的抹刀上旋转着，他的烟放在

了啤酒罐开口处。朱莉要到下周才回来。“去乌雷，”今天早晨莱纳斯说，“学习她的督夏[1]课去了。”她不在的时候，赖利似乎更加肆无忌惮了，总在工作时喝酒。

赖利抽完烟，把烟头扔进啤酒罐里，然后站起来，把罐子抛过我的头顶，扔进垃圾桶，“别再穿长袖衫了，夏莉女孩。看你穿着这些东西，我觉得更热了。买些该死的T恤或别的来穿一穿。”

我没有回答他，只把一些食物倒在了垃圾桶里，他那个啤酒罐上方。

走过咖啡馆旁边艺术商品店的侧廊时，我拨弄着工装裤口袋里的那一沓现金。店铺里陈列着柳木炭棒，水彩刷上的鬃毛像空气一样柔软。我把手指按到那一捆画纸上，感受塑料包装下凸起的齿纹。上好的水粉颜料装在质朴的瓶子里，极唯美地排成一行行：猩红色、茜草紫、柠檬黄。一沓沓纸上备好了漫画模板，不需要再像我那样用尺子和削得很尖的铅笔来画格子了。我看到很多帆布邮差包、低腰军绿色裤子、薄膜一样的围巾。来店里买东西的女孩们，就是这样穿戴的。男孩们则像机械修理师一样穿着凉鞋，下巴上留着点胡楂。我在想，他们中有没有人是艾利尔班上的学生？下个月她的工作坊就要开课了。我到现在还没决定到底去不去。艺校工具，莱纳斯是这么叫那些穿着溅了颜料的裤子、戴着角边眼镜的小孩的。他们把装得满满的邮差包和黑色文件夹用胶带粘到一起，他们一杯又一杯地喝茶和咖啡。他们留下一堆堆硬币和手卷烟头，有时还在餐巾纸上留下草图，上面画着某个服务生。我看了看炭棒、黑铅和纸的价格。我得买些肥皂和厕纸，还有月经棉和内衣裤。我的靴子底越来越薄，走路时能感觉到人行道上的肿块了，而且，外面那么热，或许我还得买双运动鞋或者别的替代品，轻便、凉爽一点的鞋。我得付

① 督夏（Dosha）：梵文词。通常指力量或毛病。督夏过多或不足都会造成疾病。

雷纳德房租，而且，不知道朱莉会不会给我支票。之后我又想：我怎么把支票兑成现金呢？我没有银行账户。我试着在脑子里算一算账，但是，数据变得很复杂，我算不清了，最后把自己搞蒙了。这里的每个人似乎都很清楚自己需要什么，只有我，什么都没买就离开了。

17

米奇低垂着眼帘，看着盘子里的甜薯条和酸绿豆。“是啊，”他说，“我要离开三个月左右。现在是夏天，我不能错过任何一所学校的演出，对乐队来说，这是个大机遇。而且，我是经理，对吧？又当经理又当货车司机，我是说，虽然没有什么工资，但应该会转换成什么东西的吧，比如说阅历，这都是非常积极的一面。”

他把盘子朝我推过来，“你会好好的，对吗？”他看我的眼神，好像在说：我要你好好的。

我堆起来的炸薯条就像一座小小的黄色小木屋。空气中传来嗡嗡声，餐馆露天平台上的几盏吊灯出了故障，暗下来了。

我在脑海里盘算着：三个月。六月、七月、八月。

“是很长的一段时间，”他从小木屋上拽下一根薯条，薯条断开了，盐在他嘴唇上闪着光，“一个朋友转租了我那个地方。”

我忍不住想，他一走，我又孤零零的了。

“你去不去艾利尔的班上学习？真的对你很有好处。你也该认识些人。”

我把食物在盘子里摆了一圈，“她说学生们的年龄都很大。”

“她是开玩笑的。去年夏天我就在帮她的忙，并非全都是老人。

而且，我觉得她想帮你，你该让她帮忙，知道吗？这也是在帮她。”

我放下叉子，呸了一声：“帮她？我怎么帮她？喂，看着我说清楚。”

米奇皱了皱眉。“别那样。我意思是……”他吸了一口气，“她儿子死了。两年前，我还没搬到客房前，吸毒过量死的。我想……事情的始末我也不是很清楚，只知道出事前她已经很久没有儿子的消息了。她总跟我谈起你。我觉得她想帮你……或许这让她觉得更有希望一些？她真的郁郁寡欢很长时间了。”

我深吸了一口气。艾利尔的儿子死了。吸毒过量。我还一直以为她有着完美的人生，充满了艺术和有趣的事情。

现在我知道她在画廊里是什么意思了，为什么她会说“我了解你”，为什么她眼中会掠过一片云。

想到这些我觉得异常沉重。这就是她催着我找个地方住，找份工作，去她班里学习的原因吗？是为了确保我不会……像她儿子那样？也消失掉？

我想起了她屋子里的那些画。那么黑那么黑，只有一点点光，而那点光正从黑暗中离去。

“她的画，”我缓缓地说，“她屋子里那些黑漆漆的画，我看到时，心里觉得只有真正悲伤的人才能画成这样。”

他点点头，“从那以后她就不再画画了。那是在儿子死后不久，她一挥即成的，然后就不画了。”

他小心翼翼地说：“邦妮也在这附近，如果需要的话可以找她。了解一下她，又不会让你死掉。”

提起邦妮，一下子刺痛了我。我撕碎了餐巾纸，把弄脏的那几小块堆积到桌子上，然后像吹雪花一样吹走了。米奇微笑了一下。麦克微笑了一下。

“老实说，她真是个好人。我的意思是，你不用做这个冷鱼，好吗？”

我脸色一下子变了，“冷鱼，这什么意思？”

“你看，夏莉，就是……哎呀，你懂的。我意思是，你不是个很外向的人，对吧？你总有点……对人疏远，以前是这样，对吧？现在你多少有点，我也不知道……”米奇结结巴巴的，叹了一声，“我的意思是，很多人会喜欢你的，但你得给他们机会。这是你的机会，就在这里，就在此刻，你得改变一些东西，交对的朋友。”

“交对的朋友？你在说什么？麦克？”交对的朋友？我觉得我们的对话突然出现了一个急转弯。

“夏莉，”他的声音冷静下来，“听着，邦妮说她看到你和赖利·韦斯特一起走着。你看，她就在克鲁索工作，真格里特对边，她看到你们俩一大早一起往真格里特走。”

我用舌头在两唇之间旋转着一根薯条，朝他不停地摆动。我疯了，而且很惊恐，他那样子，让我想对他表示恶意。

“这是什么情况，夏莉？”

“你干吗要在意啊？”

他从我嘴里抓走法式薯条，扔到我盘子里，摔成了一小团愤怒的土豆内脏。“赖利·韦斯特是个奇才。但他现在是个可怕的废物。别去他那里。他有……历史。你不该跟他混在一起，你现在应该努力让自己康复才对。这就是我说的‘交对的朋友’的意思。”

“他给了我一份工作，该死的刷盘子的工作。”我生气地推开盘子，“该死的他早上起不来，所以我过去叫他。不用担心，麦克，我只是他的闹钟。我是说，谁想上我啊，我浑身是疤，像屎一样？你就不想，对吧？我们接吻后你擦嘴了。”

米奇的脸红了，“你有啤酒味，所以我才擦嘴的。我不喝酒，你有股啤酒味，而且，我有女朋友了。”

我的话像开了闸一样，一股脑冲了出来，“跟我潜在的追求者，我该有些什么样的对话呢？麦克，如果他问我去年怎么过的，我应该告诉他我在吃腐臭的食物吗？或者是帮朋友在公园里打劫？你知道那些的吧，麦克？你离开了，我失去了爱丽丝。我独自一人，干的是些无路可走的事情。而现在，我看起来像个怪物，我觉得自己像个怪物。我想你根本不用担心我在跟谁约会。”

他的脸烧得红红的。“对不起，夏莉。不是……镇定下来，好吗？我们的目标是要往前，不是退后，对吧？我不想你受伤，不想你遭受更多伤害。”他抓起我一只手。我试着挣脱，但他抓得更紧了，“你没什么毛病，夏莉。一点也没有，明白吗？”

那是句谎话，不是吗？因为我有很多很多毛病，显而易见，真真切切。我希望米奇说的是：虽然你有很多毛病，但没关系的。

我一只手放在口袋里的石头上，另一只被米奇抓着。我想告诉他的是：你已经离开过一次了，瞧瞧都发生了什么吧，现在你又要离开。我很害怕，因为我不知道怎么跟人相处，也不知道怎么独处，我本来以为，到这儿后就不用独自一人了。

还有，遭受比过去一年还要多的伤害，怎么可能呢？

不过，我只说了句：“我会想你的，米奇。我会好好的，我保证。”

我回到家，等天黑下来后，骑自行车去了艾利尔的房子。我没有锁车，只把它靠在了一根杆子上，因为我不会待很长时间。她房子里没有灯光，不过我看到后院流淌着白色的光，那里挂着一些绳子。我快速走上台阶，把一个小小的棕色包靠在了纱门上。里面是那个红色的亮闪闪的十字架，还有一张纸条写着：对不起。

轮班好慢。莱纳斯和那个脖子上有文身的服务生——坦纳在讨论翻唱歌曲的事。坦纳是个又矮又敦实的家伙，一头紫色短发，笑起来像狗叫一样。

几缕湿头发粘在我的前额上。冷鱼。米奇是这样说的。每天来这里刷盘子时，我都会听到他们戏谑、嘲弄、抱怨，大喊大叫，谈论愚蠢的事情，抽烟。我发觉他们会偏着头看我，一脸的好奇。我和爱丽丝去参加派对或走在街上时，她总是带头的那个，我做个安静的跟班。有一次，是个早晨，在历时很长的一个混乱派对之后，一个男孩在邓肯甜甜圈店里对我咕哝着说：你真安静。是爱丽丝把我们拽到那里的，买了十几个果冻甜甜圈和几杯热咖啡。那男孩脸色苍白，有很多粉刺。你是个什么玩意儿——就好像是用该死的石头做成的。他和朋友们都笑了。甜甜的果冻像个水泡一样坐在我的舌头上。我伸出手，另外拿了一个甜甜圈，在他那张目瞪口呆的脸上压成了沙砾状。他的朋友们一直在笑，另一个男孩抓着他满是糖的脸，笑喷了。爱丽丝正在柜台跟收银员调情，她叹了一声。快走！她朝我喊道，然后我们一起跑了。

我观察过米奇，观察过学校里的人，也观察过克里利的每一个人。在这里，我也一直在观察人，对有些人来说，交朋友就像挑一件衬衫或一顶帽子似的：只管想出你想要什么颜色，看看是不是合适，就可以带回家了，然后希望每个人都喜欢它，也喜欢你。但对我来说不是这样的。我很小的时候就被人排挤，在学校里受欺负，恼怒不已。所有的事情都表明，我是坏掉的物品，根本没有办法恢复，直到爱丽丝出现，我们俩抱作了一团。如果我不得已说了点什么，那我说的一定是错的，我总觉得自己像个不速之客，一个巨大的错误。我妈妈总让我保持安静，别扰人。“没人会感兴趣的，夏洛特。”她说。

可爱丽丝感兴趣，而且她带来了米奇，还有丹尼男孩。

我吸了一口气。冷鱼。我不是冷鱼。我只是觉得自己无关紧要。

我要让自己有关紧要起来。就算爱丽丝没在这里，没跟我在一起，或许她也能帮我找到一个融入进去的方法。

“嘿！”我说，声音似乎有点太大了，而且有点沙哑，我清了清喉咙，“我朋友曾有过一个很好的点子，就是，把《想要的就是你》翻唱成乡村音乐。”

莱纳斯和脖子上有文身的坦纳朝我眨了眨眼睛。我真正与之说过话的人只有赖利，而且，说得不多，基本是在我们一起走路上班的路上说的。自从那次呕吐事件后，他对我也是一直很谨慎。

他们俩面面相觑，然后看着我，“你是说格里斯的那首？”坦纳把刀叉放进餐巾纸里，像裹香肠一样裹紧了。

“是的，”我有一点点结巴，绞着围裙边说，“只……只要想一下，加入一些东西，比如，缓慢的弹拨，然后，有吉他声和主唱就行了，等唱到‘喔，喔，喔……’的时候，大家一起合唱……”我脸红了，一时间不知道自己要说什么了，我说什么根本无关紧要吧。你唱歌嗓音那么差，爱丽丝会笑着说，怪不得喜欢那种只有大喊大叫的音乐。我打开热水，快速把手伸过去，强迫自己回到当前来。

“哦，天哪！”莱纳斯点点头，眯着眼睛说，“不错，我看得出来。我是说，我听得出来。”

没人笑话我。我松了一口气。没那么糟，而且行得通。

“你可以搞点淘气的乐句片段。”坦纳想了想，轻声唱了起来，把“喔喔喔”唱成“喔哇喔哇喔哇”，像猫在缓缓地咆哮。

赖利摇了摇头，“好了，好了，不能因为那首歌就把奶酪丢一边。不行。”他说话有点含糊不清，莱纳斯皱了皱眉，说：“赖利，今天早上你喝第四罐了。”

“可能是，第五罐了，宝贝。”他把啤酒罐放低，离开她的视线，“这是我们的秘密。”

他跌跌撞撞地走到我旁边，在热水下洗刀子，握住的刀把有点太长了。莱纳斯看着赖利的后背，似乎希望他转过身去。但他没转身，莱纳斯走开了，砰的一声关上了身后的纱门。

水滴从赖利手中的刀子上掉落到潮湿而肮脏的地毯上。他往后转向烤架时，在地毯上绊了一下。

我听到他新打开一罐啤酒时，犹豫了一下。我应该到外边去告诉莱纳斯，他有点太过了，但脚下就像长了根，站在原地不动。我听着他喝了一大口。我想说，这有什么关系呢？她会送他回家，明天，他又会回来。就像朱莉说的，她会永远保护他的。如果我跟莱纳斯说了会怎样呢？我会不会有麻烦，丢掉工作？

我选择帮他的忙。每当他的手太不听使唤，面包丝开始滑落到地上时，我过去捡起来，扔掉了，他再重新开始切。每当订单来得太快，让他不堪重负时，我就帮他装盘，翻转烤架上的家常炸土豆片，还有翻炒豆腐，把百吉饼分盘。这样很好，不是吗？是他给了我这份工作。我不是一条冷鱼。

那天下午，我得到了一个棕色纸包，里面有一个瑞士火鸡三明治，一个洋葱圈饼，带芥末和蛋黄酱，还有一块不新鲜的柠檬蛋糕，用锡纸小心翼翼地包着。甜甜的黄色糖衣上有一点烟灰，我用手指弹掉后，吃了。

外边太热了，我走进图书馆时，满脸都是汗。我在洗手间里花了点时间，好好擦洗了一番。我房间里太热了，那座建筑又吵闹得不行，风扇和冷却器运转的声音、播放的音乐声都非常嘈杂。

坐在电脑跟前，我输入了“艾利尔·莱弗托夫”和“艺术家”。出现了一大堆文章和一些售卖她作品的画廊。我滚动浏览着，不确定自己在找什么，直到看见一篇文章，名为《艾利尔·莱弗托夫的死亡和消失》。那是一篇很长的文章，刊登在某家华丽的艺术杂志上，包含大量的词汇，还有一张黑白照片，上面是艾利尔和一个小男孩，男孩的头发漆黑漆黑的，落在了眼睛上。他们周围都是画，男孩举起双手，很高兴的样子。他们在滴颜料，艾利尔在笑。

她的儿子死于药物和酒精的综合作用。尸体是在亚历山大布鲁克林的一条小路上找到的。他退学了，是一个双向情感障碍[①]患者。她找不着他，甚至雇了个侦探，但也没追踪到他的下落。她取消了展览，也不再画画。

他让她失望了。人们发现他在街头流浪。一个小孔在我内部灼烧起来。

我突然惊异于她的画作，巨大黑暗中的那一点点微小光轴。她在画廊里说过，有时，光有色彩的画也能讲述故事，不过是不同类型的故事。她儿子是画里的黑暗还是光呢？哪一个是艾利尔？我努力想搞明白，但很难，所以，我关掉了文章。我非常想念爱丽丝，就好像心里有一个巨大的黑色窟窿。艾利尔想念儿子的时候，可能还要扩大百万倍吧。

我妈妈是不是也曾疯狂找过我？抑或对她来说，不过是又一个寻常日子而已，我消失了，再不是她的问题了？她从医院听到我的消息时，是不是松了一口气，虽然没有立即过来看我？她会不会想起打我的那些日子？

她打了我以后，会变得更加疯狂，一直抬着手，就好像很烧一样，同时低头瞪着我。因为我试图躲闪，尤其是我小的时候。我就是这样学会变小的，蜷缩在桌子下，或者在壁橱里找个角落。她会不会担心我在医院里把这事说出来。我的视线离开电脑，落到双膝上，看着上头不断

① 双向情感障碍：即躁狂和抑郁状态交替出现。

捏大腿的手指，那是为了让自己不要游离。

我忍不住打开了自己的邮箱，输入了她的邮箱地址，我只知道，她最后用的是那一个。我写道：我没事。

我的手指犹豫着要不要点发送。她应该想知道的，对吧？想知道我到这边后，至少还活着？

她知道米奇的号码。在明尼苏达州的时候，他们谈过。但是她没有给他打电话，也没通过任何方式来了解我过得怎样。

有时该死的弗兰克很亢奋，会跟种子屋里的所有人说："你们的老爸老妈呢，嗯？有没有在前门，求你们回家？"烟从他脸上飘过，他的眼睛就像木炭在白色的羽毛上烧。"现在你们只有我了。我才是你们的家人，别忘了。"

我妈妈没有打电话给米奇，也没联系过卡斯珀，什么都没做。米奇离开了，爱丽丝成了幽灵。埃文去了波特兰。我取消了发给妈妈的邮件。

我是那么孤独。

一周后，已经是六月底，米奇是半夜离开的，凌晨两点把乐队的篷货车停在了我那栋楼外头。

他轻轻敲了敲我的门，叫我的名字。我打开门后，他说："我们得早点走。真是太疯狂了，时间表排得很不可思议，我们是明天第一场。"他紧张不安，也很兴奋。我能感觉到他散发出的紧张气息。他把一张纸放在牌桌上，上面有他的手机号、邦妮和艾利尔的手机号，还有他的旅行时间安排。"我知道你没手机，不过，如果有紧急事情，可以用一下雷纳德的或者工作点的电话，好吗？你还可以从图书馆发电子邮件给我。"

米奇低下头，靠近我，我觉得他的脸快碰上我的了。

“这一次真要有点名堂了，我想，”他喋喋不休地说着。“我们打听到了北加利福尼亚的一个工作室，要去那边录唱片。我是说，真是太好了，对吧，夏？”

我低下头，但他用双手捧住了我的脸。我在脑海里慢慢数到了二十。他吻了我的额头。

“要镇定，要坚强。”他在我耳畔低声说。

18

我用干净洗碗巾擦着脸，想消解一下厨房里的蒸汽和热浪。小小的汗珠子从我的下巴滴下，落到水槽的热水里。赖利正走在从办公室过来的走廊上，拿着一夹子的纸。他看到我，皱了皱眉。今天他看似好多了，快十一点了，他还没打开一罐啤酒。

“哦，苍天啊！”他说，“我之前不是跟你说过别穿那衬衣了吗？这里很热的，亲爱的。我可不希望你中暑死掉。”

“我没有别的。”我忙着把碟子滑进托盘里。

“噢，去旧货店那边买，今天下班后就去吧。”他把发票夹放在切板上。“至少把你那该死的长袖挽起来吧。就算是为了我。”我把托盘放进机器，叮的一声关上门，然后忙着从水槽里拿起那一堆湿漉漉的银器，避免去看他。

赖利的声音变得很坚定，“挽起你的袖子，怪女孩。”

此刻他离我很近，透过蒸汽，我能闻到他的气味，混合着汗水、香料、咖啡和烟草的味道。我站着不动。

赖利看了看前台，莱纳斯正专心致志地清理糕点展示台。他掰开了我的手指，银器落回到水槽里。然后，他缓缓地把我运动衫的一条袖子往上推，开始时只推了一点点，然后一直推到了手肘。他翻过我的前臂。我能感觉到他的胸口深深地缩了下去，又伏了起来。我把注意力放在水槽里漂浮的脏东西上，有肉块和面包屑，还有炒鸡蛋须，我的心在突突突地跳。

他碰到我时，好像发生了点什么，让人困惑不解：就好像一股电流，一条电线通到了我皮肤上。

他把袖子拉了下去，然后查看了我另一条胳膊。他的手指温暖而轻柔。

“你在黑暗的地方待过，怪女孩。”他把文件夹塞到胳膊下，从衬衫口袋里掏出烟盒。他喜欢跟下围棋的那些人一起坐着抽烟。“我记得你说过，你曾试图自杀，不过那可真是灵与肉的毁灭。”

我直直地看着他，他黑漆漆的眼睛里写满了疲惫。他也知道什么是毁灭的感觉，这让我觉得自己的胳膊没那么羞耻了。

他把烟放在嘴角，“不过你得拥有自己的旅程了。你现在是个大女孩了。不用再回到过去那该死的模样了，知道吗？买几件短袖穿上，让这个世界去死，懂吗？”

他朝纱门走去，走到一半时，转过身递给我一个信封，“差点忘了。你的第一张支票，终于正式把你纳入薪水账册了，不用再往口袋装时髦的现金来给你了。抱歉花了这么长时间才弄好。别全都花在同一个地方。”纱门砰的一声在他身后关上了。

午餐的繁忙过后，我打开信封，心马上沉了下去。数目比我计算的少，因为我没想到要扣税。我瞪着扣除的数目，还有差不多只够付房租的余额。我能买什么啊？除非等到下次发支票。他付给我现金恐怕还要好些。坦纳见我在看那张支票，冷冷地朝我点了点头。

“糟透了，对吧？我要还学校贷款，但又不能再找一份工作，否则就没办法学习了。”他斜着脑袋朝莱纳斯那边看去，她正在前台录账。“她一直在这里值双班，但还得卖血浆什么的才能给孩子们寄钱。或许你该让父母帮帮忙？”他娴熟地转动着银器，用纸巾擦着。

我把支票折起来，没有回答他。坦纳擦了一下鼻子，“这里的人差不多都在上学，要么贷款，要么靠父母，只有唐普勒例外。你还没见过她。她晚上在这儿干活。她搞了四份工作。这里的算一份，另外要开车送一位老妇人去杂货店，在一个情趣用品摊上班，并辅导一个小孩的西班牙语课。”

“找到这份工作，我就已经很幸运了。”我轻声说。

坦纳耸了耸肩，“该做什么就做什么，混混日子，我猜是这样吧。室友可以帮忙，不过那样也很糟糕。至少我还有小费可以挣。”他把擦好的银器堆到手上，踢开门去了咖啡馆前厅。过了一会儿，他把头伸回来说：“去莱纳斯那里看看，她应该可以帮你把那点可怜的钱兑换成现金。估计你没有银行账户吧。你要是去兑换点兑换，他们就得分一杯羹。”

我骑了很长时间才到家，努力想平息内心关于钱、关于房租和日用品以及该做些什么的恐慌。莱纳斯把支票给我兑换成了现金。我今晚就得付雷纳德房租。为了让自己感觉好点，我决定去拜访一所我很喜欢的房子，花园里的棚架用床的弹簧做成。弯弯扭扭的绿色豆蔓爬在棚架上，绕成圈。弹簧棚架那边，有几朵巨大的向日葵，下方是波斯菊和仙人掌。漆得闪亮的铺路石环绕整个院子，令人眼花缭乱的花朵和仙人掌中央有条小路，闪闪发光的毂盖悬挂在棉白杨上，就像超大的乐钟。橘色的鱼在一个烟雾弥漫的圆池面上吐泡泡。那座小房子的外面整个画上了彩色的云彩旋涡、雷电、咆哮的土狼，还有懒懒的乌龟。我走过时，有时会看到一个女人在修整那些画，深灰色的头发笼在她脖子上。她小心翼翼地移动着刷子，脚那里有一支烟搭在烟灰缸上。有一次，她转过头朝我微笑，炽热的天气里，一片白光闪过，她身后的壁画明亮得像要爆炸。我匆匆走开了，因为害羞。我喜欢这座房子，喜欢在心里想起它，想起那个奇怪的女人，还有花园里井井有条的野蛮生长。我怎么才能到那里呢？在地球上觅得一席之地，一所小小的房子，里里外外都可以画画，还有一个后院可以打理和塑造，在这样的氛围里，感觉该有多舒适。

今天的厨房生活真是糟糕透顶：赖利让我帮他弄点东西，而那个东西飘浮在空气中，瞬间变得很沉很沉。

赖利看着我，等我回答他的问题。

赖利的手指是淡咖啡色的，他今天抽了多少根烟？订单被送了回来：百吉饼的一侧烤黑了，炒豆腐没放细香葱，家常烤土豆像砖块一样硬。两个盘子摔坏了，参差不齐的白边被踢到了不锈钢的准备台下。

他说他需要那个东西，才能熬到下班。他说那房子有扇黑色的门，前屋外头有辆蓝色皮卡车。浓缩咖啡机在呜咽，一缕缕蒸汽笼罩了莱纳斯的脸。坦纳在外头清理桌子，朱莉在自己的办公室。

“你可以中途休息，”他吸了一口烟说。眼睛里红红的。今天早晨我去叫他时，他已经起床了，坐在长沙发上抽烟，瞪着一片虚无，皮肤散发出奇怪的塑料一样的味道。“但我不能在工作期间离开。这是规矩。”他试着眨了眨眼睛，不过更像是眼睛里被什么东西硌到了。

“求你了。”他喉咙里发出沙哑的回音，就跟埃文需要毒品时一样，“况且你差不多要下班了。我给你付钱。”

我想起了爱丽丝，她用力拉着我的胳膊，脸上写着疯狂的渴求。求你了，她祈求道。如果我妈打电话，就说我在洗手间里。我跟她说我今晚寄宿。求你了，夏莉，我只想跟他在一起。帮我，夏莉，求你了。

他也让我想起了埃文，他毒瘾发作时，会说，该死的地狱，别再恐吓说要吃掉我该死的灵魂了。这时我就会打起精神来，找个洗手间洗一洗，让自己的脸不那么脏，然后站在离圣保罗米尔斯公园几个街区外的地方，隐藏在黑暗里，等待着某个男人出现，然后引着他去公园，埃文和邓普就在那儿等着。

不过爱丽丝需要的是那个男孩，而我需要的是她。埃文帮过我，救过我，所以我帮他。此刻，赖利也要我帮忙，还说他会付钱，而我需要多挣点钱。

卡斯珀说很容易就会重染旧习，回到老样子。但卡斯珀现在很忙，而且在百万英里之外。克里利那舒适的米黄色也在百万英里之外，对啊，我感觉有百万英里那么远。

一种熟悉的麻木感涌遍了我的全身，我脱掉围裙，放在碗架上，什么都没说，伸手接过钱，用手指握住了。我把钱滑进口袋，这时突然意识到我今天好像忘了带那颗天青石了。我用手指摸索了一阵，然后放弃了。

咖啡馆外面，热气嘶嘶嘶地把我皮肤上的碗碟水汽蒸发掉。赖利没注意到我将一把刀藏进了口袋。

应门的那个男人上上下下把我打量了一遍，然后越过我，走到街道上，似乎想确认一下我是不是自己一个人来。他咬着一个笔帽，牙齿黄黄的，房子里发出罐装猫粮的臭味。

埃文和邓普告诉我，沉默是最好的武器。人们会用言辞戏弄你，会歪曲你说的话。他们会让你想买那些原本不需要的东西。他们会跟你谈话，让你放松，然后再攻击你。那个男人退回到长沙发上，我仍然站在门旁边。

到处都是猫：黑白的、灰的、斑纹的，成群地乱转，嘶哑地喵喵叫着。男人跟前的咖啡桌上乱放着报纸和杯子，还有皱皱巴巴的杂志。“你是赖利的女孩？”他嘴里的笔湿漉漉地在牙间转着。

“你的舌头被猫吃了？”他指了指破烂地毯上那一大群移动的毛茸茸的东西，大笑起来，“哈哈。”看到我沉默不语，他的笑容消失了。

他问我得了什么好处。

我把钱放到了桌子上。审时度势，埃文会说，有进一步的动作前一定要审时度势。我从眼角看去，看到一根球棒斜靠在墙上，还有肮脏的盘子、叉子和刀子放在电视上。电视离我有一只手臂那么远。还是我口袋里的刀更近些。那个男人数了数钱，收起来了，然后把墙敲了六下。

“你额头上那个疤真大。”他把打火机扔到桌子上，靠回长沙发，同时呼了一口气。烟雾在他膝盖上方形成泡泡。

我一直面无表情。说话会让你陷入麻烦，会把你套进去。

走廊那头的一扇门打开了。一个女人出现了，睡眼惺忪，光着脚，背心装垂到肚子上，头发乱糟糟的，一缕缕长长的红黄染发耷拉在脸上。

她也看了看我后方的门，很失望的样子。沙发上的那男人对她说：“温迪，你的吉他男让一个小朋友代他过来。我们该不该信任她？”

温迪把一个棕色的包放在咖啡桌上，上下打量着我，嘴角扬起了一丝微笑，“她不足以为害。我也是赖利的一个朋友。”她冷冷地对我说：“非常好的一个朋友。”

那男人跟她说可以走了，我看着她沙沙沙地回了走廊那头。他烟头的灰积了好长一截。缓缓地，他用光着的脚指头把那个包推过桌子，直到它啪的一声落在地毯上。我捡了起来，弯腰时感觉到口袋里的刀子顶着大腿。

“万一你自己也想要点什么，就到这儿来找我。”

我没有回答，转身离开了。我马不停蹄地走，没有回头，直到推开了真格里特的纱门。

赖利把我拉到烤架台那里，朝我伸出双手。随后，他把包藏在衬衫下，低声让我帮他照看烤架。

他去了洗手间，路上给我打了个手势，朝冰箱那边示意。我打开冰箱，看到了他给我的酬劳：一大包食物。我机械地取出食物，没有感觉，没有表情，然后把它塞进了背包底部。赖利回来时，更加小心翼翼的样子，他舔了舔嘴唇，朝我眨了眨眼睛，然后回到烤架那里，翻动土豆块。

对于刚刚做的事情以及相关理由，我不知道该怎么去想。我把自己腾空了，抹掉了。余下的工作时间，我都在一片朦胧中度过。

回到卧室，我用绿椅子顶住门，把那包食物放在桌子上，从口袋里拿出刀子。我怎么把刀带回来了？

就在这时，麻木感消失了，我的心开始跳动，像一只被囚禁住的疯狂小鸟。帮赖利干那样的事，感觉很好。那样做不对，但我就是做了，跟埃文和邓普在一起做事时，就是这种感觉：对啊，很糟糕，对啊，做错了，但那种危险的因素就在吸引你。那种感觉就好像，有种东西即将断裂，就看你还能撑多久？事情就要错得一发不可收拾的时候，你能意识到吗？

我意识到的是，我离卡斯珀定下的规矩越来越远了，突然间，我被一种深深的失望淹没了。我站起来，绕着屋子踱步。我试着做呼吸运动，却只是大声喘气，根本没办法慢下来。我太紧张了。米奇说往前走，我却往后退了一大步，哦，该死，龙卷风出现了。

我的工具箱仍然深深地藏在爪式浴缸下方，藏在路易莎的手提箱里。我不需要那个，不需要。我用刀锋轻轻在前臂上试了一下，皮肤刺痛，一种渴求充溢了我的全身，我的眼睛湿了。

马上就能感觉好点，感觉放松了，就这样，用这短粗的刀刃。不过我把胳膊翻了过来，强迫自己看着皮肤上山脊一样粗糙的红色疤痕。

无济于事，只会留下这个。

刀子“咣当”一声落到水槽里。我就像一下子沉到了谷底，感觉一点也不好。今天，跟赖利和那个男人在一起时，已经很近了，很接近过去的生活了，我有点想看看，再走回去会是什么样的感觉，但是，我也想让赖利不再那么眨眼了，想让他不再那样摇头，而我也想成为一个好人，一个遵守规矩的人，就像跟路易莎在一起时那样，就像跟爱丽丝在一起时那样。

可那一次，那一次我没有帮她，她需要帮忙，比以往任何时候都需要帮助时，我没有帮她，然后就失去了她。

屋子门关着，我猛地拉开门，想下楼去，在门廊那里找个男人，让他拿上我的钱去酒品售卖店。就在我要离开时，走廊对边的门开了，一个身材矮小、脸脏脏的女人走了出来。我不知道她名字，她刚搬过来没几天，但我们曾在走廊里擦肩而过，我走近时，她把自己贴到了墙上。晚上她会自己一个人在房间里说话，喃喃自语一大堆。

“嘿，”我趁着自己没有临阵退缩，说道，“你那边有喝的吗？我给你钱。”我从口袋里掏出一张五美元的钞票。

她的小眼睛有点类似葡萄干色，身上穿着脏兮兮的背心装。胸口上的文身褪色了，文的很可能是人名，但我辨认不出来。她低头看着钱。我的手在颤抖，她伸手来拿那张钞票时，我看到她的手也在抖。她回了屋子，砰地关上了门。

她出来时，把一瓶廉价酒和一个螺旋盖推给我，然后下了走廊，离开了。她啪嗒啪嗒地下了十六级梯子，到了一楼。

我甚至没有先吃点东西，就拧开了瓶盖，大口大口地喝起来，直到有点想吐了，才把剩余的倒进水槽里，以免自己再多喝。很快，我就感觉到头晕了，还有胃里的小小欣快感带来的暖流。这足够平息我的焦虑了。我感觉很糟糕，但毕竟做了一次抉择，切割还是喝酒，我选择了喝酒。

我从赖利给我的那个纸包里找到一个锡纸包住的小玉米卷饼。里面填充了鸡肉、奶酪丝、辣椒和酸奶。周围还有一小堆脆脆的炸土豆像小山一样堆起来。都还热着，吃到舌尖，滑腻而美好。我全部吃掉了，连落到双膝上的那一点点冷食都没放过。我从纸包里抽出白色餐巾纸来擦嘴时，一张二十美元的钞票掉了出来。猜得出来，是赖利给我的额外报酬。

我取出上周从图书馆借来的书。画画是一种存在的状态，我念道，是眼睛、手、模型、记忆和感知的一种相互作用。具象派……

我叹了一声，合上书，推到了桌子的一角。我在想那个有着壁画房子的女人，她的花园就像一座城堡。过了一会儿，住在 3C 的莱西在她屋子里哭了起来，她每晚都这样，发出鼻塞和哽咽的声音。楼下的学校老师整晚都在看《价格竞猜》的重播，乐器声和观众的口哨声模模糊糊地透过地板传上来。我这一层的男人们摇摇晃晃地穿过走廊，去了公用洗手间，呻吟，撒尿。我像个魔鬼一样画着画，不过这一次画在了床边的墙壁上，把周围所有空着的地方都填满了，就好像某种壁画，把我包裹起来，让我安全，直到喝下的酒催着我入眠。

第二次，长沙发上的那个人不那么爱说话了。

这一次，那个红黄头发的女人逗留了比较长的时间，等我捡起袋子塞进口袋里后，她说："你告诉赖利，温迪问候他好。告诉赖利，温迪真的很想他。"这让我缩了一下。他们是不是曾经在过一起？我努力让自己不去多想。

到了咖啡馆，我把袋子递给他，看着他冲向洗手间。坦纳在翻阅一本看起来怪怪的、有光泽的照片册。“眼睛偏离轨道，”他说，“我要做一个急诊医师。”

图片上有一张侧影，是一个看上去很吓人的男子，他的眼球从眼窝里弹了出来，只有一根卡通似的弯弯曲曲的动脉连着。很吓人，我做了个鬼脸。“发生了狗屎事情，”坦纳低声说，“人体虽然很操蛋，但也是个奇妙的东西。”

莱纳斯走过双开门，双手在围裙上擦了擦。她冲着图片呕了一下，坦纳笑了起来。我抬起头，看到她在朝我笑，我再度低下了头，看着白色盘子，还有一块块小麦面包和热奶酪。赖利去了洗手间，我负责翻转。

莱纳斯说：“跟我们说话不会有事的，你看，我们又不会咬人。”

坦纳说：“有时候我还是会咬的。”然后他们俩笑了起来，不过不是嘲笑我，我看得出来，所以，我也有了一点笑意。跟他们在一起，说那么一点话，我感觉好多了。

赖利回来了。我看得出来，他刻意避开了莱纳斯，然后立刻为准备工作忙碌开了。

他皮肤上散发出冷水的味道。他脸色变好了，眼睛里有了亮光。他吹着口哨，从我手中接过抹刀，非常快速地翻转着土豆煎饼，把一个盘子准备好，又在烤架干燥的地方抹了油。他没有说话，直到莱纳斯和坦纳去前屋查看咖啡壶后，他才侧过身来，呼出的气暖暖地落到我脸上。他低声说：“你真是个好女孩。”

19

雨很早就下了起来，我正骑车去赖利家，叫他起床上班。整个晚上都很湿热，我睡觉时把风扇对着身体吹，但还是一点用都没有。我在浴缸里冲了个冷水澡，但刚出来，衣服就粘到身上了。

半路上，就好像有人突然之间拉开了天上的黑幕，巨大的雨点倾盆而下，那是我平生见过的，或者说感受过的最大的雨。就像千万个水龙头一下子在天空中打开了。街道瞬间布满了水，飞驰而过的车溅起水花，让我淹没在水的世界里。有人撞到了水坑，水扑打到我脸上，我差点摔倒。雨水温暖而有力。

到达赖利的房子时，我浑身湿透了。我跑过门廊，踢掉靴子，在门口大声喊，但是没人应答。我不想把他的地板弄湿，但同时又想，反正他也不会在乎吧？所以，我跑进他的屋子，直接去了洗手间。毛巾都在地板上，我开始擦拭自己，把水从头发里抖掉。

赖利出现在门口，头发乱糟糟的。他没穿衬衫，让我脸红了。“哎呀，瞧瞧猫把什么拖进来了[①]。这是你第一次经历雨季？”

“什么？”此刻的我在颤抖，工装裤淋雨后变得很重，衬衫粘在身上。

“这可以说是土桑市最棒的东西了，雨季。简直是史诗级的暴雨，可以瞬间让半座城停业，让路上泛起洪水。我看看去。”

他是吹着口哨回来的，“有件事情，糟糕了，这么大的雨，没办法出门，我们只能等雨停了。你最好把湿衣服脱下来吧。”

我看了看他。“什么？”他的眼睛隐约在闪光。

“你淋成落汤猫了，夏莉。不能一直穿着这样的衣服。我没有洗衣机，也没有干衣机。平时都用朱莉公寓里的。你得光着身了。”他笑了起来。

我用毛巾裹住了自己。

① 瞧瞧猫把什么拖进来了：美国习语，表示惊讶。

“开玩笑的，等一下。”

我把牙咬得吱吱响，听雨水拍打在屋顶上，落在房子四周。

赖利拿了一件 T 恤和一条牛仔裤回来。“给你，”他递给我，说，“是一个房客留下的。”房客。什么时候？是谁？我低头看着衣服。赖利关上了门。我脱掉湿衣服，小心翼翼地挂在浴帘上。换上不同的衣服，感觉怪怪的。牛仔裤的腰有点大，我得往下卷起来，还要把裤腿往上挽。他没给我拿袜子，所以我只能光着脚走路。

穿着短袖 T 恤，我感觉身上没遮蔽似的，而且有点冷。我抓起一条围巾，把自己裹住了。

前门开着，赖利抽着烟，交叉双腿坐在门廊处。我坐到了他旁边。

“我超爱这种天气，”他低声说，“我超爱雨。”

我看着外边狂暴的雨水，万物似乎都笼罩上了一层闪耀的灰褐色薄纱。“我不喜欢，”我说，“一点也不喜欢，而且也非常不喜欢雪。”

“你跟大自然母亲相处得不好，呃？”

我想起了跟埃文和邓普在一起的日子，我们在雨里困住了，又找不到可以去的地方。我们站在雨里，挤在一起，越来越湿，深知淋湿以后，肮脏的袜子里会长细菌，可能让人病上几天，那种感觉，就好像你永远也干不了了。

“我在外边流浪了一段时间。”我说，这话让自己都惊到了。“来这里以前。下雨的时候一点也不好玩，没地方去，没办法弄干。”

我感觉到赖利的目光落在我身上。他沉默了一会儿，说：“听你说这个，让人难过，夏莉。那的确不好，一点也不好。”

“是不好。”我感觉喉咙处升起了一个球形的东西，于是捏了捏大腿，以防自己哭起来。跟人说话，跟他说话，让我有那么点愉快。在这里遇到的所有人中，我感觉只有他能了解那种迷失的感觉。

他把烟放到烟灰缸上，伸手摸了摸我的胳膊，“还是很凉啊。”他用手指摸了摸我的皮肤，站起来，朝我伸出手。

“回屋里去吧。长沙发上有条毯子，最保暖了，相信我。你去把自己裹起来，我去泡点茶。”

他微微一笑，“好吗？”

我看着他的手，过了一会儿才伸出自己的，“好的。”

听到敲门声，我一开始以为敲的是别人的门，比如走廊那头的曼尼，他妈妈凯伦经常在奇怪的时间点摇摇晃晃地回来，带着几罐银子弹啤酒和一些没看过的 DVD，然后他们就一边喝啤酒，一边背靠背看碟片，同时在吃微波炉炸出来的爆米花。凯伦的敲门声又大又急，因为她下班回来时，曼尼已经睡得昏昏沉沉了。她在乡村客栈上班，搭计程车到公寓楼门口。她常常是隔壁那家酒品售卖店的最后一个顾客，他们打算锁门和拉下格栅时，她才会出现。透过窗户，我能听到她在好言好语地跟他们说话，同时发着牢骚，并表示可以多给他们些钱。那是她花整个晚上挣来的钱，从啤酒杯下方，从烤乳酪残渣里抽出的湿漉漉的票子。我知道这些，因为有时候凯伦会对曼尼哭诉，说她不得已才工作到那么晚，说她得对付学校里那些心肠不好的孩子，还有喝醉酒的俱乐部成员。曼尼就安慰妈妈，并在微波炉里热一杯咖啡，让自己准备再喝点酒。曼尼和他妈妈可能是这栋楼里声音最大的人。

我皱了皱眉，目光离开写生簿往上看。只有米奇和雷纳德来我的屋子，雷纳德是来通水槽的。我坐在那里，身上只穿着 T 恤和内衣裤，因为房间里太热了，即便旧货店买来的风扇也不能降温。我穿上了工装裤。

打开门，我看到赖利斜靠在门框上，身后的走廊黑漆漆的，我的心跳一下子加速了。他拿着一个塑料袋，一只手摇晃着。

“好可爱，”他说，“你看到我，脸都红了。”

“你到这儿来干吗？”我甚至没有试着去隐藏声音里的愤怒，尽管我也不确定自己到底有没有因为他注意到我脸红并说了粗俗的话而生气，抑或者，我只是在生自己的气，就这么在他面前红了脸。

“这么说你在家还是穿短袖的，”他继续说，就好像没听到我的话一样，“你要邀请我进去吗？”过去几天，他工作时都很安静，静得出奇。

我嗅了嗅他周边的空气，支吾着说道：“你喝醉了？”

“我给你买了一个礼物。”他摇晃着手指上的那个袋子说。

我感觉嘴里干干的。他的眼睛闪闪发亮，很高兴的样子。我在心里想，你要是不进来，所有事情都会简单些。此刻的我沉浸在他愉快的目光里，想起下雨那天他对我多么友善，在门廊处跟他谈话又是多么美好，还有，他的手是多么温暖。

他轻轻地越过我，把那个塑料袋子放在了凌乱的轻便椅上。

“你总在黑暗里晃悠吗，怪女孩？”他试着去开灯，但开关只发出嘎吱嘎吱的声音。

“我灯泡坏了，工资又不够买新的。”我没好气地说，“街灯，还有那边店铺的灯，都可以照到。”

他噗的一声倒在榻榻米上，踢掉了靴子，双手抱起来放在脑袋后边。

“打开礼物看看，”他指着轻便椅，眼里闪耀着光芒，“就在那儿。”我把袋子扔给了他。他一边笑一边在里头翻找，然后举起一件褪色的绿色 T 恤，T 恤的正面印着 M*A*S*H[①]。“我知道你们这些小孩喜欢讽刺之类的东西。”他把 T 恤放在床上，袋子放在旁边。

“总之，我去塔室喝酒，然后回家的路上把钥匙弄丢了，估计是这

---

① M*A*S*H：中文名《陆军野战医院》，是一套美国连续电视喜剧，由 20 世纪霍士制作，1972 年在 CBS 台首播。此剧改编自 1970 年的同名美国电影，是一套混合了黑色幽默的军事医务剧。

样吧。我把自己锁在外头了，又不能破窗进去，窗子真贵。”他顿了一下，“我在该死的街道上走了一会儿，真黑，黑暗里我看不清楚。”

他侧躺到一边。

我跪下来，展开那件 T 恤。“太小了。”我撒谎说。

“胡说，”他说道，“你明明很喜欢，而且很合身。我花了很多时间来考量你的尺寸，每周都盯着你的后背看四天，看了好几周。”

他顿了一下，“我们没那么多不同，你知道的。我还给你带了些别的。”

袋子里还有其他几件 T 恤，衣服下方，我摸到了一张厚厚的卡片边缘。半明半暗中，我把明信片贴近脸来看。上面是一个红头发的女人，面颊上笼罩着粉红色的斑点。她的脸一半藏在阴影里，一只硕大的黑眼睛直直地看着我。《艺术家之妻》[①]，1634。

“前阵子我在图书馆看到你，见你看的都是那类书。这张明信片是我在二十二街的一家旧货店里找到的。我觉得你的眼睛跟她一样，有点狂风暴雨般的，伤感。”

一缕灯光横过他的脸。他在图书馆里见过我？我的胃部缩了一下。“你在……你在图书馆里干吗？怎么没跟我打招呼？”

“我也读书啊。你在那边，看的是些古老的大艺术书，就好像周围的一切都跟你无关，一脸幸福的样子。”

他把一个手指放到我腿上，在劳动布上画着小圈圈，一圈，两圈，不断往上画，一直碰到了我工装裤的肩带上。我屏住了呼吸。

我咬着唇，为这浅灰色的黑暗欢喜，照进来的灯光刚好让我能看到他。

路易莎说没人会以正常的方式爱我们，但我仍旧是个人，渴望和人接触。

---

① 《艺术家之妻》：美国画家亚历山大・布金的作品。

“你心里肯定有数百万个故事。”他轻声说。

随后，他坐起来，细纹在眼角凸显出来。我能闻到烈性酒的余味——波本威士忌？——抑或别的烈酒，浓浓地裹在他的呼吸里。一阵电流穿过我的双腿，穿过我的胃部。

他说：“我是个很蹩脚的人。”说着取下了我工装裤的背带，带子落下时发出轻微的叮当声。他抬起我的胳膊，反反复复地翻来翻去，手指在我沟壑一般的疤痕上抚摸，上上下下，一遍一遍。我沉醉下去，努力让自己不游离，因为我真的，真的想一直这么下去。

“我不会伤害你的，”他说着，双唇咬在我的脖子上，“我们彼此拥有，好吗？”

他把我推倒在榻榻米上，轻而易举地脱掉了我的工装裤，双手移到我的大腿上，在那里，阶梯一样的伤口暴露了出来。他用拇指轻轻摩擦着，就好像在试吉他弦，麻利而无所顾忌。

一切就这样进行着，而我没有阻止。又一件事情背离了，背离了卡斯珀列的规矩，但很快，关于卡斯珀的一切都消失了。我用双手蒙住脸，听到自己呼出的气体从手掌上弹回。

随后，他的手往上移，隔着 T 恤落在我的肚子上，过了一会儿，突然滑到了衣服里头，我的呼吸一下子尖锐起来。他用拇指摩擦着我的胸。

我用力勾下他的脸，贪婪地享受着他的唇落在我的唇上。我不介意他嘴里的气味，他头发和皮肤上散发出的烟味。我看到自己眼里有蓝色和橘色的光。他双手揉捏着我的腰部，往下滑到腿上，伸到了大腿内部。我几乎感觉不到他的体重，他很轻的样子，跟我的骨架很好地融合。我让自己的双手徘徊在他裤子上，几个手指塞进了他腰带和皮肤之间。但他把我的手推开了，用脸爱抚着我的脖子，手指滑进了我的平角裤，伸到了两腿之间，进入了我的身体。

我说不，不，赖利抽了回来，说，你想让我停下来吗，我说，不，不，深深地吞了一口气，因为我不想让他停下来，但又想让他停下来，心乱如麻。我试着解开他裤子的纽扣，他阻止了我，不，就这样吧，让我这样就好。那个时候我明白，他醉了，醉得很厉害。而我眼睑里头着火了，迸发出黑红的火焰，我没办法让这事停下来。我颤抖着，他在我脖子那里轻声笑了笑。这时，我们都听到凯特在走廊那头喊："杰克！杰克！"

第二天早晨，我醒来时，他正在看我写生簿里的那一张张人脸。他什么也没说，只朝我笑了笑，他的微笑射穿了我的血液，让我刺痛。他翻到我身上说："昨晚我喝醉了，不过现在清醒了。"一开始我觉得害羞，因为我们暴露在光线里，不再有黑暗笼罩，而且我光着身子，不过，羞怯感很快就没了。

我们起床穿衣服，没有说话。我感觉自己的身体有点混沌，脑子里也模糊不清。我们就像一对夫妇，在国会大街一家熙熙攘攘、长满蕨类植物的咖啡馆里买了咖啡，那家店跟真格里特不一样，没有肮脏的墙壁和边上留下指纹的糕点。他像男朋友一样，给我买了一杯巧克力咖啡，带生奶油和糖屑。

我从来没有过男朋友。我曾在车库里跟那些男孩搞在一起，但那什么也算不了。我快十八岁了，在此之前，从来没有哪个男孩给我买过带巧克力的东西。

我们从他的房子沿人行道一直朝塔室酒吧所在的国会酒店走去，寻找他的钥匙。酒店大厅是个阳光充足、闪闪发亮的地方，摆着几个皮质长沙发，有种西部朋克风的感觉。一幅巨大的画装饰了整堵墙，上边是一个肤如凝脂的漂亮金发女郎，身穿丁尼布短裤，挥舞着一根鞭子。赖利带我看了大厅旁边国会俱乐部的主厅，矮墩墩的黑色小舞台上有一面土红色的帘子，房间后部有一个长长的老式吧台。他瞪着舞台看了一会儿，低声说："我们曾在这里，为某人开放过一次。"不过我不知道他指的是谁。他好像沉迷在自己的世界里，我不得不提醒他，马上要开始工作了。

俱乐部旁边就是塔室的门，透过窗子，我看到一个简简单单、空空荡荡的吧台，旁边有高高的凳子，一个自动唱片点唱机，牛仔画高高地挂在古色古香的壁纸墙上，简洁的红色隔间已经旧了。

我们发现了他的钥匙，在最显眼的地方，"止步"标牌的底座那里，闪耀着清晨的阳光。他有个写着"冰岛"的钥匙扣。

"我们的乐队，到那里去过一次，是中途下车。那是我见过的最美的地方。"他说，"你去那里旅游过吗？"

冰岛。他去过冰岛。我在想，如果爱丽丝在，会跟他说什么。巴黎、伦敦、冰岛，管它什么地方。

"这里，"我回答说，"我只到过这里。"

这话让他笑了。

去上班的路上，他一手抽着烟，一手伸过来拽我，我甚至想都没想，就抓住了他的手。跟往常一样，我们在距离咖啡馆一个街区的地方分开了，我先进去，谨慎地朝莱纳斯笑了笑。我腾空头天晚上的咖啡壶，快速冲洗后放回到前台。纱门砰的一声打开了，赖利从容地说了声"好啊"，然后拖着脚去了电话那边，听昨晚的留言，帮朱莉记下一些东西。他加热了烤架，将一大桶家常炸薯条倒在上头，喷了黄油和食用油，用铲刀搅拌着。他给自己弄了一杯浓缩咖啡，给我捎了一杯淡咖啡，然后在问莱纳斯什么事情，我听不清。

我系上围裙，听着铃声叮当响起，第一个客人漫步进了门。蒸汽从洗碗机里渗出来，不过我没有往常那么热了，远没有那么热，因为我穿了那件褪色的绿色短袖 T 恤，正面印着 M*A*S*H。

我正转动一堆茶托时，赖利一边啜饮他的浓缩咖啡，一边看着我。看到他这样，突然间像有什么东西射穿了我，如电流一样急速而尖锐。昨晚的一个个瞬间闪现出来，他的嘴唇和双手，我还能感觉到他在我脖子上呼吸。

茶托差点从我手里掉到地上，我赶紧抓住了。他露齿一笑。

我感觉到，那天以后，人们在偷偷地看我的胳膊，服务生之间悄声传着什么，不过我很清楚，赖利一直都关注着，表情沉默而坚毅，有时扬起眉毛。他会找机会跟我交谈，跟我开小玩笑，和服务生说话时也会把我包含进去。他就好像在散布一件保护我的面纱，而我贪婪地享受着。

20

黑暗的房间里，我在等他。我把自己清理干净了，洗过澡后，皮肤还是热的。但他没有来。我听着男人们在门廊处喝酒，远处，隐隐约约的，似乎有一个乐队刚刚在国会俱乐部收场，但没人敲我的门。我一直等着，后来觉得自己内部要爆炸了，像是有一大团火，热浪从毛孔里往外涌。我起身穿了衣服，骑上柠檬黄的自行车，朝他的房屋而去。

他打开门看到我时，把一只胳膊肘放到了另一只手上，香烟升起的烟朦朦胧胧地弥漫到空气中。“你刚才去哪儿了吗？”他问。嘶哑的嗓音，愉快的眼睛。随后，他抓起我的手，把我让进了屋。

一切又开始了。停下来一会儿后，我想到，虽然我们在一起了，但我以后不必再这么跑过来了，因为他根本都没叫我过来，不是吗？一切都错了，我看得出来，我很了解，我在电影里看过的。我知道男孩们应该开车去你家，带你去吃晚餐，然后给你买花，或者别的东西，但不会让你在暗黑的公寓里一直等一直等，直到你的身体再无法忍受，然后跨上自行车，骑车到他家去，还要庆幸他开了门，微笑了。

“我忘记时间了。”“嘿，我刚才正想到你呢。”他终于还是开口了，“想着问你能不能，能不能跑一趟，给我送点糖果过来？然后我们就可以看看电视，做点别的。”他叫我“夜间访客”。他本人呢，就像一份点心：那么漂亮，那么温暖，但也到处有棱痕，你得注意点。你得知道棱在哪儿。情况就是这样：我知道一切都错了，但是，或许，这才是我，这才是能得到的最好结果。而且，已经太晚了，我已经深陷进去。

我背靠着自行车坐垫，侧耳倾听，温迪给的包就放在手里。每天晚上我都在相同的十字路口停下，那里有根凹凸不平的柱子，就好像是我停留的标记。我听着赖利的吉他声飘到街道上来。过一会儿他给我打开门时，我会发现四色牌放在地上，一个活页笔记本敞开着，页上到处是赖利潦草凌乱的笔迹，一个烟灰缸上堆满了碎掉的烟头。有些夜晚，只有轻柔而温暖的吉布森蜂鸟吉他声流淌在空中，赖利不是每次都会唱歌。有一次，在图书馆，我用电脑搜索了《长房子》。泰格·迪恩仍然保留着乐队的网站。我点开了一些歌，如《突然的阵痛》《施舍对象》，赖利唱了大部分独唱内容。一开始吸引住人的是泰格的声音，个性与音质的混合强劲有利，是歌词把所有东西联合到了一起，我凑近了听，凭着直觉听出了一些片段和单词。另外有一首歌是赖利的独唱，一首民谣，叫《加农大炮》，说的是一个心碎的男子，心脏从胸口裂出，滚远了，他追寻心脏而去（我的心爆裂而出／如同加农大炮／滚到了大炮底部／我将停留于此／空荡度日／直到你回来嫁给我，亲爱的），我觉得这种唱法很精妙，赖利不是个本位音歌手，但正因为这样，使得歌曲更加悲伤，他的声音在一些地方破了，在另一些地方摇摆不定，最后一起消失了。

赖利屋外的街道上，有人坐在门廊处，手里拿着啤酒或葡萄酒，在听他唱歌，听到他的声音，脸就舒展开来。当他唱准了，没犯错误时，当他从头到尾完整地把一首歌唱下来时，真是太令人激动了，那种振奋穿透我整个身体。他邻居的脸也都亮了起来。他唱完时，他们无声地鼓着掌，因为没人想让他知道他们在听，人们都不希望他停下来。每个人都小心翼翼地对待他，就好像他是一个鸡蛋，要捧好才行。

不过，他听到我嗒嗒嗒地走向门廊时，就停止了演奏，把吉布森吉他放在长沙发上，沙沙沙地翻着纸张，喝一大口啤酒，新点燃一支烟，从我这里接过小包，消失在洗手间里。

我们一起待在他屋里时，那里充满了赖利特有的东西，经常翻阅的旧书放在坚固的书架上，唱片按字母摆满了周围的架子，舒适雅致又皱巴巴的天鹅绒长沙发，烟灰缸装满了烟灰，我觉得这是我可以待的地方：这里头已经住着一个生命，且久久不会离开。

一开始他们笑得有点大声，也有点紧张，我等着他们平静下来，让他们再喝点，然后我再开始画。

阳光已经褪去，不过门廊里有足够的光线供我画画。在场的有住在1D的赫克特，还有曼尼和他妈妈凯伦。我觉得他们已经习惯被人瞪着看了，可以无视看他们的人。凯伦坐在生锈的金属椅子上，变换着坐姿，摆弄着自己的指甲。曼尼坐在台阶上，背靠着栏杆。“嗯，”他终于开口道，“你可以的，对吧，妈妈？”

门廊处，我细细考量了他们脸部的皱纹和线条，然后快速用炭棒涂抹，并吹走灰色的尘。“你的那些浪漫故事，”凯伦跟我说，“跟我讲讲吧。”我说：“呃，没什么可以讲的。”

凯伦摇摇头说：“男人们很难相处的。”曼尼的棱角很分明，黑棕色的眼睛死死地盯着我的脸。他从紧咬的牙齿间喷出啤酒，跟我说和他共事的主要是些根本不会为工作而露面的人。

他每天和赫克特以及这栋楼里的其他一些人，还有几十个男子，在闹市区一个闷热的街角等着，等卡车慢悠悠地开过来寻找日工，去给住在北部山上的一些人浇灌花园，修剪树篱，挖新泳池，铺砌精美的“佳骨肌”牌水力按摩浴缸。“我们去过一个地方，”赫克特换了个姿势，往前倾，嘲弄着说，“泳池砖像一张女人的脸？你们知道吗？像那女人的照片，在水底。她要在自己的脸上游泳。”他在门廊上唾了一口，看着凯伦，凯伦皱了皱眉。

曼尼说：“我们让这该死的城市得以运转，他们却想让我们滚出去。筑起愚蠢的隔墙。”

我画完后，他们恭恭敬敬地捧着我的画板看。终于看到画上的自己了，他们感到很高兴，就像埃文看到自己出现在我的连环画里时一样。他们的愉快让我感到充实。

咖啡馆里，我正在擦桌子，柜台的一个男子急匆匆地对我说：“帮个小忙，好吗？”他不停地敲着柜台。

其他人都不在，所以我做了他要的卡布奇诺咖啡，小心翼翼地把柔滑带泡的浓缩咖啡倒进一个一次性杯子里。这不是我的工作，但我总看着莱纳斯做，试了一下，有点激动的感觉。那个男子把钱递给我，我把金额记入现金收入记录机，这也是我头一回这么做。以前在妈妈朋友的熟食店工作过几天，还能记得收银机的操作步骤。他离开时，门铃叮当响了。

“你在干吗，夏莉？”

朱莉绷着脸出现了。

我低头看着打开的现金抽屉，整钱和零钱槽。“没什么，那个男的，他买了一杯咖啡。”我指了指，但那个男的已经离开了，咖啡杯也空了。

朱莉走到我旁边，砰的一声关上抽屉，险些夹到了我的手指，我畏畏缩缩的，她这么生气，我感到惊讶。

“其他人都到哪儿去了？你不该到前台来。”赖利出现了，把自己的杯子推到咖啡壶下方，脸上露出大大的笑容，“怎么了，朱莉？”

朱莉的声音紧绷绷的，很高，“赖利，我给你工钱，是让你在工作时间喝咖啡和喝醉的吗？不是的，你只有打卡下班后，才能做那些该死的事情。你们都想占我便宜，让我恶心了。我要你好好监督，她不该到收银台来。这几天到末尾结账时，数目都少了。”

慌乱中，我脱口而出：“我没拿过钱，以后也不会拿。”我真不希望自己说出口，只觉得脸部热烘烘的。

这让我看着像心虚的样子，我不想让赖利或朱莉那么认为。“对不起，旁边没人，我以为这么做是可以的。”

“没人说你拿了钱，夏莉。她不是这意思，对吧，朱莉？”赖利平静地喝着咖啡，谨慎地看着他姐姐的脸，但没有看我。

朱莉摇了摇头，“你干吗要那样做，干吗老是暗中——”

她突然停住了，脸上掠过一丝麻烦的神色。她朝我靠过来，低头看着，“那是什么？你都干了……我不知道有这么——天哪，你可不能就那样出门。”

她朝我胳膊上露出的那些伤疤摆了摆手，盯着我的皮肤。我往后退了一步，本能把双手藏到了身后。我撞到了糕点展示台。

“夏莉，来我们这里的人，已经努力在治愈了，那对姐妹就是，夏莉。”朱莉的声音听起来很绝望，我从来没见过她这样子，应该不仅仅是因为我和我的胳膊，应该吧？

那对姐妹每周二和周四过来，把桌子推到一起，打开她们的杂志，开始自由写作。她们轻声哭泣，相互揉一揉对方的背。她们喝水果茶，穿着宽松的手工缝制衣服，头发扁塌塌的。她们吃了太多角豆巧克力饼干和柠檬罂粟籽松饼。莱纳斯说她们过去属于亚利桑那州和新墨西哥边界的一个教派。

“天哪，朱莉，你知道自己在说什么吗？”赖利突然很严厉地说。他推开我旁边的传输桶，跟我说这里没我的事了。但我没有动，撞了糕点展示台让我僵住了。

朱莉转过身对着我，“我不想让你穿短袖，可以吗，夏莉？我知道这里很热，我们会把冷却器修好的，你那个就像触发器，知道吗？我得留住已有的客户，明白吗？”她的声音一下子又高起来，“这整个地方一个顾客都没有，赖利，我们的午餐高峰期呢？”她把头埋在双手间。

我从他们旁边走过，回到了洗碗机那里，赖利拍了拍她的肩膀，我听到他们在低声说话，但听不清楚。赖利回来时，没有看我的眼睛。“我跟她说没人会注意那些，只会看你漂亮的脸蛋，但她现在别扭得很，所以，明天，你可能要穿长袖了。就穿一小阵子，好吗？”我的心往下沉，很失望。我以为他会更多地维护我的。我抬头看着他，他避开了我的目光。

我胃里有种想吐的感觉。

“赖利，”我低声说，“什么钱丢了，她在说什么，赖利？”

他正把一个洋葱往砧板上放，这时他缩了一下，手指在颤抖，“反正不用担心，好吗？”

“我没有拿钱，我不想让她觉得是我拿了钱。”

“一切都会摆平的，好吗？我来处理就是了。”他转过身，开始把油脂抹到长长的、焦糖色的烤架上。

他出卖了你，宝贝。埃文的声音在我耳朵里响起，像一种蛊惑。我推开那个声音，我不愿意相信。

早晨，有人在高喊赖利的名字，我翻了个身，看着赖利，他的脸呆滞而苍白。我轻轻碰了碰他的肩膀，听着脚步声移到了房子一侧，然后传来了敲打半开窗子的声音。赖利一惊，眼睛忽地睁开了。我看到他面色灰白，眼睛发红。昨晚我过来时，他面朝下倒在洗手间里，一开始我吓到了，后来意识到他晕倒了。我费了好大劲才把他拖过客厅，拖到卧室，又费了好多神才把他弄到床上。

他用一个手指按到嘴唇上，拉过被子盖住我。床咯吱咯吱响，他爬过床，到了窗子那里。“哦，嘿，是你啊。”他的声音平和而机警。回答他的那个声音则在发笑：“哟，哟，我猜又故技重演了，被单下面的是谁？”

赖利回答说：“跟你没关系。”

“快点，让我看看嘛。我喜欢你上次抛弃的那个，太喜欢了，所以我也跟她结婚了。”他发出低沉的笑声。

我的心跳一下子加速。赖利结过婚？我有点喘不过气来。

“你想干吗？”赖利咳了一声。他生气了，我听得出来。阳光透过褪色的被单渗进来，就这样盖着，很难呼吸。我开始觉得，赖利是不是觉得跟我在一起很不好意思，是不是不想让他的朋友看到我。

“刘易斯·阿尔瓦雷斯得了胰腺癌。”

赖利的身体僵住了。“你在开玩笑吧？”他吸了一口气。“几周前他还给我借过车。那天他只是有点不舒服，没有去上班。”

“不，不是玩笑，”说话的人声音柔和了一些，“已经太晚了，哎，扩散得太厉害了。”

“不过，听着，我打算在国会那里一起搞个音乐会，为他妻子和孩子筹款，他们需要钱。我也想过在剧院区搞，不过国会那里更好些。要到秋天才能举行。不管什么年纪的人，只要带了身份证就可以到场，整天在那里豪饮，大概要搭两个室外舞台。可能找一些当地的经销商来赞助，不过差不多所有人都知道刘易斯，所以，应该不难。”

“太糟糕了，”赖利沉默了一会儿说，“他可是个真正的好人。”

“是啊，”对方停顿了一下，“就让我小小地看一下，好吗？”被单轻微摆动了一下。

“滚开，你到底想干吗？”

“听人说你每晚都给街坊邻居开音乐会，音乐才能相当不赖。所以我想：赖利·韦斯特重新玩起音乐来了？那就可以再多卖点票房了。免不了要来一次舞台大爆炸。”

“去你的。”

“好了，好了，这可是为了刘易斯，他过去帮了我们很多忙。”那个声音平静下来，几乎有点祈求的意思，“你可以的，赖利，我知道你可以的。”

“泰格。”赖利叹了一声，“我差不多有两年没玩了。”

我尽量不让自己动弹，小心翼翼地听着每一个字眼。

“这是为了刘易斯。他病得很重，伙计。已经有很多人排好队了。我联系好了不屈服乐队、慢击打乐队、猫弗利、加利福尼亚寡妇、希特勒之侄、摇摆火车和八子乐队，我保证还能再约到一些。”

沉默了一阵，赖利终于说：“好吧！”

“好家伙。这就对了，你录了什么该死的新碟吗？我很想听听赖利·韦斯特都忙出了什么名堂。”赖利滑下床。我听到他穿过屋子，穿上牛仔裤，然后含糊着说他马上回来。

被单缓缓地剥落。泰格·迪恩仍然一头黑发，跟专辑封面上一样，不过没有那么长了，不再精巧地回旋在额头上，现在短了，梳得整整齐齐的，也稀疏了。之前我在图书馆的电脑上搜赖利和《长房子》时，找到了泰格·迪恩的网站。上面说泰格·迪恩仍然在跟当地乐队一起制作音乐，在一些私人派对上演出，并且可提供平面设计需要。网站上有张他的照片，他坐在一张桌子后方，一只手放在电脑键盘上，另一只手扶着一把樱桃红的吉他脖子。

“你好啊！”泰格·迪恩的脸上闪现出微笑，我可不相信这种笑是真的，这让我想起高中时那些太酷的家伙，总是漫步走进大厅，漠然地拍打那些“怪人”的脑袋。泰格·迪恩自己转了一下角度，离窗口远了一点。他穿着一件红色的灯芯绒运动上衣。

我坐起来，把被单踢掉。我穿着脏兮兮的运动衫，昨天上完班后，上面留了很多污秽，另外穿了赖利的一条斑纹宽松睡裤，一直提到腰杆以上。我的嘴里有股烟头的味道。昨晚把赖利拽上床后，我回到浴室，抽了他的一支烟，灰末弄进了水槽里。我还把他晕倒前打开的新鲜啤酒喝完了。之前他小心地把瓶子放在了浴缸一侧。

“你跟这个小朋克女孩在搞什么鬼？”泰格靠在窗框上，对赖利大声说，“你的时间都浪费在哪儿了？”

昨晚我坐在马桶上，喝着酒抽着烟，心里想着自己是怎么把男朋友拽到床上的，他到底有没有把我当女朋友，以及我怎么帮他拿到毒品，我做这些不为别的——只为了他在清醒时能把手放在我脸颊上。后来，我喝掉啤酒，回到卧室，走到床一边，试了试地板，之前我注意到那里有咯吱声。我跪下来，拍了拍地板。一块木板砰的一声翘了起来，那下边，是赖利的工具箱，一个小小的方形樱桃木盒子，里面有他需要的一切。他需要的一切都在里头，可以代替我。

不过我不会让泰格·迪恩知道这个的。

我凝视着泰格·迪恩，然后缓缓地，缓缓地竖起我的中指。

他惊讶地皱了皱眉。“我的天哪！”目光移到了我胳膊上的伤疤上，我故意没把它们藏起来。“简直是一个模子里刻出来的，”他低声说，“都玩那些该死的游戏。”

赖利从门口走了进来，手里拿着一瓶啤酒，这让我抽搐了一下。他要是这么早就开始喝，这将会是漫长而不平静的一天。他把 CD 从窗口扔给了泰格·迪恩，对方稳稳地抓住了，塞进运动上衣里头。赖利爬回床上，把啤酒瓶放在两膝之间，看看泰格又看看我。

“忍不住，哈？”

泰格摸了摸头顶上的太阳镜，镜片轻轻地滑落到了眼睛上方，“你口味总那么奇特，我刚才就想确认一下你口味还跟以前一样不。”

“再见。”

“这一个好像太年轻了一点，有点笨，不合我口味。”

“去死吧。”

“嗯，”泰格抬起下巴对我说，“我敢打赌，你要是知道他的真名，会立马跑出去的。他叫——”赖利开始关闭泰格手扶着的那扇窗。泰格笑了起来。

“保持联系。”他透过窗玻璃，把太阳镜往上扶，“还有，赖利，你那一套赖利·韦斯特特有的 Breakdown[1]，延迟到音乐会再发作，那才是最卖座的，跟以前一样。”

---

① Breakdown：一种听了会使人振奋、甩头、冲动、想打人，让人进入到狂暴状态的具有信号形式的一段乐句。音色可以用五个字来形容：重、低、闷、稳、狠。

赖利关上了窗子。他还没坐回床上，我冲口说道："结婚？"我想看看他会不会对我撒谎。"你结过婚？"

他静静地，眼睛一眨不眨地注视着我，"是啊！"

"说了，至死不渝那样的誓言？在教堂里交换了戒指之类的？"

"这种事常有啊。一个家伙找到了一个女孩，他们接吻了，然后他买了戒指，等旅行到拉斯维加斯时，在假扮成猫王的证婚人的见证下，两人结了婚。然后，嘭，该死的事情发生了，女孩离开那家伙，跟了他乐队里的主唱。完了。"他喝了一大口啤酒。

"发生了什么该死的事情？"

赖利用一个手指摸着啤酒瓶脖子，他的指甲脏脏的，"我，就是那该死的，都是我的问题。"

"你……有没有再见过她？"我的心在怦怦跳，觉得自己有点怪怪的。"她叫什么名字？"我都不知道干吗要知道这个，但还是问了。就好像我已经拼好的赖利拼图被踢散了，新的拼片落到了我的手里。

他咧嘴笑了，"你妒忌了，怪女孩？不过你用不着妒忌的。我再也没有见过她了。他们住在丘陵地带一所很好的房子里。有了孩子，什么都有了。"

"她叫什么名字？"

"夏莉，别问了。"

"跟我说说。"

"她叫玛丽莎。"

玛丽莎，我脑子呼呼呼地运转，玛丽莎，很好听的女孩名。应该有着精致的外貌，想象得到。我看得出来，赖利会醉心于那种浑身上下细致优雅的人。

我闭上眼睛，不让他看到泪珠在我眼里打转。

“噢，别，别那样。”他用手肘推了推我，“夏莉，认识你之前，我是有过经历。我比你大，女孩，我做过各种狗屎的事情，恋爱过，结过婚。现在根本没必要担心那些的。”

我把他的手肘推开，打了个嗝，“你还改了名？”

他笑起来，“是啊，你之前不知道吗？我们乐队的人都用同一个姓氏：韦斯特。泰格觉得这样更酷些。他现在用自己的真实姓氏了。”

“那赖利怎么不改回来？”

“哦，这名字一直都伴随着我，我小时候就跟它邂逅了，那时候我不是搞砸这个就是搞砸那个。我老爹曾经说，‘你以为你是谁啊，过着赖利式的生活[1]？’真蠢，真见鬼。”

“那么，”我缓缓地说，“你的真实姓名是什么？”

“我的真实姓名是赖利·韦斯特，因为我就是赖利。”他闭上眼睛，打了个哈欠，“别再问了，好吗？测试结束。请放下铅笔，把你的蓝本子放到桌上。”

我失望地说：“我可以问朱莉。”这又是拼图中的一块了。

他喝完啤酒，把瓶子放在床边的地板上，用胳膊抱住我，把脸埋到我衬衫下方，“她不会说的，永远不会说。”

他舔了舔我的肚脐，“我之所以喜欢你，怪女孩，就是因为你不问太多。没必要的问题，你就不问。你知道你那样子，对人来说是多大的轻松吗？”

随后，他让我分了心，不再想着去问朱莉他的真实姓名，询问有关他的前妻，以及地板下的那个盒子，或是去思考自己想要的有多么少。

---

① 赖利式的生活（live the life of Riley）：美国习语，意为过着安逸舒适、无忧无虑的生活。

21

八月的天气变得越来越野蛮，每天都上一百华氏度，有时候高达一百零九华氏度，热气就像着火的毯子一样包裹着我。晚上，我的房间里热得无法忍受，所以我只能尽可能多地跟赖利在一起，希望他每天晚上都在家，因为他有一个湿垫冷却器。他不在家的夜晚，我就只能在热气中辗转反侧努力入睡，落地风扇就安在我的榻榻米上。

这天早晨，赖利和我早早地去上班，我们正在吃带半熟煎蛋和红辣椒的油炸玉米粉饼时，咖啡馆的电话响了。

赖利接完电话回到角落里，推着我走过又黑又滑的走廊，进了朱莉的办公室。“莱纳斯病了，不过来了。”他说着关上了身后的门，然后深深地吻了我，双手在我衬衫下移动。

“赖利……”我觉得不舒服。

“嘘。坦纳七点半才过来，朱莉去斯科茨代尔静养了，下午才会回来。”他坐到长沙发上，伸手来解我工装裤的带子。因为吃了辣椒，我们的嘴唇辣辣的。

我不想在这儿做，在朱莉的办公室做这种事情，感觉很不好，但是他坚持要来，所以，我们很快做完了。离开办公室前，我用手抚平了长沙发上所有的皱纹。

赖利打开门时，一只手正把 T 恤塞进棕色的裤子里，他突然站住了，我的脸撞到了他后背上。

坦纳局促不安地站在走廊里，脸上带着非常古怪的表情，就好像不知道要怎么思考似的，就在那时，我知道，他听到我们的声音了，我的脸因为尴尬而烧了起来。

坦纳眯着眼睛，就好像被人用水浇了一样。他低声说：“即将发生的事情，我只能说抱歉了。”他站到了一边。

他身后，朱莉站在洗碗机旁。

“最后一节静修课取消了，我昨晚就回来了。”她声音冷冷的。

周围的空气紧张而凝重。“对不起，朱莉！”赖利平静地说着，从她旁边走了过去，就好像什么也没做错似的。我缓缓地走向碗碟台，从她旁边挤过去，我太害怕太尴尬了，非常非常不舒服。我几乎不知道自己在想什么，只听到心脏在怦怦跳。

朱莉看向赖利，此刻他安全地站在切菜台后面。她看了看吃掉一半的红辣椒油炸玉米粉饼，还有那两个叉子，然后看向我，再看往走廊那边开着的办公室。

“你们俩，洗手，赶紧的。我现在没时间处理这个。早餐高峰期马上到了，也不知道有没有高峰期，有的话马上开始了。莱纳斯在哪儿？”她大声喊。

“病了。”坦纳说。

“真糟糕！”朱莉跺着脚走向前台，没再说别的。

赖利在我旁边的水槽里用肥皂洗了手。他伸长脖子看了看咖啡馆前屋，然后吻了一下我的脸颊。他耸了耸肩，这让我觉得一切都会好的。

早餐高峰期和午餐高峰期过后，咖啡馆里没人了，我帮助坦纳收拾桌子，朱莉在收银机那里数钱。坦纳在餐桌旁服务时，她一早上都在前台忙碌，有时僵硬地带着订单进来，啪嗒一声扔给赖利，一句话也不说。她不看我一眼，让我的心一直往下沉。

坦纳和我带着装得满满的传输桶回到厨房时，朱莉在关着的办公室门后喊了起来。

“哦，天哪，这下好看了。”坦纳砰地打开冰箱，拿出一罐赖利的蓝带啤酒，“我并不是，说你。”

“闭嘴！”我嘘声对他说。朱莉的声音越来越大，我的脸不断往下拉。“这可一点也不好玩。”

过了一会儿，我们听到，“你为什么尽做些最糟糕的决定？”“这持续多长时间了？”“你都没想想她在这个办公室里说过的话吗？她可能还不满十八岁吧，赖利？你知道那意味着什么吗？意味着犯强奸罪。”

只觉得有丑陋的东西拍打着我的皮肤，我开始透过口袋拧自己的大腿。

坦纳看着我说：“你满十八岁了吗？”他讪讪地笑着。

“满了，”我嘘声说，“马上就满，还有十一天。”我太尴尬了，觉得自己就要吐了，胃里在翻腾。

“你觉得可以在我办公室里乱搞吗？”朱莉尖叫道，“还把避孕套扔在我该死的垃圾桶里。”

我的脸血色全无。我当时怎么没想着看一下他是怎么处理那个的。坦纳笑出声来，狗吠一样的声音刺过我的心脏，我再也无法忍受了。

我脱下围裙，塞进碗碟托盘，开启了机器。突然发出的水声淹没了我耳朵里的嗡嗡声。我抓起背包，离开了。

我两眼模糊地走进旧货店，不为买什么东西，只是不想待在外面，也不想待在家里。我用手指触摸那一堆堆我根本一无所知的电子产品：电线装在醒目的蓝色塑料盒里，还有电绳、链轮齿和弹簧。我的手掌拂过一架子又一架子被咬过的、伤痕累累的物事，努力让自己睁开眼睛，让呼吸平缓下来。我夹痛了自己的前臂。即便身上留下了瘀青，赖利也不会说什么的，我很肯定。终于，我回了自己的屋子，等着他。

我忘了闩上门。他敲门时，我没有应声。他推开门，穿过屋子走到冰箱那里，打开冰箱，不过我知道他根本不是为了找吃的。

他关上冰箱门，背靠着，低头看着地上的我。“你离开真格里特后，就没再吃东西了，是吗？”他拿出一个纸袋子，举到嘴唇那里，仰头往嘴里喝。我看着他，想起几个月前我在食品同谋合作社后边的巷子里看到他的情形。他也是这样站着，双肩耷拉着，手里拿一个纸袋子。

我在浴缸和墙壁之间，过去几个小时，我就藏在这里，等待着。是的，我只有逼不得已的情况下才会去买吃的。每天早晨，我都希望赖利会时不时搞错订单，把退回的食物给我：本来要的是乳酪芝士百吉饼，他抹了鹰嘴豆酱；本来要的绿椒煎蛋饼，他抹了黑橄榄。或者，我给他跑一趟后，接过他那些好吃的。我们从来没出去吃过东西。有时候等他睡着后，我就小心翼翼地从他杂乱的厨房里找东西吃：一个橘子，一个抹了大量黄油的玉米粉饼，一杯味道有些怪的牛奶。

他没喝太过的时候，我们就在黑暗里，在他那张皱巴巴的床上做美妙的事情，但我害怕问他要吃的，只有一次在门廊那里要过，我也从来没有真正谈起过在外流浪的生活，以及那都意味着什么。他也从来没问过，此刻，这让我前所未有地伤感。只要他允许，我就总问一些关于他的事情，但他从来没问过我。

我希望自己的声音没有变调，“我们被炒掉了吗？”

赖利盖上瓶盖，“我？她永远不会炒掉我的。不过，她大声嚷嚷了避孕套的事后，我还是有点害怕。我觉得她之所以发疯，是很多事情引起的，不光是我们在她办公室搞的事情。”

他叹了一声，坐到我旁边的地板上，双腿在破破烂烂的油布上伸展开来，“她是真的生气了，夏莉。有些话你没听到，因为你走了，其实她前不久就知道我们的关系了。知道我们做了情侣，一起去上班，下班后待在一起。她从餐馆上边的窗口可以看到的，不过她决定先不说。她的公寓就在那上头，可能你不知道。她选择无视，但我们今天在她办公室里发生关系，可以说给了她当头一棒。”

“然后呢？”

“然后，她给你换成了晚班。实际上，她说的是‘我不会把她放在浅盘里递给你。’”他似乎觉得有点好笑，“她还说：‘她不是一块小甜点，一本书，或是架子上的一张碟片，你不能随意玩弄她，然后再把她推回去。’”

你不能随意玩弄她，然后再把她推回去。“真是太尴尬了，”我尖着嗓子说，“让她发现我们那样子。我本来不想的，是你非要做的。”

他眼睛尖锐地看了我一眼，声音紧绷起来，“我没强迫你做任何事情，女孩。我以为你从中得到了满足。”

我想告诉他，我没有。但我没说，因为发生那样的事情，我不是也有部分责任吗？我不想那样做，但我还是让他做了。

好像有什么东西吸引了他的目光，他把头歪到一边，往前靠去，“你干吗把一个手提箱塞到浴缸下头，怪女孩？”

我还没来得及阻止他，他已经滑过去，把手提箱拉了出来。他用那双闪闪发光的眼睛瞪着我，嘴角扬起一丝微笑。

他降低声音，有点怪异地说：“就是这个吗？就是这个魔法盒子，藏着我的小陌生人的秘密？”

他弹开箱子钩扣，伸手去摸那些衬衫，找到了那个金属工具箱。不过，他以为只是整理用的，因为他说：“很酷。”但是后来，当他拉开卡栓，打开工具箱，审视着里面的东西：药膏、胶带、绑带，以及我刚到那天在便利店买的所有东西时，我的心提到了嗓子眼上。

这下有点平衡了，这是今天的报应，是从来不过问我的事情的报应。因为这会让他害怕，让他有点不舒服，面对着这一张张拼图，组成的是一个不同的我。

赖利有些迟疑地拿起那一卷亚麻布，展开了。一块块破碎的玻璃跌落到地上，发出熟悉的音乐一般的声音。

他吹了两次气，声音怪怪的，就好像谁在他胸口敲了一下，“这是什么？”

我没克制住自己，脱口而出：“这就是我，这就是我干的事情。不对，是以前干的事情，现在正努力克制，不想那么干了。”我屏住呼吸，等待着。

他好像没听到我的话，愤怒地举着盒子，声音提高了：“这是什么？”

他把玻璃一块一块地拾起来，还有那个小小的过氧化氢塑料瓶、那一管药膏，以及那一卷纱布。

“这是我用的东西，用来切割自己。那种事情我在行。”

赖利把所有东西扔回盒子，就好像它们在灼烧他的手指。他暴力地把工具箱踢过地板，站起身，猛地拉起夹克的兜帽，紧紧包住头。我闭上了双眼。前门砰的一声响。

我爬过地板，双手捧起工具箱，紧紧地抱着。随后，我小心翼翼地把所有东西收集起来，放回原来的位置，因为对我来说，它们都很宝贵。玻璃在我的手指上刺刺的，发出清脆的声音，好像在小声说，我该硬下心来，无视这一切。亚麻布就在我的掌心上。我把工具箱放回手提箱，推到了浴缸下方。

门砰地打开又关上了。他直直地走到水槽那里，把上方的窗户拍得噼啪作响，然后点燃了一支烟。“跟我说说，”他说，“那都是什么情况？你为何要保留那样一个盒子？那是什么意思？”

“那你以为我的伤疤是怎么来的？”我一下子爆发了，“难道你以为……它们是自己出现的？”

他咕哝着说：“我不知道……我只是……有点心不在焉。”他朝窗外呼出了一口烟，“我以为你不会再那样干了。我没想过你还保留着一盒该死的东西，需要时随时拿出来切割自己。”

“你也有一盒该死的东西。”这话像水一样，一下子从我嘴里滚了出来。

赖利张大了嘴巴，他以为我不知道，他没想过我会查看他的东西，我猜，我打赌，是这样的。

“你以为你是世界上唯一干蠢事的人？现在你看到我的东西了，我在你眼里是不是变质了？是不是让我更真实了一些？不再是一块小点心或蛋糕或碟片？”我的身体以一种危险的方式加快了运转速度，我气喘吁吁。

“别，”他声音里有种警告的语气，“别那样，那样……没用。”

“在这里，我才是那个努力让自己不做坏事，努力让自己好起来的人。而你，把我当狗屎一样对待。”我的手掌在凉凉的、黏糊糊的油布上放平了。我能闻到地板的味道、墙缝里的灰土味、整座建筑的混乱气味，还有，还有赖利的味道：他的酒臭味，附着在衣服上的陈旧烟味。

我帮他偷带毒品，我在他姐姐的办公室里跟他乱搞，我让他看见了我的全部，看到了每一个点滴，而此刻，我坐在这里，坐在这脏脏的地板上，像他脚下的一条狗。我像一条狗一样在夜里等他，现在又蠢到想让他安抚我，爱我，不离开我，突然之间，这让我非常非常愤怒和伤感，内部像燃烧着火焰。

我朝他的双腿又抓又挠。他惊讶地跳开了，酒瓶掉下来，打碎在水槽里。他抓起我的胳膊，咒骂着，我挣扎了一会儿，他脸上掠过一丝黑暗的东西，嘴唇卷起来，手腕抓得更紧了。他的手指像金属一样紧紧箍住我的皮肤。他叫喊起来，像我妈妈一样：“你发什么神经？”就在这时，他一只手举到了空中，巴掌张开，手指并拢。

我妈妈和她举起的拳头闪现在我眼前。我从赖利那里退开了，环抱住自己，把自己保护起来。

呈现在外的是一个人，内部的是另一个人，再往深处探究，还有一个人，一个埋起来的人，一个沉默的裸着的生灵，一点也不适应光线。此刻，我看到了：赖利藏着的那个人。

我脑子里发出爆裂的声音，手腕发疼。

“别再吵吵了！”他粗暴地说。

我抬起头。他把一支烟浸泡在水龙头底下。烧热的烟纸嘶嘶地响，然后就没声了。

“你刚才差点要打我，”我的声音听起来很远，很沙哑。

“天哪，真糟糕！你还是个小孩。我二十七岁了。我在搞什么？我不知道自己在搞什么。”他朝门走去，脸上写着筋疲力尽。

门关上时，我关掉了所有的灯，把自己紧紧地缩成一个球，蜷在浴缸里，想象自己在一个蛋里，一个金属蛋，外部锁上了，无法穿过，总之，让我没法爬出来拿工具箱，没法爬出来去骑车，在他街头的停留标记那里等着，等着说“对不起”，但是为什么，为什么，为什么要说。

第二天下午，我第一次去上晚班，他在咖啡馆的员工入口内侧等我，坐在一把绿色的塑料椅上，读《土桑市周报》。这时他站起身，挡住了我，让我没办法往前走。

“你还好吗？我们和好了吧？”后边一句他是在我耳边低声说的，我转过头，避开他强健的呼吸声。“好了吗？”他就好像在跟一个爱生气的小孩说话。

“你差点打了我。”我嘘声说着，从他旁边走了过去。在门口我就能看到水槽里的盘子堆成了小山。

“对不起！”他说，“真的，对不起，我再也不会那样了，我保证，

我保证，夏莉。事情有点超出控制了。我是说，好了，看到你那个小盒子，难道你觉得我应该高兴得跳起来吗？”他把报纸塞进夹克口袋里说。

他抓起我的手，我用力推开。那几个下围棋的抬起头，好奇地看着我们，咖啡杯停留在空中。

“真的，夏莉，对不起！”他的声音非常柔和，缓缓地流入我的体内，我觉得自己要屈服了。他没想到会发现我的工具箱。估计，不管是谁，看到那种东西，都会发疯的。只是——

莱纳斯从纱门伸出头来，“夏莉，朱莉在办公室等你，快点。”

我脱开赖利的手，从他温暖而危险的身旁走开，松了一口气。我顺着走廊朝办公室走去，一路上心怦怦怦地跳。

朱莉坐在旋转椅上，抬起头看着我，深深地叹了一声。

“很难受，对吧？我希望你不要觉得，我喜欢这种事情发生，好吗，夏莉？”

她扶了扶眼镜腿，“你别觉得我不喜欢你，我是喜欢你的。只是，我比你更了解我弟弟，你知道吗？能明白吗？我不会……”她顿住了，移开目光，好像在想什么。

“把我放在大浅盘里递给他？”我替她说完了，直直地看着她。今天，我觉得自己赤裸裸的，就好像什么东西从我身上脱落了。我一晚上都躺在浴缸里，没有睡觉，在想掠过赖利脸上的那种黑暗，还有只在他眼底发生的搏斗。天亮后，我看了看炭笔和纸张，没有理睬，而是去了图书馆。我查看了消息（卡斯珀没回信；米奇到西雅图了；布卢说医生会重新考虑让她出院的问题）。在洗手间里，我从一个女人的钱包里偷了二十美元。钞票就那样笨拙地塞在钱包的前置袋里。我当时正在洗手，心想谁那么蠢把钱包落在了水槽上方的架子上，钱还半露了出来。其实我根本没想太多，偷钱有一种莫名的震颤感。

朱莉的嘴往下沉，脸上有点失望。

“有些东西，赖利是白得的，他根本没做出过努力。他是个瘾君子，一个骗子。他很有魅力，其实也没什么魅力。”她直直地看着我，“大环境下说，他还不老，但他有经历，而你什么经历都还没有。”

我有点呛住了，又有点笑了，“没有冒犯的意思，不过你对我一点也不了解，完全不了解。你不知道我都经历了些什么，看到过些什么。”

“哦，夏莉。”朱莉把下巴放到手上，久久地瞪着我，让我觉得不舒服。她悲伤的语调让我烦躁不安，我在口袋找到那个天青石，用一个手指抚摸着。

“一个酗酒的瘾君子和一个浑身伤疤的年轻女孩，这种关系恐怕百万年也不会行得通。”

我还没说话，她就站了起来，麻利地把头发扎成马尾，“我们有一个非常暴力的父亲，在那种环境下长大的。我弟弟是经常挨打的那个。只要我活着，就会一直保护他，不管他偷了我多少钱，不管他抽取了我多少灵魂。但我对他引起的连带伤害不负责任，你明白吗？我会选择去控制。”

“别再跟我弟弟在办公室乱搞，跟谁都不行。你们俩要是同一时间值班，你在这儿的时候他也在，真不知道会搞出什么名堂来，我一点也不希望看到，你们之间任何的暧昧动作我都不想看到。不然我会炒了你。”

我们相互瞪着对方，是我先移开了目光，因为，这是当然的，我是她的员工，我需要这份工作，我需要他弟弟。我朝着地板点了点头。

“好了，去找唐普勒吧。”她说。

唐普勒·丹瑟是一个高个子女孩，穿着一条蜡染短裙，腰带上悬挂着铃铛，上身是一件摇滚重金属乐队 T 恤，染成金色的骇人发辫绑成两个发髻放在脑袋两侧。她交叉着双手，“真的吗，洗碗工，晚间的？”

“你有问题吗？”我很生气，朱莉的话仍然刺痛着我的耳朵。

唐普勒·丹瑟的脸松弛下来，笑了，喉咙里发出很低沉的声音，就像猫头鹰在那里鼓动翅膀。“试探你一下而已，晚上工作很可怕的，我都烦透了。”

朱莉出现了，换上了宽松裤子和背心装，她要去上瑜伽课。“女孩们，玩得愉快。还有你，莱纳斯！”

莱纳斯从烤架——赖利的烤架后边钻了出来，满脸汗涔涔的，“欢迎晚上来上班，夏莉。没错，没错，我工作的时间太长了，的确，晚上也在这儿上班。就没离开过。”

“今晚我们要保持冷静，好吗，女孩们？克制好不要喝酒？”朱莉恳求道。

“没问题，朱。”莱纳斯用食指转着一条洗碗巾说。

朱莉刚走不久，两个女服务生从前屋的门冲进来，在我跟前站定了。唐普勒·丹瑟也加入了她们。我从来没在晚上到过咖啡馆，所以没见过她们。

“你就是在朱莉办公室搞了赖利的那个？哦，我的天哪！”

“老天！你真的在朱莉办公室搞了赖利。感觉怎么样？”

“我还以为他在搞‘着迷’店的那个达拉呢？达拉知道这事吗？只怕她会死的，她那么柔弱。”

“我以为你在跟麦克·古斯塔夫森交往呢。分手了吗？你们俩是很可爱的一对呢。我在‘绅士本’见过你们俩一次，你们在吃炸薯条。”

她们说到米奇让我有点刺痛，对赖利的说法又让我吃惊。“着迷”店的达拉？是真的吗？

莱纳斯在空中挥舞着洗碗巾，“够了。正式结束，不许再问也不许再答。唐普勒，做你的工作去：培训一下夏莉。”

一个女孩说：“我是弗朗西斯。这儿的夜晚可真是地狱。”她把短发塞到耳后，“不过也还好。”她说完，拿着绿色的订单衬垫去了前屋。

唐普勒好像预言似的，说：“关于晚上值班，最好和最坏的事情都是，现场音乐表演。有时候很糟糕，有时候又是种恩赐。今晚将荣幸登场的是……”她从柜台下面抽上来一张表格。

“现代狼。今晚会很糟。”她把一个手指塞进嘴里，堵住自己的嘴。

另外一个女孩说：“我是兰迪。”说着像跳摇摆舞似的走了两步。她穿着黑色迷你裙和白色 T 恤，上面喷绘了一个红靶心。鞍背鞋[1]在硬木地板上拖着走。

兰迪转动着眼睛，羽毛一样的金色头发在脸上摆动，“现代狼逊毙了。意味着我们要忍受最大的噪音了，还要有些艺术思考，想着这是前卫摇滚，其实根本不是。声音太大太可怕了，结束时的清理也是场灾难。”

唐普勒正把单子穿到一个轴上，“你也糟糕了，因为今晚下班前你要清理马桶和主地板。”

兰迪点点头，“我们都会等你的，等你搞完，因为朱莉说了，我们得一起离开，不过我们不能帮你的忙。”

“因为洗碗工只有一个。”唐普勒扮了个苦脸相。

“所以，我们等你的时候，会越来越生气。”兰迪说。

“越来越生气。”唐普勒帮腔说。她皱起眉，“天哪，你穿那样的衬衫，会烧起来的。”

兰迪朝我歪着脑袋，“我们了解你的，朱莉跟我们说过了。我包里有件短袖 T 恤，你愿意穿的话，可以给你穿。”

她们像打机关枪一样的对话让我头晕目眩。我说：“你们能不能闭嘴？”莱纳斯在烤架后笑出了声。

---

① 鞍背鞋：有深色鞋背和白色鞋带的皮鞋。

唐普勒露齿一笑，“不能。”

“其实，我觉得没什么的。”兰迪说，她靠在不远处，我能看到她鼻子上闪亮的穿孔。“总之，朱莉晚上基本不过来。我表姐，也切过自己，她现在去上法律学校了。事情发生了，但你总得继续前行，对吧？”

往前看，继续前行。我对这些说辞已经厌倦了，人们觉得活着很容易，但根本不容易，一点也不容易。

兰迪友善地轻轻碰了碰我的手肘，我想笑一笑，友好一些，不要做冷鱼，但我已经开始觉得不舒服了，内心沉重。我看向窗外，天空黑漆漆的。夜间的工作会有很多不同。

八点半左右，现代狼乐队来了，他们醉醺醺的，吵吵闹闹地花了很长时间，才把装备设置好。其中一人从台子上跌下来，晕过去了。唐普勒往他头上倒了一大壶水。这个乐队有一群核心朋友，他们把自己扔到破旧的木椅子上，在室内吸烟，尽管这是不允许的，还喝大量的啤酒，全是装在纸包里偷偷带进来的。他们重重地在地板上跺脚，莱纳斯朝我摇摇头说：“你们这些孩子真蠢，真蠢，怎么会觉得那是音乐？”

这支乐队让我想起在圣保罗时，搞得一身蓬乱的米奇和丹尼男孩曾带我去看过的情形：那些骨瘦如柴的小孩、少男少女，穿着宽松牛仔裤，皮肤很差，头发干燥，正在发霉的地下室里猛击乐器，噼里啪啦地拨弄琴弦，狠命地打鼓。我觉得很刺激，你可以轻易把自己扔到某件事中去，因为你喜欢它，因为它把你耗费掉。是好是坏根本无关痛痒，唯一有所谓的是，你做到了。

现代狼唱道：我的心是一个政治噩梦 / 每天都在关塔那摩湾[1] / 你搜寻、俘获并捆绑了我 / 我已无话可说 / 我无话可说！

---

① 关塔那摩湾：位于古巴东南端关塔那摩省。湾中设有一个属于美国海军的关塔那摩湾海军基地，近年来该基地被美军用于拘留和审讯在阿富汗与伊拉克等地区的战事中捕获的恐怖活动嫌疑人、战俘。

一个穿着网眼上装和热裤的女孩摇摇晃晃地穿过门，走到厨房区，看了莱纳斯和我一眼，把炸薯条和啤酒吐了出来，残渣很快在她下巴上结成块。她低声说："我的错。"然后被兰迪推出了门外。我屏住呼吸，擦掉了大块的呕吐物。她们说得对，晚上比白天糟糕，白天没人呕吐，只有赖利吐过那一次。我精疲力竭，脑袋发疼，音乐一直在吵，还有两个小时才打烊，到时还要做清洁。我的心不断往下沉。

打烊后，唐普勒取出一大瓶波本威士忌，给每个人都倒了一杯，莱纳斯除外。莱纳斯扮了个鬼脸。唐普勒举起杯子喊道："干杯！"我把自己那杯留在了洗碗机旁边。虽然我在赖利家喝过酒，多数是在他睡着的时候，还喝过那半瓶烈酒，但别的就没有喝过了。

有人把经血弄在了女厕所的马桶座圈上，我花了些时间才清理掉。男厕所的墙上全是乱写乱画，小便尿到了地板上，纸巾粘在了洗手槽上方的瓷砖背景上。我一次又一次地用清洁剂清理，但总还有黄色的东西，就像跟我作对似的。洗完厕所时，我的手有点灼痛感，因为接触了太多化学剂。

其他女孩在柜台后边闹着笑着，我却在她们身后整理桌子：先擦干净，再把椅子推到上边，方便拖地。晚上的工作要多很多。我的脸累红了，浑身是汗。现代狼的成员稀稀落落地往外走，最后走的那个眼睛模糊，找不着门的方向。今天是星期五，第四大街会挤满了人，人们沿街听音乐，去奢侈品店，去欧玛莉餐厅，还有醒目的哈特酒吧，顶上有个巨大的阴森森的图腾头，一路往下就到了国会酒店，那里有漂亮的老式遮阳篷。米奇可能每天晚上都打电话给邦妮。可能在卡车服务站给她买些愚蠢的东西，比如顶部有绒毛的铅笔。

我想知道赖利在做什么，因为此刻我们本该在一起，度过一个美好的夜晚，可能在他的客厅里听唱片，一切都安安静静，就像我喜欢的那样。我想知道他会不会想我。

我擦着倾斜的硬木地板，听着其他女孩一边笑一边喝酒和抽烟，突然觉得非常孤独。一群女孩，高高兴兴地在一起，她们是正常的女孩，做正常的事情。之后她们会出去找朋友和男孩子，可能去酒吧。而我在擦这些该死的东西，有股陈腐食品的味道。

前门的铃声叮当作响，柜台爆发出女孩们快乐的叫声：嗨，赖利！嘿，赖利！来带我们出去喝酒吗，赖利？我的心往下沉，同时又往上翱翔，因为听到他回答说："抱歉，女士们，我只是过来接我的女孩。"一阵短暂而尴尬的沉默后，唐普勒说："哦，这样。"我知道，她、她们，所有的人，都在心里想的是：我们以为你只是搞搞她玩玩呢！

他说我是他的女孩。

我的心在剧烈跳动，但我不想让他，也不想让她们发现。我感觉到所有人都在柜台后边看着我，我没理她们，推开通往厨房区的双开门，把布了一层油膜的脏水倒进水槽里，用洗碗机洗了自己的围裙。洗碗机旁的柜台上有两杯没碰过的波本威士忌，用两个小小的白色杯子盛着，这种杯子叫袖珍咖啡杯，只用来盛浓缩咖啡。各种咖啡杯的名字，莱纳斯曾经教过我。我很喜欢它们，因为它们是那么唯美、小巧、无瑕疵。

我转过身时，女孩们站在那里，朝我半笑半不笑的，赖利站在她们中间。他已经喝了不少，脚下有点摇晃。

这下我们不能听唱片了。虽然他说我是他的女孩，但明天早晨，他还会记得吗？我低头看着袖珍咖啡杯。此刻我也喝一点，能有什么关系呢？他甚至都看不见吧？

我心里有个很小很小的声音在说：我们两人的世界里，到底有没有我的一席之地呢？抑或我只是一块小甜点，一本书，架子上的一张唱片。

“我快弄好了。”我说着转向水槽。一种听之任之的感觉席卷了我的全身。我喝下波本威士忌，洗了杯子。我的喉咙和胃部在烧，但随之而来的温暖延伸到血脉里，抹去了灼烧的感觉。我擦了擦嘴，转身面向他们。

“你好了吗？”我问赖利，“我可以走了。”

外面，我挤过一群人，才走到黄色自行车那里。我正摸索着找锁时，有人大声喊：“嘿，赖利，老兄，那是你女朋友吗？”现代狼那帮人发出含混的笑声。这时，看着那一大片醉醺醺、穿黑色衬衫、头发油腻黝黑、靴底劣质的男孩，我知道，我的事，米奇可能已经听说了，或者马上就会知道。我想我已经不在乎了，只觉得沉重和麻木。

那群人发出哟吼哟吼的声音，赖利接过我的自行车，把我的包背在肩上，坐到了车座上。“别生气了！”他在我耳边轻声说，“我是来接你回家的。我保证永不伤害你，夏莉，永不。你得让我表现给你看。”

他把我揽到双膝上，就这样，我面对着前方，双手抓着他的大腿，脚放在自行车横杆上。他叫我抓紧了，不然我们俩都得死，随后，我们骑着车，朝他的房子而去。

我想坡就是滑的意思，只是不知道坡为什么滑。我甚至不知道是谁创造出“坡”这个概念。但这又有什么关系呢？谁会在乎呢？谁会在乎一个浑身伤疤，看似自己不能独立的女孩？谁会在乎一个浑身伤疤，拖地板，帮男朋友偷带毒品的女孩？那个女孩应该自己在乎一下的。但她不知道怎么去在乎，一旦喝下波本威士忌，一旦让那些东西，比如接吻、性爱、酒精、毒品等填补了时间，她就会感觉很爽，哪怕只是那么一会儿。但是，这会让你成为一个落魄的人。有时候，有那么一两次，她开始说，要考虑去上那位女艺术家的课了，但马上又止住了这个念头，因为有只小老鼠在敲她的脑袋和心脏，悄声说：那样你就不能长时间跟赖利待在一起了。这些话变成了石头，哽在她的喉咙处，让她觉得自己正一点点消失在庞大的赖利里头，还有，还有，还有……

那滑滑的坡，永远没有尽头。

事情就那么悄无声息地进展着，就像一根线穿过一根针，寂静无声，从容不迫，然后在末端打个小结塞住。

唐普勒正坐在收银台后方的凳子上翻阅手机，我把咖啡杯和塑料水杯堆到托盘里。今晚乐队没来，她让弗朗西斯和兰迪早点回去了，因为这地方没生意了。莱纳斯在后屋读一本书。

唐普勒说："你没跟麦克·古斯塔夫森约过会？我确实在绅士本见过你们两次。"

"没有。"我跟她说，"他只是我的朋友。怎么了？"

她摇了摇头，发出失望的啧啧声："好男人总是很抢手，对吧？"她把手机偏过来，"你看看，那个热辣的小滑头在西雅图结婚了。"

我朝她走过去，仿佛在穿越泥泞之路，然后低头朝手机上的照片看去。脸书，不知道是谁的主页，可能是一个乐队成员的，他在上边，她也在，两人笑疯了，脸上闪闪发光。他穿着一件尖领带扣衬衫，打着红色领结，下身是牛仔裤和运动鞋。邦妮穿着一件美丽多花的抹胸裙，头上戴着一个小小的玫瑰花皇冠。玫瑰花跟米奇的领结很搭。

仿佛体内所有的血瞬间变冷了。我不知道自己发出了什么声音，只听唐普勒大声对莱纳斯喊："夏莉要吐了，莱纳斯！快来帮忙！"

我在发呕，但什么也没吐出来，我的脑袋垂在垃圾桶上方，找了个借口说："我想应该是午餐吃坏东西了。我得走了，可以走吗？"莱纳斯说她用自行车送我一程，毕竟路不远，但我跌跌撞撞地走开了，抓起背包，离开了咖啡馆，一切都模糊不清，我忘了自己的自行车。

我走得很费劲，小腿肚又疼又烧，我开始一瘸一拐的。进入地下通道后，我跑了起来，一直跑到他的门口，狠狠地敲门。

我仍然想进他家门，这让我感到羞愧。

他打开门，把我拉了进去。我病了，我说着，眼泪顺着两颊流了下来。我只是病了，很严重。这时，就好像有人拉动了栓塞，瞬间清空了我体内的一切，我倒在了地上。

我听到赖利骂着脏话，还说着“哦，老天，哦，亲爱的”，他解开我的靴子，脱掉袜子，小心翼翼地把手滑到我下方。我一片茫然，他在我眼里模糊不清。

赖利把我抱到他床上……过了一会儿，他的床单被我的汗水浸湿了，他脱掉我的工装裤，用手背摸了摸我的额头。随后，他把水放到了床边，又拿来一个小小的垃圾桶，里边套了个塑料袋子。我吐了三次，每次吐完后他就清理掉一个袋子。他问我：“你是不是吃了什么东西？”我说没有，然后往墙壁倒去。我失去了一些东西，我失去了一些东西，我说，一直以来都在不断失去，我累了。

赖利说，那么很遗憾，宝贝。但他没再问别的问题。他说他会替我去真格里特值班。他吸了一口烟，双眼就像水底的石头那样黑溜溜的。

后面的三天，他早晨去上班，晚上替我去刷盘子。他给我热了几碗肉汤，又在我前额上放了清凉的毛巾。他睡在我身后时，呼吸就像浪潮，朝我的脖子涌来。第四天，有人敲前门，我挣扎着下了床。是毒品店的温迪，红黄色的头发胡乱粘在脸上，一团糟地散在夹克的风帽下方。她说：“我找赖利，他在哪儿？在家吗？”她的皮肤就像月亮的表面。我没有回答，她笑了，说：“是这样，有一段时间没见他了，我们有点担心。”

“你好像很不舒服，孩子。”她说，“跟赖利说温迪来过。”

温迪一整天都出现在我的梦里，长长的腿，烟熏妆的脸，沙哑的嗓子，露齿而笑的表情。赖利很晚很晚才回来，没有喝得太醉，所以我没办法把他推到黑暗处，用手指拨弄他，让他烦躁，做出连他都不知道是在伤害我的事情来，而这一切只是为了抹掉米奇和邦妮，抹掉门口的温迪，还有我体内正不断转成黑暗的灰色调子。现在，我们搞得一塌糊涂了。

22

在脸书上看到米奇后的第四天，我从赖利的床上爬起来，像僵尸一样走回自己的公寓，换了衣服，朝图书馆走去。

没有卡斯珀的消息，也没有布卢的。

米奇给我发了十一封邮件，我全部删除了，没有读。

门，关上了，世界，终结了。

我把咖啡杯放到前屋柜台后的架子上时，常常往窗外偷看赖利。他已经下班几个小时了，但还没有离开。他坐在前窗的一张桌子旁，手里拿着厚厚的一叠报纸。蒸汽从他放在窗台的咖啡杯上升腾起来。他跟邻桌那几个棋手开着玩笑。一个戴针织帽的嬉皮老女人走过时，他恭维了她一番。我们遵守朱莉的规定，没在咖啡馆里说话。他坐在外头，等开放麦之夜的活动开始，才允许进来，帮表演的人准备舞台，并主持演出。

我来咖啡馆工作后，第一次碰到开放麦的活动。赖利进来了，热情地和桌边的每一个人打招呼，然后绕着走了一圈，就好像这地方是他的，确实也有点是他的。我从柜台后看着他检查了扩音器，调准了麦克风，这些事他已经做了百万遍了吧。他自己一个人在摇摇晃晃的舞台上反复检查着，又一会儿，他把嘴伸到麦克风那里，低声说喂喂喂，那沙哑的声音穿透房间，让我的心突突突地跳。他轻声唱了几句迪伦的《忧郁纠缠》，所有人都非常非常安静地听着。但他突然停下来，弯下腰去校准扩音器。

赖利介绍了第一场演出，一个说唱诗人踱步走上倾斜的舞台，挥动着胳膊，臀部耷拉着。“他就像个吃了迷幻药的猎豹。”唐普勒冷冰冰地说。那家伙不断挠着肚子和胸口，爆出很多个“婊子”来，一个想要喝拿铁咖啡，读报纸的女人大声喊：“哦，快让他别唱了！”

他后边上场的是一个弱不禁风的女孩，剪着精灵短发，用孩子气的、薄弱的声音读了几首关于饥饿和战争的可怕诗歌。一个年龄较大的女士，头发一直长到膝盖，脚踝从扎染的裙子下方露出来，裙子上方托着她的邦戈小手鼓。她真的很不错，演奏非常投入，浅灰色的头发在后方飘动着。鼓声有一股催眠的力量，连莱纳斯都走到了前屋柜台来聆听。

赖利坐在舞台旁边的一把椅子上。这时他跳到麦克风前，让观众热烈欢迎一位紧张的高中生小号手上台，那家伙的前额在明亮的天花板灯光下闪着微光。赖利调暗了灯光，咖啡馆笼罩在一片琥珀色中。小号手的双手在颤抖，他演奏了一首热烈的曲子，让我觉得他应该跟邦戈鼓手一起上台。中途休息时，我把空茶杯和塑料杯收集起来。桶里快满了，就在这时，我看到赖利在帮一位年轻女士调麦克风，那女的穿着马汀大夫牌的靴子和黑色 T 恤。黑短裙好像是用剪刀剪的，裙角很不平整。她的头发又黑又长，脸上写满了轻蔑。她似乎跟我同龄，黑色的眼睛审视着屋子里头。我用力把桶拖到洗碗区，然后回到柜台旁边站着。赖利弯下身，在那女孩的耳边说了什么，那女孩笑了，头有点歪着偏离他。我的心跳停止了，这是怎么回事?

唐普勒和兰迪看到了我脸上的表情。“哦，噢，”兰迪说，“有人吃醋了。”

“不用担心，夏莉。”唐普勒拍着我的肩膀说。今天，她双手上都有海娜手绘文身[①]，旋转的图案缠绕着指关节。她摇头时，耳朵上悬挂的小铃铛叮当作响。“没有什么的，她好像十一岁就开始在这儿表演了。”

莱纳斯从后屋出来，用一块洗碗巾擦着双手。看到舞台上的情景时，她的脸一下子亮了。“哦，天哪！太棒了！你听说过里根没？她会让你目瞪口呆的。赖利就很喜欢她。”

唐普勒一直拍着我的肩膀。赖利从来没说过有关这个女孩的事。

“女士们先生们，”他对着麦克风低声说，“欢迎真格里特最喜爱的民谣歌手，我们的低地愁容女士[②]，里根·康纳。”

掌声响彻了咖啡馆。屋子里渐渐静下来时，空中有一股奇异的风吹过，并伴随着她的出现而增大了。一切安静下来，她一心一意地弹起了金色的原木吉他，手指在飞舞。她站在舞台上，眼睛就好像震慑住了一个恐吓者，双脚似乎深深植入了舞台，一条膝盖弯曲着。她的声音细长而神圣，掌控自如，可以突然转成耳语或咆哮。

你打不倒我，她唱道，你根本没办法伤害我。在昏暗的灯光里，湿漉漉的舞台上，她生气勃勃，目空一切，唱词里有种粗暴的、女孩子气的希望。人群都入了迷，有些人闭上了眼睛。我看着她，心里充满了妒忌。她跟我年龄差不多，但那么自信，似乎根本不在乎任何人的想法。她的声音有胁迫感，但又那么柔滑，让咖啡馆里的每一个人沉浸其中。

---

① 海娜文身（Henna Tatoo）：中东、印度女人最主要的体绘（Skin Art）装饰手法。是一种短时间保存的人体绘画。

② 低地愁容女士：是鲍勃·迪伦的一首歌的歌名。

里根带动了整个屋子的人，我看着他们，一个接一个地为她倾倒。

你没法伤到我的心，她带着呼吸声，暴怒地大声唱道：你没法拥有我的灵魂。我得来的全靠自己，我拥有的谁也夺不走。我得来的全靠自己，我拥有的谁也夺不走。

她唱完后，观众沸腾了，连那个说唱诗人都大声喊道：“太棒了！野女人！”赖利用两个手指吹着口哨，双眼充满了野性的亮光。我看看他，又看看那个女孩，再看看他，内心焦虑不堪。

我总在失去。

四方仓库挤在市中心的嘴巴那里，那些闪亮的建筑再往外，就是升起的地平线了。皮卡车和自行车塞满了宽敞的沙砾广场。双开前门旁的一个手绘标牌上列着艺术家的工作室和三个画廊。我再次看了看《土桑市周报》上的广告。

莱纳斯陪我去买了文件袋，一个大大的、漂亮的羽毛封袋。我用掉了爱丽丝跟我合挣的最后一点钱。我掏出钞票时，莱纳斯嘘了一声，但我没告诉她钱是从哪里来的。

我也没告诉赖利我要来这里。在开放麦之夜看到他那么喜欢那个女孩，回家的路上又看他那样谈论那女孩，说她的声音多美，这让我想到了自己，我从来没有去上过艾利尔的课，因为我想时时刻刻跟他在一起，想到这里，内心有什么东西苏醒了，那是一种愤怒和记恨。

看看那个女孩，她多么自信。我想要那种自信，我想要那种自信。

我深吸了一口气，走进大楼。

走廊里乱糟糟的，布满灰尘，一些工作室的门开着。其中一间工作室里，一个矮小的男人正在一张白色的空白画布上，上下挥洒着黄色的颜料。他屋子里到处是颜料罐，卷起来的帆布，一瓶瓶黑暗的液体，还有书。旁边屋子里的女人弯腰站在一张高桌子旁，脸和画纸凑得很近。吊兰从书架顶上悬下来。萨尔萨音乐从她脚边的喇叭飘出来。其他门都关闭着，只能听到门后方有很大的砰砰声、呼呼声，还有刺耳的噪音。空气中充满了机械绘图的味道、石膏味和油味。

走廊尽头空荡荡的，不规则地蔓延，我的靴子在光亮的木地板上发出回音。这里没有窗子，墙壁雪白雪白的，光秃秃的。一个比我大不了多少的男孩，坐在墙角的长桌子旁。我走近了才发现，那张桌子其实是一扇旧门，钉在了二乘四英尺的木材上。他正在敲键盘，穿着老片子中比弗·克利弗[①]那样的衣服。“有事吗？”他淡淡地问，不恼，但也不关心。

他瞥了一眼我的文件袋，“你有作品要提交？”

“是的。”

“呃，呃，恐怕不行，我们要电子版的。你看，就是把图片放到邮箱里或网站上？有没有人帮你拍照，或者，你能不能扫描一下，再发过来？”他又开始打字了，但仍然仰着脸看着我，手指却在跳舞。

我摇了摇头，“没有，我还以为——”

“那就不行了，对不起！你该读一读交稿说明的。”他转回头看着显示器。

我转身走了，想到要推着自行车回家，非常沮丧，因为拿着那个文件袋骑车非常困难。我的手汗涔涔的，把那个文件袋挤在上下起伏的大腿上。

“嘿，瞧瞧这是谁啊？”

艾利尔的朋友，那个画家，抓着一沓纸和一个运动提包，气喘吁吁的。是艺术画展上的托尼·帕迪拉。

“我认识你，艾利尔在我的展览上给我指过你，穿得像农民的那女

---

① 比弗·克利弗：20 世纪 50—60 年代一个以家庭为导向的美国电视情景喜剧中的角色，代表单纯或头脑简单的人过着一种不切实际的生活。

孩。你喜欢吗？”他期待地微笑着，“喜欢我的作品吗？”

我咽了一口，想着该怎么回答。他的鼻孔里有一小戳黑色的卷毛。“不太喜欢。”

他大声笑起来，放下纸和包，“你不喜欢，很好！我们总不会看到什么都喜欢，对吧？有话就该直说。给我看一下？我看你是个守旧派。我很怀念那些提着文件袋四处跑的日子。”他把我的文件袋滑到了自己手里。

他展开文件袋，跪下来仔细看。今天，他没穿优雅的套装，而穿了卡其色的短裤，再往下是勃肯牌便鞋和袜子，上身穿了一件被汗水浸湿的 T 恤，上面有只兔子。他的头发不再是马尾，而是散落在肩膀上，像一个黑色的风扇，穿插了白色的薄片。

“你想提交作品参加展览？”

“是的，但是那个人……”

“那是我的助理，艾伦。这是我的小画廊，这一次我想用一些年轻艺术家的新作。不同风格的作品，应该会很有趣，对吧？”他仔细查看了曼尼的一张肖像画。“你有模特许可吗？”

“什么？”

“授权协议书。如果有人给你做模特，他们需要签授权协议，同意把他们的肖像在公共场合展出。艾伦，打印几份授权协议书。你有简历吗？”

我摇了摇头。他笑了，“你没来过我的课堂，对吧？你的画有些部分比较娴熟了，也有些比较怪的，不过我喜欢。”他凑近画作仔细看，把眼镜从脸上抬起，“你入选了，把画留在这里吧。我已经选出了几个小时的影像作品，还有一套儿童卧房、一个裸体主义者。可就是一幅素描、一幅油画都没选出来。你们今天的孩子，就知道看一看，走一走，坐一坐，却不想着自己也来参与。”

他轻轻拉上文件袋拉链，递给艾伦。艾伦把授权协议书递给我，用探询的目光看了我一眼。

“安东尼奥·帕迪拉，可以叫我托尼。”

“夏莉。”握住我的那只手光滑无毛，戴着一条银手链，手链上精致的锥形钉敲打着手腕的骨头。

“你画的人……很有意思。”托尼·帕迪拉好奇地瞪着我说。

“他们跟我住一栋楼。”

“是吗？”他一边说，一边用一只手托住下巴，“把我的名片也带上吧。艾伦拿一下？”

托尼叹了一声：“嗯，我们还有大量后续工作要做，才能把这次展览理顺了。其中一件事，我总跟我的学生们讲，并且总惊到他们，天知道为什么呢，那就是：一个艺术家的一生，都是围绕工作而活的。没有谁为你忙活，不光是页面上的工作，也不光是画廊墙壁上的那些工作。工作需要耐心，需要接受挫折。”他看着空白的墙壁说。

随后，他笑了一下，“还需要填料、钉子、放映机、灯光、各种事，以及很长很长的时日。我希望参加展览的所有人都投入进去。希望你不怕工作辛苦，夏莉。”

我笑了，感觉到自己嘴咧得大大的，这让我的两颊一下子开阔了不少。我一整晚都在拖地，擦传输桶，清理卫生间的大小便，而现在，我的作品就要出现在墙上，供人们观赏了。我的作品。

“不害怕，”我说，“我一点也不怕工作累。”

莱纳斯拍着双手说：“太好了。”顿了一下又说，“我打赌赖利会很激动的。”

我正在拖把桶那里，忙着把肮脏的液体从拖把上拧出来。“是啊，他激动极了。”我低着头，以免被一脸撒谎的表情出卖。

“嗯，”莱纳斯不说话了，缓缓地刮着烤架，“对了，他最近喝多少呢？”

“什么？”

“他喝多少？他做的一些工作，有点，呃，有点比往常草率。”她把一铲炒豆腐推向我，我瞥了一眼，只见点点烟灰撒在肥大的黄色豆腐山脊上。我为他感到羞愧，虽然我知道不该如此，所以我又为自己羞愧。

我到他家时，通常他已经睡了，如果没睡，就笨重地躺在天鹅绒长沙发上，双膝上搭着一本书，手指尖夹着一支点燃的烟。水槽下的瓶子消失得更快，也替换得更频繁了。他似乎已经不再为刘易斯·阿尔瓦雷斯的义演做准备了，吉他放到了角落里，歌词本和活页乐谱推到了沙发下方。有时候他看我的样子，就好像定位不到我一样。我开始这样的生活，进门，看着他，吸他的烟，直到胸部有种被烟熏黑、被堵住的感觉。有一次，我离开他的家去上班时，他一只手放在纱门上，看着我低声说：“我想念晚上你跟我在一起的感觉，没有你，很煎熬。”这话感觉真好，但也让我伤感，这些事在我心里拉着拔河赛，让我想把头埋进灰土里。

我避开了莱纳斯的眼睛。

“夏莉，我以前是个老酒鬼，现在清醒了。我认识赖利六年了，对他的时间表了如指掌。”她深吸了一口气，“他在往下滑，而在下滑的时候，我们这些瘾君子会把能带的人一起往下带。因为我们处在糟糕境地的时候，不想独自一人被厄运包围。”

我瞪着她。莱纳斯，那个总帮助人、总兴高采烈的人，是个酒鬼？我想这就是唐普勒从不给她倒任何一种酒的原因吧，我现在才想明白了。我试着去想象她变成赖利那副模样，但想象不出来。她的话像给了我一记重拳，赖利在带着我一起下滑。我拧紧了拖把，看着桶里脏兮兮的水，就好像从那里能找到答案。

她伤感地说："听着，我对你不是很了解，也不想探究什么，或是说三道四，只不过，跟他在一起，只会伤害到你。我就想说这个。你能明白吗，亲爱的？能真正搞明白吗？"

我将拖把塞进桶里，抓起扫帚，努力不让自己哭泣，因为我知道她是对的，她当然是对的，但我把精力集中在工作上，尽量把不安推到了一边。今晚的乐队是波尔卡－朋克三重唱之类的，往外喷五彩纸屑，弄得到处是小碎片。座位区的桌子很久以来都不稳，垫在桌脚下的报纸已经磨损了，又黑又油腻，我得尽快换掉了。

"他会好起来的，我知道。"我避开她的眼睛，像擦汗水一样擦掉自己的眼泪，"我可以帮他，你不能就那么放弃别人。"

"夏莉，"莱纳斯忧郁地说，"我已经戒掉多年了。如果别人每劝我一次，我就能得一美元，那我都可以成为富婆了，根本不会在这种狗屎咖啡馆工作。"

这座城市干燥又闷热。每个人都说我会习惯的，会越来越喜欢这里的，冬天来了就凉爽了，但太阳就好似一个永不离职的大火球。只是从公寓骑车到图书馆，我就已经满身大汗，腋窝下的衬衫湿透了，自行车座也湿了。

有九封未读邮件，米奇发来的。我有一种在给他断粮施压的感觉，也不知道为什么。没有布卢的消息，但我还是给她写了一封邮件，只有一个词：嘿。那种感觉，就好像一个人摔下悬崖前，伸手想去抓住什么，但谁也没在跟前。

米奇的最后一封邮件吸引了我。主题那一栏写着生日／将近。我点开看了。

你可能已经听说了，我和邦妮结婚了。这很疯狂，我知道。我们在路上的时间要久一些了，至少到十一月份才回去。我跟学校请了假。我们要去北加利福尼亚录制专辑，要签个唱片合约。我再不想过没有邦妮的日子，所以，我似乎做对了。有一件非常非常重要的事情，我回去再跟你讲。对了，你没有回信，但没关系，我理解。希望你好好的。还有，夏莉：生日快乐。

我瞪着“生日”那个词，随后关掉邮箱，离开了图书馆。

我整整花了四十分钟才找到自行车。我要骑车去土桑市南部找我要的东西。等我找到那个小小的破烂面包房时，那味道真的很像天堂，我从糕点展示台脏兮兮的玻璃后方选了奶油最多、有糖衣的甜点。浏览了咖啡列表后，我要了一杯肉桂咖啡。坐在窗边一把黏乎乎的椅子上，嘴里品味着糕点的香甜，手里捧着温暖的奶油色焦糖饮品，我在想米奇想告诉我的重要事情会是什么呢，怎么不在邮件里说明。或许是邦妮怀孕了，或许米奇即将过上有老婆孩子、有乐队、有他想要的一切的完美生活，而我，口渴得要命，又累得很，本该喝水的，却在喝咖啡，花了七美元六十八分，来庆祝这该死的我差点忘光光的十八岁生日。

我每天早晨骑车去画廊，帮助托尼和艾伦筹备画展。其他的艺术家都比我年龄大，大部分快三十了，要么过了三十岁。托尼让他们反复掂量作品的位置，他四处走动，摸着下巴，边看边思考。他决定不给我的画加框，只简单配个衬边。托尼是对的：已经有很多装置了，包括某人的儿童卧房，甚至还有一套完整的《彩虹小马》雕像，以及某人最早的芭蕾舞鞋和青少年时期的马丁靴子及网袜。有人把录像片段拼接到一起：有一面墙上放的是一圈圈的人和从跳水板上跳下的狗狗。色彩淡而梦幻，狗狗们似乎越过了如水的阳光，柔和的天际。一个男人头剃了一半，另一个留着高高的莫霍克发型，把十八个水皮球粘成了一个金字塔，每面涂上粗糙的字眼。

有个女人的作品像是油画，但画布上没有任何真正的颜料，而是把松鼠皮毛、乌鸦毛和她自己的几缕头发粘了上去。

一个名叫霍利一脸愤怒的消瘦女人，打算裸体躺在地板上。“我就是自己的展品，”她一边对我解释，一边用牙齿咬着黑色的拇指指甲，“只不过需要面对一个事实，即，我的出现对大多数人来说，是难以接受的。”

我不能明白这个女人的作品怎么能行（万一有人摸她呢？万一她想上厕所呢？）但我望向托尼时，他朝我眨了眨眼睛，并在那个女人跺着脚离开后，低声对我说：“霍利的论文答辩将会十分惊人，虽然理由错误，但是十分惊人。”

他们使用了“理论”“现实认同”“建构性认同”“核心分割”之类的词组。霍利看到我挽起袖子的胳膊，愤怒而认真地说：“你需要领会和审视自己反社会准则的行为。”她抓住我的手腕，“你知道吗，你对自己做的事情很有革命性？我今晚要给你做一份阅读书单，你有很多东西需要学习。”

我记住了他们说的话，同时跟着托尼的指示在画廊里走来走去，把东西挪到这边搬到那边，双手戴着小小的白手套，就像米老鼠。我觉得，不，是我知道，我知道有几个人在嘲笑我的画作，嘲笑我。他们偷偷笑话赫克特和曼尼粗笨的脸、黑色的牙齿，还有凯伦充满希望的微笑。我离开后，去了图书馆，搜索他们用过的短语和词句，努力逾越这些语言障碍。

我不想让他们觉得我很蠢，也不想做个蠢人，所以我要花时间学习他们的语言。而我看向自己的胳膊时，并不觉得那很有革命性，只觉得悲伤和痛苦，但不是什么革命。

我第二次看到霍利时，觉得她是个白痴，这想法让我微笑了一整天。

唐普勒把电话递给我。“快点，好吗？”她低声说，“我们想在塔室打烊前赶到那边。”我妒忌地看着她，这里的所有女孩夜间下班后会约着出去，去酒吧，去参加聚会，但从来没叫我跟她们一起。我努力多跟她们说一些话，但她们似乎形成了一个抱得很紧的小团体。不过，去酒吧的话，我年龄还是太小了。似乎只有莱纳斯对我感兴趣，大多数时候像位母亲一样对待我。此时她正把一盘盘土豆和一碗碗扁豆从烤架工作台推过来。莱纳斯不跟女孩们一起出去。有时她跟我说下班后要去参加一个集会。“酒瘾可不是朝九晚五发作的，”她爽朗地大声说道，“是时时刻刻让你深陷泥淖。这就是我早晚都在这儿轮班的部分原因，让自己忙起来，别让恶魔来打扰。”

“夏莉，亲爱的夏莉。”有点沙哑，是女人的声音，没错。

我用手指绞着电话线，“是谁？”

“夏莉·戴维斯，灵魂姐妹，我们一起度过了那么多时光，分享过那么多血腥故事，而你竟然认不出我的声音？”

我的心掉到了脚底，整个身体燃起了火焰，“你好啊，布卢！”

第三章

03

我没办法做我自己

我没办法做我自己

——艾略特·史密斯《大海捞针》

23

布卢在电话里说，她已经出来三个月了，跟妈妈一起住在麦迪逊。她说她们合不来，所以，她就旅行到了堪萨斯州，看看伊西斯，等事情缓和了再说。伊西斯跟一个男人从明尼苏达州到了堪萨斯州，目前在一个汽车站卖袋装牛肉干和愚蠢杂志。她们俩坐在一个酒吧里喝琴姜汁时，想到了我，想到了我去的那个炎热地方，还有我妈妈。

“我往克里利打电话，跟布鲁斯讲了，他给了我你妈妈的名字——布鲁斯很体贴，没有说要保守病人私隐之类的。我知道你们俩闹过不开心，不过，在他的气势汹汹后头，藏着一个好人。”

布卢给我妈妈打过电话。“她真是非常客气啊！以前集合的时候，你一直守口如瓶，还以为她是个怪物呢。她一直通过你男朋友了解你的情况呢。哦，不对，不是男朋友。”她停住了，电话线的另一端，我听到打火机咔嚓一声，喜欢叫嚷的伊西斯大声对着那边的某个人说：哦，你给我闭嘴。“是他把你的工作地点告诉你妈妈的，所以我才找到了电话号码。因特网是不是太棒了？就像一块大大的老岩石，只要一点击，各种屎就爬出来了。”

她常常地吸了一口气，放松了的样子，“我想你。”

随后，她开始抽鼻子，“太难熬了，夏莉，真是太难熬了，我要好好休息一下。”

此刻，我在长途汽车站等着她到来，无视那些梳着胭脂鱼发型[①]、长着黄牙齿的男人的猜疑目光。我用靴子尖在地上划着。昨晚我去赖利的住处时，他不在家，今天早晨我从他床上醒来时，他还是没在，这让我有点担忧。天气暖暖的，比之前凉爽了，明亮而美丽。正是十一月初，在明尼苏达州，人们已经穿上了冬天的夹克和靴子，挤作一团抵御寒风。

一小时后我就得去上班了。我从自动售货机上买了一瓶可乐，看着灰色的汽车列队进入停车场。可乐让我嘴里黏黏的，太甜了。

她是最后一个下车的，轻快地下了最后一级台阶，突然站住了，在阳光里眨眨眼睛，用一只手挡住了眼睛。

布卢快三十岁了，但穿着紧身大口袋裤子和Lady Gaga图案的T恤，看上去就像十几岁的人。只有走近了，才能在她脸上，在她眼角，看到走过的艰辛。

布卢扔下行李包，紧紧地抓住我，“夏莉，我最喜欢的血腥小蛋糕。”她往后退了一步，目光掠过我的每一寸肌肤。

“我的天哪，你看着不错啊，安静的苏。你头发长这么长了。告诉我你那位叫什么名字。”她点了一根烟。

“你的牙齿，”我惊讶地说，“你的牙齿补好了。”

“麦迪逊的木材国王付的钱。我估计吧，他是有点内疚，那些年一直在操我。我都没法跟你说，弄这些牙齿真是疼死了。”她把手伸进钱包里。

“该死，我没烟了。你的车呢？我们中途能不能停一下，我去买点烟。”

布卢以前的牙齿是小块小块的结瘤，脱氧麻黄碱[②]洗礼了它们，在上面形成一层薄膜，把它们变得像培乐多彩泥一样柔软。而现在，她一口

① 胭脂鱼发型：一种上短、侧短、后边长的发型。

② 脱氧麻黄碱：一种中枢兴奋药。

整齐的白牙，闪闪发光。

她的脸上不再有药物引起的斑点和肿胀，涂了美容霜、粉底和粉以后，看上去很光滑。她的头发染成了富丽的金色。

“我没有车，但住得不远，几个街区就到了。我帮你提包。”

她瞪着我，“不会吧？没车？这么热？我快死了，夏莉。”她轻轻拍了拍巨大的黑色太阳镜。我耸了耸肩。

“你怎么不飞过来？”我问，“相信那个木材国王付得起钱。”

布卢喷着鼻息说：“哦，不，我不坐飞机，太吓人了，不行。我们不属于天上的。这是我的个人观点。”

她在我旁边轻声敲着脚后跟。我偷偷往下看了一眼：她脚趾上仍然戴着环。也不知道为什么，这让我更加放松了。我给她指了国会酒店，还有提供辣椒和帕尔玛干酪爆米花的电影院，那地方播黑白片，适合喜欢忧伤格调的人群。

“那，那位摇滚明星住哪儿？我能见见他吗？”

我们正站在第十二大街拐角处，我模糊地指了指街那头他的住处，“他现在不在家。”至少，我觉得他不在。但也可能回去了，睡觉或是做别的事情。

“我们待会儿就能见到他了？”

“可能吧。”我态度不明地回答说。我也不知道为什么，对布卢见赖利这事感到不舒服。我疲惫地朝门廊处的赫克特和雷纳德挥了挥手。赫克特看到布卢，直直地站了起来，刷掉胸口的那一摊汗水，然后朝我扬了扬眉毛。布卢说：“你看，我有点紧张，需要喝点才行。”我朝旁边的酒品售卖店指了指，想到布卢喝酒，我只觉得恐惧和失望。我本来希望她已经戒掉了，戒得比我还干净。

“先生们！”布卢甜甜地打了一声招呼，咔嗒咔嗒地朝酒品售卖店走去。

雷纳德颤抖着手指，把烟管装起来，有点烟草飘到了牛仔裤上。赫克特过去帮他的忙。

雷纳德粗着嗓门说：“别惹麻烦，夏莉。记得吧？我不介意你带朋友来，但可不想有任何麻烦。”

哦，雷纳德，我在心里说，我已经一大堆麻烦了。

布卢翻阅着我的写生簿和画作，“哦，我的老天呀，夏莉！”

她用手指抚摸着那一张张脸，“太让人惊讶了，我不知道你能画成这样。哎呀，天哪，天哪，墙上也都画满了。”

她瞥了一眼洗手间，“那个竟然没门。”

“我靠刷盘子维持生活，布卢。那种工作可买不起门。走廊那边有个可以上锁的卫生间，但那是男人用的。如果你够谦逊，不介意用那个厕所，别忘了带厕纸。”

布卢点燃一支烟，从酒品售卖店的纸包里取出一个瓶子，砰地去掉盖子，又从水槽里拿了玻璃杯，每杯倒了三指深的伏特加酒，递了一杯给我。

她举起玻璃杯。“一起？这地方真糟糕，夏莉。住的人都跟门廊处那几个家伙差不多吗？”

我接过玻璃杯，轻轻松松把酒喝了下去，甚至没把半小时后要上班的事放在心上。现在，喝酒对我来说，已经是小事一桩了。

布卢噘起嘴，“你知道吗？我出来后，没多长时间就又开始了。我说的是喝酒，别的没有。”她耸了耸肩，没有看我的眼睛。

“你……还好吗？”我小心翼翼地问。此刻，布卢跪到了地上，慢慢翻着我的另一个写生簿，后部的衬衫缩了上去，露出来的茶色皮肤看似很柔滑。

布卢在烟雾里缩了一下，“你瞧，我上瘾的时候，就只会搞得一团糟，还会全面失控。我真的很容易陷入切割和纵火的境地，除非让自己爽起来。”她看着我旁边，说：“你呢？又割了吗？”她的眼睛掠过我的衣袖。

“没有，”我说，“没做那种事了。只是……”

我帮赖利带毒品这事，她会怎么说呢？我目光落到了自己双膝上。

布卢歪着头说：“你还好吗？夏莉？”

我有点处在令人伤脑筋的境地，走不出去。不过这话堵在了我的喉咙处，我用力吞下，让它顺着喉咙落下去了。

她足足看了我一秒，“那个摇滚明星呢？他对你好吗？有些家伙，尤其是搞音乐的，花言巧语非常在行。”

我赶紧洗了玻璃杯，找了一件干净的工作衬衫，“还好，不错的。”

“他年龄有点大了，是吗？”

“是啊，二十七。”

我转过身换衬衫，感觉布卢的眼睛在盯着我。

“夏莉，你以前谈过男朋友吗？”

我把衬衫从脸上快速拉下来，好让自己开口说话，“没有真正谈过，没有。”

她低声说了些什么，我听不清楚。

“你刚才说什么？”我转向她，问道。

“没什么，”她快速说着，站起身，把烟头泡在了水槽里，“没什么要紧的。”

随后，她欢快地说：“对了，电视和电脑在哪儿？我想我会好好待着的，直到你下班回来。”

我挤出一丝笑容，心里还在想她刚才到底说了什么，让我听不到。“哦，布卢，”我说，“我有个坏消息要告诉你。”

一整个晚上，真格里特的女孩们都在谈论亡灵节和烧瓮的事。那是第四大街上一场纪念死者的大游行，人们盛装打扮，在脸上画骷髅和很多怪异的东西。

唐普勒说：“真是棒极了。不管怎么说，我们那天都会很忙，所有进来的人都是狼吞虎咽的，只求吃饱肚子，急着去做些正能量的事。而他们的服装，真闪亮！”

咖啡馆里没客人，她们无事可做。有一阵，朱莉打电话来问咖啡馆里忙不忙。唐普勒挂断电话后，兰迪点头会意，然后收拾东西回家了。坦纳白天的工作已经被砍掉了，每周只上一次晚班，朱莉仍然来刷盘子。糕点展示台空了两周多了，积了灰，比安卡总拿不到钱，已经厌倦了。

唐普勒摆弄着浓缩咖啡机说：“去年，我用圣诞灯做了一对翅膀，但不知什么鬼东西落到我身上，把它们给扯坏了。而我朋友被一个火舞者迷住了，真是疯狂。”

她拽了一下过滤器，那东西溢出泥一样的浓缩咖啡来，溅到她飘动的蓝短裙上，那是我私下很喜欢的一条裙子，因为裙角有小铃铛。唐普勒咒骂着，我弯下身，用一块碎布去擦她裙子上弄黑的地方。

莱纳斯从烤架区过来，用毛巾擦着双手，“我们说的是死人的节日，夏莉，叫亡灵节？两万多人排着队走过市中心，为亡灵烧东西许愿。到处是那种该死的气氛，你可能觉得这也有点用，对吧？活跃社区之类的。不过这世界还是很糟糕，对吧，唐普勒？”

“别太挑剔了，”唐普勒说，“我父母总带我们去，挤得满头大汗。正能量是一种强大的力量。”

“你老家那边有这样的活动吗，夏莉？”莱纳斯望着空荡荡的咖啡馆间。莱纳斯跟我提起明尼苏达州时，总用“老家”这个词代替。你老家有玉米粉饼吗？你肯定想念老家的雪吧？你近期会回老家吗，夏莉？

我抬头看着她们。“我们不为死者做太多事情，一旦去世了，那就是去世了。我们不喜欢那些会妨碍冰上钓鱼的事情。”我说得很轻，因为此刻不愿意去想我的父亲。

他们瞪着我。“开玩笑的。”我咕哝着说。

唐普勒把蒸汽机的汽放出来，“那可是一场真正的旅行，夏莉，你应该挖掘一下。那是纪念人类灵魂的盛大艺术派对。”

我擦掉了唐普勒裙子上的最后一块污点，轻轻碰了一个小铃铛，让它发出叮当的声音。人类的灵魂。我父亲，他的灵魂走了吗？他能看到我吗？爱丽丝呢？她消失的那部分呢？是不是还有某些部分留在了哪里？这些想法让我害怕。

我想唐普勒错了，我一点也不觉得该去挖掘那种艺术派对。

真格里特打烊时，布卢出现在了门口，她换了装，穿了短裤、运动鞋和风帽衫，眼睛有点模糊，也不知道喝了多少伏特加酒。我狠命擦着主地板，不知道她在跟莱纳斯和唐普勒聊什么。布卢的胳膊盖住了，但她们能否看到她小腿上的疤痕呢？我额头上的汗爆了出来。有一次在体育馆，一个女孩看见我只穿着胸衣，运动装拿在手里。我是在厕所隔间里换衣服的，远离那些女孩，平时也总在红白的运动衣下方穿一件长袖衫。这时她看到我的样子，双手捂着嘴笑了。从那以后，只要我去储物柜那边拿运动装，所有人都会从我旁边挪开。她们发出尖锐的嘘声，看着我拿上东西回到厕所隔间。唐普勒很亲切地在跟布卢聊天。高中的时候，唐普勒是什么角色呢？是发出嘘声的还是往后退的那个？莱纳斯是否曾把一个女孩的头往马桶里按，抑或她是被迫低着头，只为努力熬到三点钟的那个？人们总有好多的秘密，跟表面上看到的从来就不一样。

回家的路上，布卢昏昏沉沉地说："是雷纳德告诉我怎么走的，我觉得可以找到路。希望你不要生气什么的。我没想着要侵入你的空间，知道吗？"

她把脖子伸向棕榈树，"这地方真是怪异。这些植物是真正的苏斯博士[①]——很不可思议，你知道我意思吧？"我们沉默着走了一会儿，她又问："去酒吧吗？"她上下看着第四大街，脸上写满了期待。

我举起双手，"你满十八岁了，想去酒吧的话，就自己去吧。"

她考虑了一会儿，说："我们去看看那个摇滚明星在不在家。"她给了我一个大大的微笑。

我想我再也无法回避了，所以说了声好的。我想知道昨晚之后他有没有回来，希望他回来了。

还隔着一个街区，我们就听到了他漫不经心弹奏的声音，时高时低，弹奏了一节。我很惊讶，他已经有好几周不弹了。布卢的脸上划过梦幻的色彩。"那就是他，天哪，真是太棒了！"

我们走过去时，他在门廊处，脚边的烟灰缸里，升腾起的烟雾绕成一个个圈圈。"夏莉。"他异常高兴，"夏莉带了……一个朋友。"

"布卢。"她伸出手，拿起他的香烟抽了一口。这个动作让我内心瞬间擦起了一阵波澜，布卢对赖利，就好像比我对他还熟悉几百万倍，跟他在一起比我还自在几百万倍。我不知道她怎么能那么游刃有余，我怎么就不行？还有，她是不是在——调情？

"布卢。哦，很美的名字，布卢。我是赖利·韦斯特。"他把吉他靠在门廊扶手处。

他是在回应她的调情？我读不出来。

"谢谢！"布卢说，"其实，这不是我的真名，不过我更喜欢这个

---

① 苏斯博士：美国最受欢迎的儿童文学作家，作品有《穿靴子的猫》等。

名字。”

我惊讶地看着她，把内心的愤怒分散掉，“什么？真的？那你的真名是？”

布卢又吸了一口烟，然后轻轻地吐出。

“帕西[1]，帕西莉亚。你觉得我有那么点像帕西吗？”

“不像，”我摇着头，微笑着说，“你一点也不像帕西。”

赖利发自内心地笑了。他可能已经有点被拿下了，因为他很高兴的样子。我真希望布卢没在。如果赖利要开心，但愿他的开心都是为我。随后，他又笑了三四次，然后朝布卢欠了一下身。

“来点提神的吗？女士们？”他进了屋子。布卢咯咯地笑。“他很可爱。”她低声说。

她往外看向赖利的邻居们，见他们在门廊处喝着酒，摇着摇椅，扇着风，读着报纸。

“他就像拥有一群自己的观众，当然，你也是其中之一。”她在赖利的吉他上轻轻弹拨琴弦，我把她手指打开了，只觉得生气，她竟然这么亲切地对待他的东西。她瞪着我。

赖利拿着冰酒瓶回来了。他用鼻子轻轻蹭了一下我的脸，然后举起自己的啤酒瓶，我犹犹豫豫的，跟他们碰了瓶子。布卢两大口就喝掉了半瓶，她擦擦嘴，看看赖利又看看我，然后咯咯笑着说：“你们俩真好笑。”

“为什么？”我喝了一小口啤酒说。

“我也不知道，就是好笑。”她脸上发光。“你们俩可以接吻什么的，不用管我。”我感觉到自己的脸烧起来了。

赖利交叉着双腿，递给她一支烟，“说说你们俩的故事吧，在哪里碰上的？我估计相遇的方式有种悲剧感在里头？”

---

① 帕西：英文名 Patsy 是胆小鬼的意思。

布卢喷了一下鼻息，吐出一系列漂亮的烟圈。“天哪，我爱死这没过滤的烟了，”她吸了几口，“太爱了。”随后，她又大大地喝了一口酒。“我们在切割者康复中心认识的。我是在那儿待的时间最长的。”她有点得意地说，“在我之后，又来了伊西斯，然后是延斯、夏莉。还有路易莎，现在还在里头呢。等一下，喂，你还好吧？老兄？”

赖利静得出奇，就好像憋着气似的。布卢看向我，“夏莉，你没跟他讲过克里利？”她警惕地看着我。

赖利清了清喉咙，“夏莉对自己的过去有点沉默。不过不是什么问题。我们都有自己的秘密。”他声音柔和，伸出一只手，把我搂到旁边，我感觉好了许多，也放松下来。

布卢点点头，“我以前叫她安静的苏，她有段时间太沉默了。他们说那叫什么，夏莉？”

我咬着牙齿，想着该不该回答她的问题。

“选——选择性缄默症。”布卢突然想起来了，靠到扶栏上，她的腿很光滑，闪着微光。“就是，在某些情况下，你把自己夹了起来，估计是吧。我自己呢，什么都有一点，可以说是精神病杂种。”

“有趣，”赖利说，“医院很有趣，对吧？你遇见的每个人都像是你的一面小镜子。我自己也待过，所以我了解。让人很不安。”他嘴角抽搐了一下。我开始感到恐慌，我赶不上他们谈论的步调，而他们，相处得那么好。我咬紧牙齿，目光投向布卢。

“她总在画画。”布卢踩灭了烟，“她住进来以后，每天都得有人赶，才会走出手工室。她是唯一一个喜欢那里的人。我就搞不出什么狗屁艺术来。”

“她对线条很有鉴赏力。”赖利凝视着我，脸上没有笑容，“听说她的小艺术展了吗？”

布卢就好像没听见赖利的话，继续说："哎呀，我讨厌那地方。迫不及待想出去。把我们像牲口一样关起来，切掉我们的部分脑子，对吧，夏莉？"

"是吗，夏莉？"赖利把自己的酒喝完了，"你也迫不及待想出来吗？"

赖利的脸疲惫而帅气，那么熟悉，一种疼惜感在我心中膨胀起来，挥之不去，我看着他和布卢用打火机和香烟相互调侃。"没有，"我轻声说，"我爱死了那里，从来就不想离开。"

布卢大笑起来，"哦，对啊，你进来前，睡在该死的加热炉箅上，怎么能不爱呢？"

赖利眯着眼睛。"加热炉箅？"他缓缓地说。我看向他，突然意识到他不记得了，不记得雨季的时候，我们一起坐在门廊处，我曾告诉他，我在外边生活过。他不记得了。因为他一直就是一团糟。一股悲伤的浪潮席卷了我。

布卢看看赖利又看看我，脸色苍白。她抹掉扶栏上的烟灰，含糊地说了声对不起。

赖利低声说了："哦。"然后进屋去，重新给我们拿了酒，又新点了烟，继续引导这个夜晚的话题。他们在谈论我，就好像我不在场一样，并且挖苦嘲笑我，让我脸色发红。终于，邻居们进屋去了，灯灭了，街道安静下来，但赖利和布卢仍然劲头十足地换着烟抽，谈论音乐和政治，发出令人讨厌的咯咯咯的笑声。

最后，我清理了酒瓶和溢出来的烟灰缸，把赖利的吉他放回盒子，扶着布卢的胳膊肘带她走了。她抱怨说："我们为何不能待在这儿？还早得很呢？我在放假。"

但我不管三七二十一把她带走了，扶着她上了通往我房间的狭小楼梯。进了房间，我低头看着塞在墙角的那个榻榻米，突然觉得很沮丧。布卢跌跌撞撞地去了洗手间，拉下牛仔短裤。“不好意思。”她说着，撒尿的声音在马桶里回响。

她砰地倒在床上，摆动着双脚，“谁帮我脱掉鞋，谢谢了！”我拽掉她那双高得吓人的坡跟鞋，扔到角落里。

“把灯关掉，那盏灯简直要杀死人。”

黑暗中，我上了厕所，刷了牙，往脸上泼了水，穿上短裤和T恤，看了看蜷缩在我床上的布卢，然后躺到了她旁边。我用屁股把她往边上挤了挤，突然觉得很想念爱丽丝。我们曾一起蜷在床上，低声说话，呼出的气温暖了彼此的脸。我轻轻地把屁股跟布卢的顶在一起。她的皮肤暖暖的。

大厅那头，一台电视发出低低的声音。

“关于你的伤疤，那个摇滚明星是怎么说的，夏莉？”

我闭上了双眼。

“你在这儿干吗？”布卢昏昏欲睡地问，“回你男朋友那边去吧。”

布卢沉默了一会儿。“你不用担心我。我的意思是，我喜欢调情，那种感觉很好，但我不会……也从来没有……我只是半演戏，我就想说这个，懂了吗，夏莉？”她拉了拉毛毯，卷向了墙那边。

“还有，你看，”她的声音里充满了睡意，还有点醉意，“一个女朋友，是可以碰男朋友的吉他的。我一碰，你就发怒了，我估计你从来没想过自己可以拿起来玩玩吧，其实你可以的，他又不是什么神。”

这话有点刺痛了我，但她说得对，只是我不知道怎么回答，所以干脆不说话。后来我觉得她已经睡着了，呼吸变得那么沉，而我也快坠入黑暗之中了，她却突然模糊地说：“喂，帮我记着点，我给你带了东西，是路易莎给你的。”

24

早晨，她白得像纸片，但很快活，精神饱满地喝着我从街那边咖啡馆买来的咖啡。我在水槽里洗杯子时，她在小浴缸里洗了澡，一点也不像我一样害羞。她身体往后靠时，水拍打着她的胸脯，我看到了她的历史。随后，她吃了药，一粒一粒地吃，然后把一个个处方药瓶排队放到窗台上。我想起了她之前在邮件里说，她吃很多药。

“宿醉一场，我要吃点油腻的，”她说着穿上了 T 恤，那是一件短袖 T 恤，她胳膊上留下的烧伤疤痕整洁从容地露在外面，“还要喝苏打水，比如说，来瓶大的可乐。”

我朝她的衬衫和胳膊示意了一下，“你不……我是说，万一被人看见了呢？”

她沉下脸来，“看见了又怎样，我干吗要在意啊，夏莉？疤就在这儿，这就是我。”她猛拉了一下我的长袖 T 恤，“难道你要一辈子这样活在黑暗里吗？不如放出来吧，你知道最让我疯狂的是什么吗？假如一个男的有疤痕，对他来说那是英雄的展现，可我们女人呢，只成了让人害怕的怪物。”

“拿走你的男朋友吧。我意思是，我对他没什么企图，我是喜欢他，他是个迷人的小流氓，很会花言巧语，不过他有大问题。”她做了个喝酒的手势，“所以，你干吗不把医院的事告诉他，还有你在街头流浪的事情？他可以有问题，你就不能？”她带着愤怒，一股脑喷出这段话，惊到了我。

我觉得自己就要流泪了，她迅雷般地触动了我。“我不知道，”我用力咽下泪水，“我只想吃点东西，可以吗？我们能不能去吃东西？”

我在口袋里摸钱，她把我的手拉了下来，“别了，算我的。对不起，真的，没事了。”

她把钱包甩到肩膀上，“我们走吧，再不赶紧来点苏打水，我就要吐了。”

布卢买了一份炒鸡蛋，一份带绿辣椒的肉末土豆泥墨西哥卷饼，又要了冰苏打水。她像饿极了的猫大口吃着东西，低声说女服务生的屁股真宽，调侃说盐和花椒瓶形似树状仙人掌。后来，她又要了一份苏打水、一个肉桂面包，糖霜粘到了她的上嘴唇。

我们逛了国会大街一个时髦的假发店。她买了一对羽毛耳环，试戴了一套很搞笑的彩色假发。我们在市中心漫无目的地走着，瞪着圣奥古斯丁大教堂那易碎的、蛋糕一样的外表，以及孑然而立的提拉迪诺许愿大教堂，到处是燃烧的许愿蜡烛。布卢盯着围栏里的草皮，看了好长一段时间，毁掉的神龛壁，人们留下的许愿礼物，坍塌的蜡烛，还有褪色的照片。我摸了一下一个空的壁龛。我能不能把爱丽丝的照片带到这儿来呢？我用手指抚摸着那光滑的石头。

回家的路上，布卢非常沉默。我呼吸着十一月初的空气，看着广阔无垠的蓝天。此时的明尼苏达州，叶子都已经落到了地上，天空灰蒙蒙的，寒冷的冬季就要来临，甚至可能下一两场雪。而在这里，天空一片蔚蓝，有无尽的温暖。回到屋里，布卢坐到简便椅上，翻阅敲打着手机。我若无其事地问她要待多久，她的眼睛蒙上了一层雾。

“我以为跟你说过了，我没地方去，夏莉。你待在这儿很幸运，这地方非常好。看看这该死的太阳，还有这样的冬天！现在还有七十三华氏度。”她低下头，“你不愿意让我留在这儿吗，夏莉？”

我愿意，但又不愿意，但又愿意，但又不愿意。

我换了个话题，“克里利的人都怎么样了？”

布卢左右摆动着脑袋，“我也不是很清楚，没保持联系。伊西斯在你之后离开的。路易莎就没出去过，那个哑巴。她要么会死掉，要么成了无期徒刑犯。我猜是这样吧，哦，天哪！”

她从椅子上爬起来，去翻她的行李包，一直翻到底，总算找到了什么。她拿出十个黑白色的用红色丝缎带捆起来的作文本，“路易莎让我把这些给你。”

拿在手里，沉沉的。我在脑海里描绘路易莎的样子，红金色的头发盘在头上，我问她在这些作文本上写什么时，她总是微微一笑：我生命中的故事，夏莉。

“你不看一下吗？”布卢问。

“以后再看。”我把本子放进背包里，看样子布卢没动过捆书的缎带，不过也说不准。我不想把东西留在这里。也许里面有些东西，路易莎只想让我一人知道，也许我不想有第二个人分享她的话语。布卢蜷回到椅子上，“延斯给我发信息了。杜利抛弃了她。她还失去了篮球奖学金什么的，有点堕落了，她父母还不知道。”

“你平时会跟人谈心吗？”我问布卢，“我指的是，参不参加集会之类的？”

布卢喝了一大口回屋前买的啤酒，“不谈，我没什么可说的，你呢？”

“我有一阵给卡斯珀发过邮件，但她最近都没有回复。”

“你一直就像她的宠物，我们都知道。真了不起。”布卢突然站起来，开始从行李包里往外拉衣服，散放到榻榻米上。

我慢慢拉上背包拉链。“卡斯珀喜欢每一个人。”我心平气和地回答，不过布卢的话还是让我有点心虚，或许我真是卡斯珀的小宠物，她的特殊项目。

“不，不是的。她从来就不喜欢我。我出来后你以为她会给我发邮件？才不会。”

她背对着我，把头发挽成了发髻。

她脖子后方有只胖嘟嘟的、瞪着眼睛的蓝燕子。

为了打破这紧张局面，我问她，我上班的时候她要干吗。布卢耸了耸肩，拖着脚走向厨房。

我见她从窗台上拿下酒瓶，又洗了一个玻璃杯，我想跟她说“别喝了”，但什么也没有说，我是谁啊？不过是跟她一样的失败者。

“哦，我应该，会出去，在周围走走，可能跟你的邻居们聊聊天。”她转过身，朝我笑了笑，嘴里那崭新唯美的牙齿，就像一堵闪光的墙。

我把手放到门上，说：“布卢，别走太多了，好吗？晚上我们可以再出去走一下，就我们俩。天气很好，很适合晚上出去走。”我满怀希望地朝她微笑，但她的反应很平淡，随后就去翻手机了。

下班回家后，发现布卢不在我的公寓里，后来，我在赖利的前屋找到了她。我走到他屋外的转角处时，就听到了飘到街道上的笑声。我的胃里头因为恐慌而凝固了，我努力走上门廊的台阶，停下来，透过纱门往里看，只见他们俩坐在地上，烟灰缸里装满了烟头，酒瓶到处都是，布卢正在弹拨赖利的蜂鸟吉他，而赖利在轻轻纠正她的手指。他慢声慢气地说着笑话，她在笑，沉浸在他的视线里，脸上飞满了红晕。我看到他的双手落在她的伤痕上。她说过不会跟他有什么的，但是……我觉得很生气，她不是说很孤独吗？现在好了，在这儿享受着美好时光，有人关注她了。

她的头发散落到脸上，像丝绸一样。布卢——帕西，帕西莉亚——看上去真的很快乐，突然，我的胃部放松了一点点。她说过，卡斯珀不像喜欢我一样喜欢她，那么，她就不能这样快乐一下吗？我缓缓地挤进门，她朝我咧嘴一笑，兴奋地告诉我，赖利要请她去塔室喝酒，去烤肉餐馆吃饭。明天早上还要带她去兜风，一览风光。

我的胃一阵翻腾，他从来没带我去兜过风。布卢似乎真的很开心，手指抚摸着吉他的琴弦。我看向赖利，他正在撕啤酒瓶上的标签。

或许他只是对她说了根本不会履行的承诺吧，感觉很好，然后马上就让她失望。因为：开什么车去？去哪里啊？他难道不去上班了？我开始有点生气了。

我咚的一声坐到酒红色天鹅绒的沙发上。赖利终于抬起头看着我，往前倾，拉起我工装裤的一条裤腿，吻了我的膝盖。

“哦，对了，你房东来过。”布卢喷着烟说，“雷尼？”

“雷纳德。”我沉闷地说。她咬着嘴唇，把注意力放在拨弄吉他琴弦的手指上。她的指甲很漂亮，白白的，修得很整齐。

“他想知道我要待多久，因为房间太小了之类的，还有，可能你得额外付点钱。”

我露出不高兴的神色。布卢看见了，马上摇了摇头。

“不用担心，夏莉，我有钱，而且，我会用工作来抵销加收的房租的。”她满脸堆笑，“我现在是那栋楼新的勤杂工了。你看，我以前整天跟着老爸去工地参观，可不是白去的。你看到楼梯井那儿修好了吗？就是我今天修的。我们可以永远做室友了。”她咧嘴笑着，眼睛闪闪发光。

她是那么高兴，充满期待，我有点融化了。跟她在一起，也有点，有那么点不错的。她跟在克里利时不一样了。

真格里特的女孩们：唐普勒、弗朗西斯和兰迪，总在谈论她们的室友。跟一个女孩住在一起，应该很有意思的。“是啊，”我挤出一点笑容说，“太好了，布卢。”

赖利也笑了，但有点尖锐的声音在里头，“嘿，好了，布卢，别说那个了，我可不希望我的女孩被闺蜜夺走。只有她能让我站着不倒下。

我说她是‘我的’。”他有点用力地挤了挤我的膝盖。

布卢扬起眉毛，想捕捉我的目光，但我站起来，说要给大家再弄点喝的。我不断让他们再喝点，自己也不停地喝，直到跟他俩一样走路摇摇晃晃的。

我任由自己越喝越沉，因为我本希望布卢出来后跟之前不一样了，希望她改好了，这样我才有勇气让自己变得更好。

或许这才是意料中的样子吧。

随后，在赖利的房间里，一切变得那么安静，布卢在沙发上睡着了，双手抱在两膝之间，赖利在我的肩膀上呼气，他卧室里很凉爽，窗子开着。

他在我身后，把我拉过去靠着他，气呼到我的脸上，“你的朋友，说的是鬼话，对吧，竟然要跟你同住？我都不知道自己是什么感觉。”

我闭上晕眩的双眼。我是那么讨厌喝酒，讨厌在他喝高了以后帮他清理，把他拖到床上，叫他起床去工作。我在哪里？我在干吗？我的声音在打滑，喉咙因为烟而嘶哑，但我奋力排开阻挠，愤怒的词句吐了出来，我知道他感觉到了我的愤怒，因为他身体往后缩，碰了我一下。

“你甚至都不让我有个朋友？一个都不行？”我的话模糊不清，我开始有点恐慌。我不想失控，但内心的那个球越来越大，酒精还在推着它不断往前滚。

“喂，好了，”赖利的声音轻柔，“我并没有——”

“我想说，一直以来，我身边只有你，你知道这有多难受吗？尤其是你一团糟的时候？”

赖利沉默了。

我的声音越来越大，我双手把他推开，自己靠在墙上，头上方是打开的窗子。邻居们能听到我说话吗？

“你从来不问一下我的事情，从来不问我的伤疤怎么来的，也不过问我的父母。至少布卢了解这些，她知道——”

“嘿，听着，每个人都有糟糕的时候，我没有问只是因为——”

“我觉得你没问是因为你根本不在乎，因为我随时可以在你需要的时候到这儿来。”就像朱莉说的那样，我只是一块小甜点，一本书，架子上的一张唱片。

我转了一下身，看不清他的脸，因为我头晕目眩，而且屋子里太暗了。他醉醺醺的，眼睛往下耷拉着，我说的这些，他能不能记得呢？“现在我就全告诉你，赖利，好好听着，这就是我的狗屎经历。”

“我有个朋友，试图把自己杀死，而那都是我的错。我打了我妈的鼻子，她把我踢出了家门。根本就没有什么加热炉算，真实的情况是这样：一块面包就可以维持一周的生活，你还会被围堵。”我的话一股脑往外倒，在泥浆一样的喉咙处绊了一下，继续往外跑，我停不下来。

“如果我问你要点零钱，你会给我的，因为我个子矮小，一脸悲伤的样子，还很脏，你对我有点秘密想法，因为我又小又脏。你觉得可以对我做点事情，而我会让你做的，因为我需要钱。我对此非常了解，所以我说，我们可以去公园走走，多聊点私人的事情，你很高兴地跟着我去了，兴奋又紧张。”

赖利低声说：“别说了。”

他用双手捂住了脸。

“在公园里，我的朋友从灌木丛里跳出来扑向你，而我看都不会看你一眼。他们会用链子打你，拿走你的钱，夺走你的漂亮套装。我只做自己该做的那部分工作。谁让你在钱包里放那么多现金？你真蠢，老兄，蠢死了。”

赖利说别说了，但我不听他的，因为我想伤害他，那么一点就行，不，要伤害多一点，因为他曾那样看着里根，因为不知道他跟温迪都做过些什么，还有他跟布卢一起笑的方式，以及他不让我跟布卢做朋友，最重要的是因为我厌倦了。

我厌倦了喝醉和绝望，我厌倦了，而且对自己很愤怒。因为我让自己越来越渺小，只求他能更多地注意到我。但是你那样不断压低自己，谁会注意你呢?

我踢掉被子，一边说一边奋力爬到他上方，就在这时，身上的工装裤把我卡住了，我怎么也摆脱不掉，双手胡乱摸索着，该死的背带缠住了我的手腕。

“你要是想靠自己活下来，就会有人试图在地下通道里强奸你，他可是又高又壮。他把手伸进你的裤子，用肩膀压住你的嘴，让别人听不到你的尖叫。或许会有两个家伙，两个好心的家伙救了你。然后你们抱团组队，但你最好记住团队规矩，记住谁是团队的老大，不然他也会伤害你。”

我在赖利的脸旁弯下身来。他眼睛闭得紧紧的。“我曾住在一所卖淫的房子里。有人想把我卖了换钱。所以我试图自杀。这就是我的故事。赖利，我什么时候可以听听你的？”

我气喘吁吁，他双手交叉捂住脸。

“赖利，”我嘶哑着嗓音说，“赖利，我们得停下来了，你得戒掉，我不希望你死。赖利，求你了，戒掉吧，我不想让你死。可以吗？”

他的声音比我预期的大：“不行。”

我差点倒下，跌跌撞撞地出了房间，拽着布卢的衬衫把她从沙发上拽下来。她摇摇晃晃地站起来。

“这是什么情况，夏莉……怎么了？”她的头发粘在脸上。我使劲拉着她往外，在她把脚塞进凉鞋，跌跌撞撞跨过门廊时，我也把靴子穿上了。“到底怎么了？你们俩打架了还是怎的？”

“我就是想走了，我们走吧，求你了，快点，布卢。”我跑下门廊台阶，大口呼吸着空气。我不知道刚才发生了什么，我喝醉了，一片混乱，皮肤在发痒。

“我得去安全的地方，快，回家。”

“好吧，好吧。”布卢扣上牛仔裤的扣子，小跑着下了门廊。她半醒半睡，而且喝醉了。

我再也不想喝酒了，我再也不想喝酒了，我再也不想喝酒了，我不想孤零零的。

我扶着她往前走，她身体松松垮垮的，像果冻一样。我轻声说：“布卢，我们停下来吧，别再做这样的事情了，好吗？别再搞得一团糟了。”

“好，”她低声说，“很好，好的，没问题。”

“我说真的。”

天空中铺着牛奶一样的微云。我能闻到布卢的洗发香波味，藏在酒精和烟味后头。我还没有醉到丧失意识，我们离开时，赖利没有喊我，也没有跑到门廊处，什么也没做。

内心的那个球把这些也卷了起来，堆得越来越大。

早晨，我捧着从街那边咖啡馆买的两杯咖啡，因为昨晚醉酒，头像要撕裂似的。我注视着楼梯井里的墙，布卢说得没错，她往那些墙洞和裂缝里涂了灰泥，并且用砂磨平了，墙壁光滑又好看。布卢为此而骄傲。

楼里的门厅有种清新的味道，我带着咖啡回来时，布卢在那里站着，旁边有个浸湿的拖把和一只桶。昨天她就把墙弄好了，现在正清理走廊和门厅，让硬木地板美观一些，并看看需要做些什么样的砂磨工作。昨晚醉了那么长时间，她现在已经非常清醒了。

我想她应该不记得昨晚的事情了。可以肯定的是，赖利肯定不记得。

我出去买咖啡时，费了好大的劲才克制住自己，没有走向相反的方向，转过街角，走上他门廊处的台阶——

小小的汗珠在布卢额头上发光。“作为一个英语专业的人，你能做什么呢？”她问。“很明显，做这个。”她扮了个鬼脸，笑了。

“曾就读于威斯康星大学麦迪逊分校，”她尖声说，“我不是一个彻底的失败者，夏洛特。”

“我知道，布卢。我觉得你非常棒。”

“今天是你的大日子！兴奋吗？”她拿起一杯咖啡，感激地喝着，“该死，头好痛。”

我点点头，“嗯，兴奋。”我略微思考了一下这句话，然后把有关赖利的想法撇开了，“我是，真的很兴奋。”

“那就好。就该这样。待会儿到这儿来找我，我们一起去那个画廊？”

“好的，当然可以。不过，我想在上班前打会儿盹儿去，好吗？”

布卢向我行了个礼，我上楼去了自己房间，胃里头纠结成一片。我仍然为昨晚跟赖利的事烦乱不堪，想知道他有没有在家里，会不会去参加不久之后的那场演出。我总觉得我们还没完，虽然我不喜欢这样的想法。

25

我从五点工作到了七点，这时唐普勒跟我说，我可以离开了，去看那个画展。她让坦纳看着前台，自己负责浓缩咖啡机。咖啡馆里挤满了人，穿着非常疯狂的服饰，脸涂得黑漆漆得像死人。朱莉在外头，从大锡桶里往外舀热的苹果汁。

坦纳把咖啡壶放到点心展示台上，那里还有几堆一次性杯子和一盒子钱。唐普勒打了一个大大的标牌：咖啡随意取，一美元。莱纳斯在烤架那里忙着，兰迪代替我刷盘子和端食物。“没事的，”唐普勒说，“我们都能理解，你就去吧，女孩。”

万灵节，或亡灵节游行的大街热闹极了。肚皮舞者，小孩和成年人都穿着一身黑，脸上涂得像头骨；有些小孩的背上捆着薄薄的金色翅膀。喷火的，踩高跷的，吹风笛的，都穿着短裙，涂着头骨一样的脸。噪音骇人，各种声音又被巨大的鼓鸣声打断了。人们用棍子挑着巨大的骷髅在走，帽子在头骨上晃荡。有个女人浑身都是黑的，脸涂成金色头骨，眼睛周围抹成黑色，像两个黑洞。她拿着一把黑色的伞，伞边上有小小的头骨在晃荡。一群人穿着白色飘逸的长袍，脸涂得跟糖头骨似的（唐普勒在手机上给我看过：脸涂成白色，再覆之以彩色的花朵一样的图案），头上顶着二十英尺那么长的纸蛇。还有警察和警车，戴面具的人，神志恍惚的人们带着各种乐器转来转去。我认出了乳品皇后的那群朋克，他们在旧货店前头晃荡，吸着烟，沉下脸看着人群。他们也把脸涂白了，眼睛弄上了黑影。那个朋克女孩抓住我，从紫色的嘴里吐出舌头。

我贴着大街一侧的人行道，在人群中游走。各种鼓声和音乐声震耳欲聋。警察待在游行队伍的边上，努力让所有人都待在街道上，但是很难，人们弯着腰进进出出，笑着喊着。到处都是滑稽戏、艺术品和工艺品货摊。吞火魔术师飘到我前方，我惊讶地嘘了一口气，只见那女人正正地停在我前方，轻轻地把火焰放进嘴里，吞下了喉咙，随后又抽出来，吐了一口，跑开了。我挣扎着通过地下通道，逃到街道另外一侧，拨开拥挤的人群，朝我的住处走去，万灵节的叫喊声和鼓声落在了我身后。

布卢不在我屋里。她的衣服乱扔在榻榻米上，空气中弥漫着烟味。我咒骂她留下的这一堆烂摊子：满了的烟灰缸，粘了口红的酒杯，街上熟食店拿回的皱皱巴巴的纸包。莴苣片和番茄撒到了地毯上。吐出的牙膏水粘在水槽边上。布卢的精美手机放在牌桌上，我瞪着看了一会儿，手机正面有条蜘蛛一样的裂痕，像是被扔出去摔的。我胃里有种异样的感觉，布卢一直以来都对她的手机非常轻柔。

看着整个房间，这一团糟，我意识到有什么不对，有什么事情发生了。布卢在哪里？或许去赖利那里了。我吸了一口气，努力不让自己太过于大惊小怪。或许布卢得到了什么坏消息，发脾气了。我在犹豫，是要立马跑去赖利那边，还是先准备一下再去。我做了些呼吸运动，决定先准备一下。布卢肯定为什么愚蠢的事情发了疯，我要先准备一下，再去赖利那边。

几个月来，我第一次没穿那条剪过的工装裤。我套了一条旧货店买来的宽松黑色棉布短裙和一条深棕色的村姑衫，穿上小巷里找来的凉鞋，然后往自己脸上泼了水。走廊那头的洗浴间里，小小的镜子总是只能照到一部分脸。我看着镜子，把头发理顺了。现在，头发快遮住我的耳朵了。我尝试着把头发塞到耳后，看着耳朵里空空的小孔。看到自己头发的自然色，感觉很好，很多年来，我头发一直染成了红色、蓝色或黑色，此刻，我看到的是深金色的头发，夹杂着几缕黑棕色。

我觉得自己的脸比几个月前好看了，皮肤也光滑了，黑眼圈也没那么严重了。我想知道，赖利觉不觉得我美丽，抑或漂亮呢？因为他从来没这么说过。再次想到他，让我感觉很不好。昨晚我胃里头一直在打结。

不行。他是这么说的。

我看着镜中的自己，自顾自说，不管怎样，今晚我不会再喝酒了。

回到房间里，我翻了布卢的绿色行李包，找到一管浅桃色的唇彩，涂在了自己嘴巴上。我用她的眼线膏画了眼线，又用手指晕开，想弄出猫头鹰烟熏妆的感觉。我看到爱丽丝化妆时一直都是这么做的，我只是在学她。

我摆动着凉鞋里的脚趾，觉得有点不舒服。短衫、短裙，唇彩，一次性有了这么多新的尝试。我踢掉凉鞋，穿上黑色短袜和我的马丁靴。我很紧张，但准备好了，首先，我要去找布卢。

赖利的吉他放在门廊处，还有香烟和啤酒。他在里头放着斯卡音乐[①]。整条街都很吵，人们聚集在门廊处和院子里，喝着酒，吃着烧烤，笑着。万灵节的人声和鼓声在天空中回响。

我拾起烟和啤酒，拿到了房子里头。

布卢坐在客厅的地板上，弯着腰，背对着我，周围笼罩着烟雾，唱片的封套散落在她跟前。“布卢。”我喊道。音乐声太大，她没听见。

我摸了一下她的肩膀，她吓了一跳，烟灰飘落到光着的膝盖上。她转过身，眼睛瞪得很大，瞳孔在跳跃。

“布卢？”我闻到烧焦塑料的味道，皱起了鼻子，随后意识到，是布卢，是她发出烧焦塑料的味道。她擦擦脸，抖掉膝盖上的烟灰，用拳头把烟磨碎在地板上。那气味，就好像整所房子都在燃烧，某种化学物品的味道刺得我眼睛湿润了。过了一会儿，我才意识到她到底在干吗。

布卢的眼里涌出泪水。她用嘶哑的声音喊出我的名字。

“哦，天哪！”我往后退，头晕眼花，鼻孔在烧，只觉得胃里很难受，“你在干吗？为什么又要吸毒，布卢？你的牙齿。”

我脑海里全想的是：你漂亮的牙齿。

管子在地上，在她光着的膝盖旁边。一长条口水挂在她下巴上。

她眼里有什么东西在闪动，脸上突然蚀刻上巨大的悲伤，两颊的颜色暗沉下来。

---

① 斯卡音乐：牙买加的一种流行音乐。

她说："路易莎放火把自己烧了。"

我开始颤抖，抖得那样厉害，手里的瓶子叮当碰在一起。

布卢用指甲刮着我的靴子，想让我待在她身边。她的呼吸嘶哑而刺耳，眼睛没法平静下来。我把她踢开，往后退。路易莎？路易莎死了？我整个身体发凉，然后发热，最后麻木了。

我的耳朵里充斥着海浪声和雷鸣。路易莎。爱丽丝。那种事不可能有第二次的！

我跌跌撞撞地朝厨房走去，喊着赖利的名字。找到赖利就没事了。赖利会抱住我，让所有糟糕的事情不爆发出来。他可以的，至少此刻可以，对吧？我生病时他就对我很好。至少那个时候，我可以依赖他。

眼前出现黑色的点点，皮肤在刺痛，喉咙处似乎有什么在抓挠。

身后，布卢在哭，一种细长的哀诉声响起：

"对不起对不起对不起对不起对不起。"

烧了，路易莎把自己烧了，我喘不过气来。

厨房里，首先映入我眼帘的是一道纠缠的红色和黄色，温迪涂污了的脸架在赖利的肩膀上，咧着嘴，露出尖牙齿注视着我。他在用力推她，她的脑袋上下跳动，像个洋娃娃，松松垮垮的。他们正在厨房柜台上乱搞，他的脸推进她脖子处，她光着的双腿在他屁股上晃荡，牛仔短裤挂在一个脚指头上。

温迪似乎打了个嗝，朝我眨眨眼睛。

另一个房间里，唱片突然打滑停住了，发出长长的可怕的刮擦声，那是布卢在拖动唱针。温迪的眼睛像旋涡状的棒棒糖一样，突然睁大了。

啤酒瓶从我手里落下，摔得粉碎。

她笑着说："回去跟你的朋友抽烟吸毒吧，小女孩。"

她又打了一个嗝。

赖利摇晃着脑袋转过身来，我认不出他的那张脸了，那是完全不同的一张脸，充满了愤怒，让我害怕至极，整个身体麻木了，无法动弹。

他猛地提起棕色的裤子，拉上腰杆，朝我走来。我僵住了。他在朝我叫喊，但我的意识与自身剥离，从僵硬的躯体上飘走了。就像跟该死的弗兰克、跟我妈妈在一起时一样。

他用力把那个女孩——那个我，推到墙角。专辑《小危机无处不在》的乐声弥漫在周围，她倒在了地上。碎玻璃割进了她的小腿后部，散落在他们脚边。

他在喊叫。*这里什么都没有！看到了吧？搞清楚了吧？*他嘴里喷出的湿气笼罩了女孩的脸颊，终于，她找到了自己的双手，开始敲打他的胸口。

火，到处是火，在她的内部。

*我不知道你怎么想我，不过这就是我。*他把女孩的脸往墙上按。*滚出我的屋子，*他嘶哑地低吼着。*打哪儿来回哪儿去。*

给我出去！

游行队伍已经到达闹区中央的终点站。瓮里正在燃烧，大缕大缕的烟在空气中翻滚，夹杂着致亡灵的心愿和祈祷。混乱嘈杂中，为亡灵哭泣的人群中，我的意识回归了身体，视线因为泪水而模糊了，内心升腾起一片黑暗。此刻，周围所有的头骨脸似乎都在低声说话，咔啦咔啦咬着牙齿。我往前奔跑，打到了小孩子的脑袋。一个身穿黑衣的女人在地上哭，脸上涂得污迹斑斑。人们推攘着，朝我摆着舌头，我想到了路易莎。路易莎把能用的空间都用了，爱丽丝走得太远了。我眼前出现了路易莎的样子，火光四射，红金色的头发着火了。圣歌涌过，鼓声和风笛声在我耳朵里跌宕起伏。在国会酒店的转角处，我看到爱丽丝在跳舞，伴着史密斯乐队的音乐，我猛地停住了，身体被来来往往的人推来攘去。我想走开，但她就在那里，朝她的缝纫机[1]弯着腰，舌头尖在嘴的一角。深夜的时候，爱丽丝曾在她的床上，低声跟我细诉那个男孩怎么搞她，当时的感觉如何。爱丽丝用一颗消毒针刺穿我的耳朵，然后递给我一瓶酒缓解疼痛。在一次聚会上，我们俩第一次服了迷幻药，然后花几个小时瞪着对方，看着对方的脸变异打旋，出现不同的颜色，然后大笑起来。我听着爱丽丝在地下室跟那个男孩性交，闻到了油和涂料稀释剂的味道，心里想着这要持续多久。因为一直落后和偏离正轨，爱丽丝被学校退学了，先是那个狼男孩，后来是她父母，让她跟我绝交。爱丽丝喜欢到处乱跑，喜欢打破规则，但也喜欢回家，回到她那张柔软的床上，吃着薯条和冰淇淋，还有个总喜欢用手指给她梳头的妈妈，觉得她频繁变换头发的颜色是自由精神的标志。我穿过一群骷髅，打着转，我迷路了。当她父亲杰瑞让无家可归、已经跟他们住了几周的我离开时，爱丽丝流下了大颗的泪水。地板上的药丸不是我的，是那个男孩的，但爱丽丝一直不说话。他跟她分手后，她给我发短信：很难受，太难受了，出问题了。爱丽丝和路易莎，还有赖利、布卢、埃文和我父亲。父亲淹死在长河里，他的悲伤把自己压垮了。我的悲伤是不是因为他，抑或因为我就是他？黑洞，人类的黑洞。我在人群里转动着脑袋，寻找一个远离这些人类黑洞的出口，四周是成千上万的脸，祈祷灵魂从尸体中分离出来，去一个更好的地方。他们都有着黑色的脑袋，黑洞一样的眼睛，黑洞一样的嘴，死人一样裂开的喉咙。我脑子里的人太多了。我抓着自己身体，想把他们弄出去，把内部不断蔓延的黑暗撕裂。

我盲目地跑着，鬼魂吞没了我。

黑暗，我的房间里一片黑暗，黑漆漆的，我淹没在黑暗里。

---

① 缝纫机：一种性交动作的比喻，这里应指代那个狼男孩。

我从亡灵节的人群里闯出一条路来，跟过去一样，把自己变小，藏到街上，然后找到一条巷子，一个大垃圾桶，将自己塞到垃圾桶和砖墙之间，四处都是黑暗。

此刻，我回到家了，一片虚空，却发现自己的房间被摧毁了，行李包，布卢的钱包，还有她的衣服，全都被撕破、践踏和剪坏了。一个半空的威士忌酒瓶在牌桌上颤动。壁画墙上涂满了口红，血腥的斜杠划过一张张脸。她写道：爱，温迪！

难道他赶走我之后，两人一起来过这里？他们一起到这儿来破坏我的东西，然后颇有快感地大笑？这是他们发泄的另一种方式吗？

轻便椅露出了填充物，一把刀无辜地躺在榻榻米上。

我脱掉所有衣服，赤裸裸地站在地板中央。

你永远好不起来。

我吞了四口威士忌。成百只蜜蜂在耳朵里嗡嗡。这些小小的劳工们在我内部磨爪子，收集指甲，还唱着歌。我又喝了些，双手拄地坐下，然后跪起来，朝厨房里路易莎的手提箱爬去。我推倒盛放碗碟的奶瓶箱，让它们哗啦啦摔碎在地上，变成千百颗白色的星星，千百粒盐。我把紧紧塞在浴缸下方的手提箱往上抬，好不容易拿了出来。

这时，我嘴巴里冲出了一点声音，一点尖叫声。我的写生簿不见了！照片和以前的画作被撕毁了。而我的工具箱，我的工具箱被人践踏过，坑坑洼洼的，里面空了，只有纱布散落在里头，玻璃碎成了小小的一片片。

我为什么要听卡斯珀的话，米奇的话？我能做什么呢？想象事情会有转机？告诉自己静下来，呼吸，让一切都过去。都是一堆狗屎。

我踢开手提箱，站起来，闭上双眼，喝掉了最后一滴威士忌，把瓶子砸碎在墙上。黑暗，黑暗，一片黑暗，我要把它切出来，内心有个想法说那样就会好点。我得记住我有多愚蠢，我有多愚蠢——

我停住了，这是否就是爱丽丝当时的感觉？她发的短信在我眼前闪过。

很难受，你不知道这有多难受，太难受了。闪闪发光的瓶子碎片撒满在我的脚下，就像一面湖。我要进到湖里去，让皮肤沉浸在玻璃的湖里。我多么有力量？我多么有力量。我可以在脸上研磨玻璃，把自己的眼睛抹去，吃掉玻璃，然后消失不见。那边是窗子，我的双手，其中一只手，握成了拳头，随后，好痛。那只握成拳头的手，快给我更多，给我更多玻璃，我可以都喝下去。砸碎的窗上落下雨点一样的玻璃，好像家一样的感觉。

有几个男人在，我希望他们赶紧走，我还没弄完。你们能不能让我自己一个人待着，把事情做完，我要一片一片把自己切下来，直到什么也不剩。

我希望那几个男人别再走来走去，我希望他们停止哭泣，他们为什么要哭啊？

湿毛巾的温暖，药膏涂上了。药用纱布的干净气味和轻轻按压，白胶带撕下的声音。没有男人在哭了，换成了一个女人，但不是我妈妈。

我希望可以睁开眼睛。

我不想睁开眼睛。

我再次听到了哭声，这时却意识到，哭的人是我自己。

26

此时传来的是一个女人和一个男人的声音，夜晚的时光在快速流逝。

我在海上浮浮沉沉，上方是黑暗，周围是黑暗，内部也是黑暗。

那个女人说："我要亲手杀了他。"

那个男人笑了，但没有残忍的意味，"谁看不出来啊？"

女人说："不能再有该死的少女放在后座了，这是肯定的。老天，我们得去吃点垃圾食品，吃很多垃圾食品。"

大海在震动。声音越来越远，然后很长一段时间里什么也听不见了。等大海再次震动起来时，有人抓住了我的腿。我想大声喊，但喊不出来。嘴里像填满了湿漉漉的石头，跟以前一样，跟以前一样，跟在克里利时一样。嘴里的石头又回来了。

那个男的说："她还是很漂亮，妆化得挺好的。不过，后边几天她都很难走路了。"

那女的说："你浑蛋，是不是把所有奇多[①]都吃完了？"

那男的说："她朋友说的你都听到了吗，她怎么说的？好像说，她朋友是蔬菜还是什么的。"

女人的声音很伤感："我没能听得下去。"

我也不再往下听了。

那个男的和那个女的又离开了。雨点在海上飞溅，我要上厕所。

我要上厕所。没人回应我，因为我也没有大声说出来。

我感觉了一下自己的胳膊，熟悉的疼痛从手臂上升起。我在一辆车的后座上，手指甲下方是凹凸不平的人造皮革，从顶上垂下来的织物上吊着一盏方形的灯，没有打开。我挣扎着起来，眨了眨眼睛。我要上厕所。透过窗子，看到的只有黑暗和模糊的树影。

我小心翼翼地挪向车门，咬着嘴唇，让自己不哭出来，然后推开车门，只觉得胳膊又热又疼，胃里也在烧。我把腿放了出去，往前倾，

① 奇多：一种膨化食品，比爆米花大一些，小袋包装，一般放在薯片柜台销售。

想站起来。脚趾碰到地面的那一刻，脚底好像瞬间爆裂了。

我往前跌，嘴和鼻子猛撞到硬邦邦的土地上。我一哀号，就把土吸了进去，呛住了。

谁的手把我翻了过来，从我嘴里和眼里拂去石头和尘土。我眨了眨眼睛。

是莱纳斯那张起了皱纹、被太阳晒得粗糙的脸。坦纳在吃东西，咧嘴笑着。他们的脸上都有连成一串的斑点。我吐出嘴里的尘土。我要撒尿。我用手拍了拍自己，他们明白了我的意思。

他们大笑起来。“肯定会很疼的。”坦纳笑着说。

莱纳斯把一个桶放到我下方，展开我的双腿。我的屁股部分在后座上。莱纳斯把一条难看的宽松长运动裤从我身上脱了下来，瞥了我的大腿一眼，然后目光上移，脸上写满了惊讶。是啊，她怎么会知道这些伤疤呢？她只知道我胳膊上那些。

“女孩。”她说到这儿，没有后文了，只叹了一声。

她说让我穿这条裤子很抱歉，她和坦纳去我的租屋找我时，做的第一件事就是从背包里抓出了这条裤子。她当时不知道赫克特、曼尼和雷纳德在做什么，所以她非常愤怒地把他们拖开，对他们动了粗。莱纳斯是个强壮的女人。

莱纳斯说：“后来我看到他们在哭，而且喝醉了。不过他们还是一边哭一边尽可能用纸巾和手帕把你擦干净。”她说他们都盛装打扮去了画展开幕式，但我没有出现，他们就回来了。

我的尿溅到桶里，莱纳斯等我尿完了，递给我一张纸巾，然后在一棵树旁清空了桶。她把桶扔进了后车厢里。

“在玻璃上走，真是太高明了，夏莉，你该为那个收几天钱的。”她帮我提起运动裤，重新盖住腿，盖住屁股，一直提到腰杆那里，然后把我放回了车里。

“你朋友布卢说你可能要沉默一段时间。我得说，这真的有点吓人。”

她的笑有种听天由命的伤感，“在新墨西哥州有一个叫真理与结果的小镇。你知道坦纳是我弟弟吧？我们停一会儿，快速去拜访一下老爸。”远处的黑暗中，坦纳在踢一块墓碑，往地上吐口水。

“我们跟老爸真的相处得很不好。”

她用两个手掌擦了擦脸，很用力，然后朝坦纳喊开了，跟他说该走了。

坦纳从后视镜里看了看我，嘴角上粘着土豆条碎屑。“看上去比实际要糟啊。”他用舌头舔掉嘴角的碎屑，“还记得吗，我正在学习做急诊医师？我带了实习包，把你弄得妥妥的。”

天空朝窗子后方滚去，黑漆漆的，点缀着几千颗雪一样白的星星。我想知道现在几点了。我的双手悬在莱纳斯给我穿的长袖运动衫下方，上面缠着绷带。

此刻我成了路易莎，把能用的空间都用完了。

我觉得空落落的，但并不是因为饥饿。我想从虚空中找到点什么，但什么也没找到。躺在车座上，我后背发疼，浑身都在疼。我坐起来，只觉得疼痛的火花撕裂了我的胃。坦纳睡着了，脑袋靠在卷起的车窗上。

莱纳斯清了清喉咙，看着后视镜中的我说：“赖利的毒品贩子温迪偷了你的钱，破坏了你的房间。你离开后，她尾随你朋友过去的，把她打得很惨。一楼那个瘦瘦的家伙——有很多书的那个？他在照顾你朋友。赖利和温迪偷了一个叫刘易斯的家伙的车，又买了些毒品，谁知道从哪儿买的，然后朝赌城开去了。在那之前还洗劫了真格里特的夜间保险箱。你看，他已经偷了好几个月，就为了买他那玩意儿。”她握紧了方向盘，眼睛盯着黑漆漆的路。

我想起他一次次给我钱，我为他跑去温迪的住处。怪不得朱莉那么担心收银机，说账目不对。我闭上双眼，为自己感到羞愧。

“我们的赖利，狂饮作乐，还有很多其他恶习。他吸毒，不过我估计你已经想到了，对吧？”

赖利的樱桃木盒子。那些装了小小的晶状物体的小包，怪异的烧塑料的气味。

“他们没能到达赌城，夏莉，”莱纳斯轻轻咬着一块奶酪泡芙说，“赖利把车搞翻了。那个烂货伤得很重，不过，赖利就是赖利，他完全没事。我们的赖利，总能死里逃生。”

路边小饭店外头，一个粉色的恐龙咆哮了一声，它的油漆都脱落了，嘴里的牙齿也不见了。一路驱车前行，我看到窗外有很多低劣的路边装饰：恐龙、机器人、火箭飞船、长着球状头的外星人。这就是新墨西哥的特色？假恐龙和外星人？失落者的家园。

我透过车窗看着坦纳和莱纳斯，他们俩坐在一个隔间里。坦纳一边嚼着汉堡，一边在打电话。莱纳斯搅着茶水，在一个笔记本上写着什么。在咖啡馆工作的时候，她曾告诉我她每天都写日记，“让自己脑子保持清醒。”

我在想他们会不会给我带点吃的，坦纳会不会再给我一点止痛药。莱纳斯不让他给，我听到他们的低声对话了，他们还以为我睡着了。我真的需要止痛药，我想让自己无形无体，随波漂浮。我还不想着陆。

这里的天空跟土桑市的不一样，这里要更蓝一些，简直像糖果。云彩轻柔地悬在空中，像一团团烟。车里弥漫着快餐和含糖苏打的味道。一只苍蝇在车顶缓缓爬行。我想起了赖利，想起他在厨房里那张可怕的陌生的脸。疼痛再度从胸中涌起，呼啸而来，我用力蒙住了双眼。

此时，莱纳斯坐在副座上，睡着了。夜晚再度降临。温暖的沙漠空气轻轻流进车里。我把一个手指放到嘴里弄湿了，然后伸进空了的薯片袋子，蘸上边的盐来吸。我想起了延斯，想起那天夜晚在娱乐室，她吸食爆米花碗上的盐的样子。就好像过了几百万年一样。干净的医院，好心的医生，温暖的床。此刻，我又回到了起点：飘着，浑身是伤。

他们意识到忘了给我吃东西时，唯一能找到的只有一家沃萨普便利店，里面有些干掉的、让人不放心的玉米卷饼。坦纳买了一包薯片，又买了佳得乐饮料、椒盐脆饼干和可乐。

坦纳深吸了一口气，“天哪，我太爱新墨西哥了。你要是觉得土桑市是一场畸形秀，那肯定是你没见过世面。”他在方向盘上敲着手指，“你觉得晕吗？我们要上海拔高的地方了。再过几天就好了。多喝点佳得乐。”

每当脑海里呈现出他们在厨房里的情景时，我就使劲把他们抹掉，但体内的温度开始上升，好耻辱，他们又出现了，温迪那张湿漉漉的嘴在朝我不自然地笑，赖利转过身，喝得醉醺醺的，还服用了别的什么，他朝我喊叫，告诉我——我在后座上哭了很久，脸贴着窗子，莱纳斯和坦纳在前头，看着路面，什么也没有说，任凭我制造噪音。我忽醒忽睡，脸在乙烯基座位上滚动，双脚在颤抖，疼痛像海浪一样起起落落。前座传来缓慢的耳语声，就好像从一条长长的隧道而来。一些词汇聚在我的周围：治疗中心、信息、妈妈、赖利。

赖利，赖利。我把脸埋在座位上，啜泣着，哽咽着。

这时，爱丽丝进入了我的脑海，就像老鼠在房屋沉睡后慢慢爬进来。她割自己前是什么样的感觉。伤痛和耻辱的海洋，把她淹没了。

而我任由她淹没下去。

我醒了，朦胧中觉得车停了。坦纳走出车门，伸了伸腿。莱纳斯解掉安全带，回头朝我笑着。“起来了，起来了，孩子。”她高兴地喊道。

一个穿着绒毛拖鞋的老人在沙石路边的宽门廊处朝我们挥手。门廊的檐上挂了几十个风铃，在微风中叮当叮当地响，像玻璃的声音。这里比土桑市冷得多。我在车后座上看着他们，打了个寒战。

那个老人穿着蓝绿色浴袍，在喝一杯酒。他的头发竖起来，像一丛白色的棉花。坦纳和莱纳斯穿过车道，与他深情相拥，然后又走了回来，那个老人慢慢地跟着他们。就在他们把我弄出车时，他微微弯下身，眼里充满了好奇，像鸟一样。

“哦，是的，”他低声说，“哦，是的，我看到了。哦，亲爱的。”

坦纳和莱纳斯带着我进了房屋，里头暖暖的。他们扶着我穿过走廊，进了一个单窗的小房间，里头有张单人床。我看到墙上有个华丽的、木头做的大十字架，想起了从艾利尔那里偷的那个。我很高兴我把它还回去了，虽然一直没告诉她是我偷的。

他们把我放在床上，拉了一条蓝色毛毯盖住我。坦纳在我舌头上放了两粒药，又把一玻璃杯水举到我嘴边。

透过无帘子的窗户，我能看到天空中大得异常的白色星星。我睡了两天。

第三天，我把脚放到地上时，抖得不那么厉害了。我处于脱水状态，昏昏沉沉，跌跌撞撞地下了走廊，想去找洗手间。大大的加框照片排列在砖坯墙上，黑人白人都有，还有古老的砖坯教堂照。

洗手间里，彩色的十字架和几束芬芳的鼠尾草钉在墙壁上。胀鼓鼓的软厕纸堆在马桶旁的白色小塔里。没有淋浴器，只有一个很深很深的浴缸。我坐到马桶上，抚摸着手臂和肚子上的纱布。我想撕下来看看，但没有动手。我在洗手间里待了很长一段时间，聆听着寂静之声，看一只飞蛾在窗台上鼓动翅膀。我觉得这是我去过的最美的洗手间，我从来没想过洗手间也可以这么美。不知是谁花那么多时间，把它弄得这么宁静，这么漂亮。

那个老人在主厅一张长长的松木桌子旁，举着一张报纸在看，脸凑得非常近。桌子上放着几碗丰硕饱满的水果和坚果，还有一大浅盘法式长面包和一碟奶味黄油。他透过眼镜看着我。

“咖啡？”他从一个法式滤压壶里给我倒了一杯咖啡，轻轻地将一玻璃瓶牛奶推过桌子，“牛奶是热的，不知道你喝不喝。我的孙子孙女们养了马。”

我在一片法式长面包上涂了厚厚的黄油。我现在饿了，胃里叫得很凶。我咬了一口面包，那么酥松脆软，散落在了我的长袖运动衫上，弄得我浑身都是碎屑。老人笑了，“我一直都弄成这样，吃东西的时候搞得乱糟糟的，我一点也不会觉得羞耻。”我拂去白色的面包屑。法式长面包的内部湿湿的，柔柔的。房子里非常安静，只有我咀嚼的声音和老人偶尔翻动报纸的沙沙声。随后，我发现外头也是静悄悄的，静得出奇。没有车子，没有声音，什么也没有。

“你知道吗，贵格会教徒相信，寂静是让神进入你的身体，进入你心灵的一种方式？”他抖开报纸，朝我靠过来，眉毛就好像沉睡的白色毛毛虫，“我从来不怕安静，你呢？你看，有些人就怕，他们需要吵吵闹闹和喋喋不休。”

“圣菲[①]高原沙漠的乡村，美丽吧？我在这房子里住了四十二年。这种能听出来的奇妙的寂静——这样说有点滑稽——让这里成了世界上最神圣的地方，对我来说是这样。”

他把手伸过来，握住我的手。他的皮肤干干的，有灰尘。

---

① 圣菲：美国新墨西哥州北部城市，首府。

“很高兴你到我神圣的家里来，夏洛特。”我感觉到眼里涌起了暖暖的感恩的泪水。

他的名字叫菲利克斯，是莱纳斯和坦纳的祖父。莱纳斯带着我绕房子走了走，把墙上的画指给我看，还有角落里的雕刻品。后院非常开阔，可以看见绵延的群山，还有马厩。她带我进了一座巨穴一样的建筑，里面溢满了天窗上洒下的光芒，墙壁上挂着各种画布，到处是一罐罐涂料、一桶桶刷子，以及工业集装箱装的一箱箱松节油。有些地方，画布沿墙三面堆叠起来。远端有一处阁楼一样的空间，上层平台上有一张放着老式打印机的桌子，还有一把普通的椅子。宽宽的楼梯井通到顶楼。下方是塞满了书、头重脚轻的书架。一个年轻的女人在工作室角落里一张高松木桌子旁安静地忙碌着，把滑下来的书分类，举到灯光下仔细查看后，放到不同的书堆里。“那是德维，”莱纳斯说，“是他的助理，也在这儿住。”

我跌跌撞撞地在工作室里四处走动，轻轻抚摸菲利克斯的东西，铅笔、散落的纸片、罐子和管子，神奇而繁多的小东西：鸟的羽毛，大大小小的石头，陈旧的动物骨头，皱巴巴的照片，字迹潦草、盖着异地邮戳的明信片，红色面具，几盒火柴，几本沉沉的布面艺术书，还有涂料罐和硬皮涂料管，好多涂料。有一张桌子上放着散落的纸，上面涂了一系列水彩，轻柔细小的紫色线条，锥形的花朵。另一张桌子上尽是书，堆得满满的，翻到不同的画作上，每页上都贴着五六个便利贴，上面写着一些词，比如：气候调色板，回音/答案，别撒谎。地板上层层叠叠地放着老涂料，我绊到了一双磨损的木底鞋。

我再次看向墙上的画布，我想说它们是日落，但又不是那么贴切。有更深层次的东西，发自身体内部的东西，一种感觉？“漂亮吧？”菲利克斯对我说。色彩聚在一起做着什么，我可以肯定，我能感觉到，它们在交相辉映，有某种我无法用言语表达的关系。看着它们，我兴奋起来，内心充溢起来，疼痛减弱了。我看着菲利克斯的美术工具，希望自己此刻能做点什么，做点属于自己的事情。我想起在艺术展上，艾利尔就托尼·帕迪拉的船漆作品说过："色彩本身就可以成为一个故事。"艾利尔的画作是一个故事，掩藏在黑暗和光线后头。我朝莱纳斯羞怯地笑了一下。

"很美，对吧？"她拍着手，非常高兴。

菲利克斯拨了拨烤架上的肉，就好像肉还是活的一样。烟的浮渣附在了他眼镜上，他拿衬衫角擦了擦。我看着他粗糙的手指、厚厚的手腕和关节。他的皮肤上有斑斑点点的涂料残余。

我们围坐在室外一张长长的木桌子周围。空气清凉，坦纳借了我一件羊毛套衫。莱纳斯正把一块刺鼻的白色奶酪切成薄片，坦纳在雕鳄梨片。助手德维在屋子里准备喝的，还有喂那条跛足的年龄很大的猎狗。不远处，一匹马在马厩里嘶鸣。陌生的声音从黑暗的沙漠中传来，呜呜呜，嘘嘘嘘，沙沙沙，还有像争吵一样的声音。

菲利克斯把油光滑亮的肉块放到一个大浅盘里，端到桌子上，拂去膝盖上的餐巾，抬头看着天。

"这可能是今年最后一次到外边吃饭了。"他看了我一下说，"十二月这里就下雪了，那可是最美的月份。"

他透过镜片看着我，大大地喝了一口酒，咽下后赞赏地叹了一声。

"这种心碎，"他坐在桌子旁，重新把一张餐巾纸放到膝盖上，"我指的不是跟那个年轻男人的事情，因为那种事情，来了又走，是我们学习的痛苦课程之一。我想你另外有一种心碎，或许是身处一个不知道如何是好的世界吧。这样理解对吗？"

他又喝了一口酒，"我想，每个人都有那样的时刻，发生了一些非常……重大的事情，把你撕裂成碎片。这时，你得停下来，花很长的时间，把你的碎片集合到一起。那需要花很长时间，才能把它们整合起来，不是恢复到原来的样子，而是集成新的样子，或许不是更好的样子。至少是可以借此活下去的样子，直到有一天你能确定，这一片该放这里，那一片该放那里。”

“压在她身上的事情多得可怕，爷爷，”坦纳说，“她还只是个孩子。”

菲利克斯笑了，“那我就闭嘴好了，当我没说。我就是废话连篇老生常谈。”

我一直低着头，不想在饭桌前当着这么多人的面哭，所以，我往嘴里塞了咸肉。我把手指放到大腿下方，不让它们颤抖，同时听着大家唠叨。我肚子里空空的，饿极了，觉得可以吃上几天都填不饱。

饭后，我回到了安静的单人床房间，把窗子打开一点点，可以看到明亮的天空。凉爽的空气吹到脸上，我认真思考起那些重大的事情来。父亲的事是不是第一重大的事情？他本来在，然后就不在了，而我不能问起他，也不能哭，什么都不能做，因为妈妈太烦乱了。

或许爱丽丝也是拼图中的一片，非常重大美丽的一片，被我从拼图中敲了出来。我还不确定赖利是什么，或许他也是拼图的一部分？我还没有拼完？

我如此不完整，不知道组成我的一片片都在哪里，如何组装到一起，如何粘起来，到底还能不能粘起来。

27

一周后，我的情况有了一点起色。我仍然睡得很多，仍然很累，但走路时没那么痛了，而且，我们似乎不会马上离开，所以我开始研究菲利克斯的房子，这座房子是那么复杂，无章法可循。从前面看，房子是方形的，很小，但是进到里面后，你会发现它向不同的方向延伸，错综复杂地掩藏在棉白杨和章鱼一样的甘蔗全罗北道仙人掌（莱纳斯给我的小书本里是这么叫的，我走出门的时候，就带上这本书，这能分散我的注意力，让我去做一些简单的事情，比如辨识一种植物的名字）里。

房子里有几间卧室，每一间都有简洁的床和木质衣橱。带图案的毛毯整整齐齐地叠放在每张床的床脚。主厅非常大，顶上漆黑沉重的木头就像骷髅骨，坦纳告诉我那叫椽子。其中一个墙角，有一个巨大的石砌壁炉。夜晚比较凉的时候，德维会把火升起来，我喜欢坐在那里，贴近那片温暖。

菲利克斯有一个房间里只放书，还有一个放着碟片和立体声系统，中央孤零零地放着一架倾斜的钢琴。厨房在房子后头的一个平台上，从那里望出去，可以看见黑漆漆的绵延的群山。马厩在山坡下，四周围了防狼栅栏。

莱纳斯告诉我，那个工作室是很多年前用一笔称为天才补助资金的钱建成的。工作室毗邻房子后端，像谷仓一样往山上升起。夜晚，会有土狼出没，嚎叫着，走来走去。白天的时候，菲利克斯会把低飞的老鹰指给我看，它们的身影俯冲下来，扑进黑弧形的棉白杨林里。莱纳斯、坦纳和菲利克斯一起做饭：非常丰盛的水果、肉、面包和奶酪盛宴，还有加了胡桃的菠菜沙拉和咸的羊奶芝士。

一天早晨，早餐时，菲利克斯一边给我舀蓝莓一边说："你瞧，我不想让你觉得我是个老驮马，每天埋头于颜料和绘画。其实有时候，我在自己的工作室里什么也不干！只是那么坐着，听听音乐，翻翻书，也可能写点我想起来的东西，或者写一封信。"

他给自己杯子里添了咖啡，“有时候，不工作也是一种工作，只是更缓和的工作而已。夏莉，时不时就这么待着，是非常有必要的。”

我的脚越来越好了，割伤的豁口合拢了，虽然还是一碰就疼。坦纳取下了我胳膊上的绷带，让我看那些新的伤痕，新的沟沟坎坎。我犹豫着是否要看肚子上的新痕，最终没有低头看。

他说我没划太深，不需要缝针。“就当这是件好事吧。”他说着把旧绑带扔进垃圾桶，展开一卷新的纱布。

一天晚上，菲利克斯正打开另一瓶酒时，莱纳斯把我叫到了厨房桌子上一个小笔记本电脑旁。我来这里两周了，发现莱纳斯每天晚饭后都会带着笔记本消失一个小时。坦纳说她在用 Skype 跟自己的孩子说话。

我只说了句“哦”，因为我不知道她有孩子。我想她以前肯定跟我说过吧，只是我根本没在听。

好惭愧，我发现自己从来没真正问过莱纳斯的生活，也没问过她酗酒的事情，因为我太着迷于赖利了。

莱纳斯指指屏幕，我眯眼一看，是一篇报纸文章，里面有张照片，是墙上的美术作品，是我的作品——是曼尼、凯伦、赫克特和雷纳德。日期是艺术展的两天之后。

莱纳斯拍着我的头，“瞧，小哑巴，这是画廊展览的评论，来听一听。”她开始朗读评论，听起来似乎很不错，虽然有一点点尖刻；作者用了很多我理解不了的词汇，我在想，他们干吗不直接说喜欢什么不喜欢什么。莱纳斯念的，我记住了一些：在这些数码大块头和鲜艳的色彩中，有一系列炭笔肖像似乎有点脱节……透露的悲悯……经典的急转……

“我想他们喜欢你的画，夏莉！”莱纳斯推了推我的屁股。她的呼吸散发出蜂蜜和绿茶的芬芳。菲利克斯走了过来，朝莱纳斯挥了一下手指。“点这里，点这里。”他说。莱纳斯点了，整个屏幕上都是赫克特和凯伦的脸，还有雷纳德那双伤感的眼睛，充满希望的嘴巴。

菲利克斯简洁地说：“非常好，非常有力的线条，亲爱的。”他取下眼镜，“不过你没有感觉。”

我摇了摇头，很惊讶。他怎么能说我没有感觉？我喜欢所有这些作品，而且很努力地在画。我希望自己大声说出来，但声音还是埋住了。

“都反映在上边了，亲爱的。看这细节，动作瞬间抓得很美。”他直直地看着我的眼睛，“但你不喜欢这种画。至少可以说，你对这种画有种复杂的感情。你一会儿这样一会儿那样，举棋不定可不是艺术的朋友。”

菲利克斯拍拍我的脸，“不过你有你的技巧，夏洛特。现在，该在你的技巧里融入情感了。”他走回了酒瓶子那边。

“我有个房间你可以用，”他对我说，“德维明天会给你准备好的。”

莱纳斯点点头，“我们暂时也不去哪儿。真格里特不知道要关闭多久。赖利偷了很多钱，发不起工资了。我们也享受一下吧。”

整洁的小房间里，我躺在床上，心怦怦地跳，脑子在旋转。菲利克斯是什么意思，融入感情？我那么努力地画那些画，在图书馆里看了各种书，绘画手册里说的我都照做了，而且在不断练习。作为一个美术家，不就是这样做的吗？我回想起托尼的画展，在那里，艾利尔邀请我去她的绘画工作室。她说除非我能审视自己，否则永远走不远。让自己成为自己的主题。我强压住没让自己笑出来。菲利克斯想让我做什么呢？画我自己？没人想看那样的画，一个面部忧伤、皮肤上尽是伤痕的女孩。

我把脸埋在墙上，可以听到他们出去了，在后边的露天平台上，聆听一个深情歌手的碟片，歌声与黑暗沙漠中断断续续传来的声音混合在一起。我现在一无所有了。没有了赖利，没有了米奇，没有了爱丽丝，也没了绘画。我深吸了一口，努力克制住新涌上来的哭泣冲动。我太累了，不想尝试了。我的鼻涕流了出来，眼睛在抽搐，因为想努力克制住泪水。我蜷起来，膝盖顶着胸口。我好想念赖利，虽然我知道这是不对的：他的烟味和酒味在我的记忆里生了根；每当想起他后背天鹅绒一样的斜坡，我的指尖就疼，心就骤然跳动。

我在床上翻来覆去，脑海里尽是走廊那头的洗手间，水槽下方有个盒子，里边有剃刀。厨房里有线条优美的刀子。我舒展开来，强迫自己去感受自己的身体，点数那些疤痕和绷带，那些累积起来的自我伤害。除此之外，我还能对自己做什么呢。

这时，路易莎出现了，一个不知从哪儿来的形象：着火了，漂亮的头发在火焰里飞起，皮肤像黄油一样在融化。

我快速坐起来，腹部的棉纱带砰地爆开了，我把它压回原处，疼得直哆嗦。我的背包在壁橱里。我跪下来，往里头翻找。这是唯一没被温迪损毁的东西。

路易莎的作文本仍旧紧紧地捆着。我用手指取掉了丝带。

翻开第一个本子的第一页，只见小小的黑色字体整洁地写着：有个女孩过着世界上最糟糕的生活。这女孩的生活就是：你诞生了，你流血了，你烧了。

路易莎的词句让人心痛，但很真实，触动了我。那天晚上，我把所有本子里的东西读了一遍，停不下来。

清晨，我还没有睡着，路易莎的词句仍旧刺痛着我。伤口是你在自己身体周围竖起的一道围栏，好把人们隔在外头，但是，当你碰到时却又哭泣，因为围栏上有刺。然后怎么办呢？我努力把自己从床上拽了起来，莱纳斯告诉我，菲利克斯让我到他的一间空卧室里工作，最小的那一间。德维和坦纳给我往里头搬了一张小桌子、一个板凳，还有几盒必需品——衬垫、铅笔、墨水、钢笔和涂料。德维是一个嗜好法兰绒衬衫和运动裤的女孩，她是纽约大学的什么准博士。

那个小卧室里有股发霉的味道，外头，马在嘶鸣。坦纳每天早晨都在这个时候带马出去骑一骑。我坐在地板上，灰土粘到了我的小腿肚上。

菲利克斯说要做点自己喜欢的事情，或者好好感受复杂的激情。艾利尔说要充分利用自己。路易莎给了我她一生的故事。一个酒鬼和另一个酒鬼相遇了，搞得一塌糊涂：这是我。我是为心碎而生的。

我摸索着腿上的伤疤，感受着衬衫下方那些痊愈的和没痊愈的切口。满身伤痕，疼痛灼烧，加之背后的种种瞬间，这就是我的全部。一个女孩诞生了。

在发霉的房间里，我选了一个厚厚的含奶油色纸张的写生簿，以及黑色的钢笔。我拿了一把尺子，开始在一张纸上画框，试了试黑钢笔的流畅度和手感，如同行云流水，不像炭笔需要点推力。在另一张纸上，我轻轻地，试探性地开始画自己，试着让自己的形象呈现出来。

一个女孩诞生了。我在画自己：一个头发打结的女孩，身穿黄色的开襟羊毛衫，这是她第一天去新学校，伤疤藏在毛衫和牛仔裤下头。多么忧伤的一个女孩，嘴紧紧地闭着，眼睛在灼烧，一种愤怒和恐惧在她内部颤动。她看着其他孩子，相互之间相处得多么融洽，笑着，调整着头戴式耳机，小声说着话。她想说我爸爸在街那头的河里，但她什么也没说。她遇见一个美丽的女孩，有着紫色的头发和雪白雪白的皮肤。那个极度漂亮的女孩有股香甜滑腻的味道，像是擦了太多粉和黑色睫毛膏。

那个极度漂亮的女孩真像天使一样。

路易莎写道：我皮肤上的每一处变形都是一首歌。把你的嘴按在我身上，就能听到那数不胜数的歌。

我画了一个又一个小时。

故事在发展，夏莉这个人物形象一片一片地失去了她的衣服，蜷着的身体展开时，肌肤上出现越来越多的伤痕。我在桌子上枕着胳膊睡着了，醒来后继续那个故事。我不擅长说话，不擅长用正确的词汇来表达脑子里的想法，但我擅长这个，用图画和文字来表述。我擅长这个。

这就是菲利克斯的意思。你做的事情，应超越自己，带着你到某个地方。

我的手指开始痉挛，我需要找个地方休息，需要新鲜的空气。我静静地离开那所房子，在沙漠里走了很长时间，在棉白杨树下找了个遮阴的地方休息，路易莎的其中一本书就放在我膝盖上。周围静悄悄、空荡荡的，旷漠无人。我把自己深藏在坦纳的羊毛套衫里。

路易莎写道：人们应该了解我们，了解那些把伤痛写在自己身体上的女孩。

我缓缓地，一遍又一遍地读着她的人生。很艰难，很痛苦，但是她把文字和自己的故事留给我了，一点一滴都在里头。

没有人打扰我，没有人来问我在做什么。我饿了，就去厨房做个三明治吃，喝一杯水，然后再回到房间，继续画连环画。

我想应该是过了三天，要么就是四天，我也说不清，总之，在某一个时刻，我有种感觉，非常清晰的感觉：完结了，就在此刻，完结。

我轻轻收起所有的纸张，按顺序放到高桌子上，整齐地堆起来，然后清理了钢笔，把铅笔屑倒进窗子下方的垃圾桶里。

卡斯珀希望我说出来的事情，我都画出来了。我有声音了，我找到释放声音的地方了。

我低头看着莱纳斯给我的长运动裤，太大了，裤腰往下掉过三次，巨大的纽约大学 T 恤是德维借给我的。我想起了留在那个血腥破烂的公寓里的工装裤，还有长运动衫，笨重的黑靴子。该面对不同的东西了，该再度开口说话了。

我脱掉借来的衣服，在窗口吹来的凉风里发抖。随后，我用一条灰色的羊毛毯裹在身上，离开卧室，悄悄出了后门。我在台阶上坐了很长时间，空气寒冷而清新，周围的沙漠舒展开来，我聆听着唧唧声、吱吱声还有嚎叫声，听着菲利克斯在里头低声说话，莱纳斯和坦纳在为牌争吵。

所有的一切，听起来多么像一个家。

几天后，该离开了，菲利克斯跟我们一一相拥，包括我。他刚碰到我时，我缩了一下，但随即有意识地强迫自己放松下来。他用结实的双手摸了摸我的后背，吻了我的额头。莱纳斯和坦纳在往车里装行李，德维给我们做了几个三明治，又准备了一包水果和奶酪，不过我估计坦纳会中途停车去吃大餐的。

我调整了裙子的腰带。那是一条军绿色的棉布裙，只到我膝盖上方，四美元从圣菲的旧货店买来的。我低头看着脚上简简单单的黑色运动鞋，还有圣菲高中特工队浅棕色的短袖 T 恤，还有自己腿上的伤疤。布卢怎么说来着？谁在意。

莱纳斯带我去逛街，不由自主地走进店里的劳动布区，在一架又一架的牛仔裤和工装裤中筛选，她以为我喜欢那些。我把她留在那里，自己走开了。等她找到我时，我胳膊上挂满了普通的棉布裙和 T 恤，还有一件纤维绒球的黑色开襟衫，带闪亮的银扣子。我朝她胳膊上的工装裤摇摇头，“不了。”她扬起眉毛，微微一笑，把衣服放回了架子。

菲利克斯说：“你知道吗，夏莉？自我修行是一段有趣而完整的历史。”

我看着他，不太确定那个词是什么意思，但随后又觉得，我理解。

他点点头，“是真的，亲爱的，有人借由这条路靠近上帝。”他抬起下巴，“你会试着去靠近上帝吗，夏洛特？”

我摇摇头。“绝不会。”我说。菲利克斯笑了，帮着我进了车门。

莱纳斯启动了车子，我们离开了，就在要转到公路上时，她停下车，看着后视镜。我转过身，只见菲利克斯笨拙地沿沙砾路赶来，绒毛拖鞋扬起了灰尘。她在我窗边弯下身来，气喘吁吁，示意我靠近一点。

他在我耳边低声说：“做你自己，夏洛特，做你自己。”

在阿尔布开克，坦纳换到后座，睡着了。莱纳斯把一包炸猪皮往我这边推过来，我倒了些在自己手掌上。

“莱纳斯，”我轻声说，“你为什么帮我呢？你甚至都不了解我，而我又是那么自私。比如说，我都没问过任何有关你的事情。对不起，我真的很差劲。”我吸了一口气，出口的正是我想说的。

因为嘴里塞满食物，她的脸鼓鼓的，像松鼠一样。她咽下去说：“我酗酒，导致孩子们离开了我。这些年我都在努力让自己保持清醒，他们跟自己的老爸在一起，不想见我，这也是理所应当的。我曾经做过非常可怕的事情，每每想起，就羞愧得想吐。”

她用手背擦了擦嘴，“没有妈妈的生活一团糟，让他们发狂。他们终于醒悟过来了，只是速度很慢。不过他们都是好孩子，这让我想起他们一路上都有好心人帮忙，于是有了一点帮助和关爱他人的想法。这就是我现在做这些事的原因，这就是我为何要帮你的原因。我不知道你妈妈的事，不过我相信，她希望有人能留心你。”

我挤了挤手里的猪皮袋子，舔掉手掌上的碎屑，“我妈妈不会那样想。”

莱纳斯沉默了很长时间，然后答道：“会的，她会的。等哪天你决定要孩子时，就知道我什么意思了。到时就让你这话见鬼去吧。”

28

莱纳斯把我放在公寓楼前时，天色已经晚了。街道静悄悄的，酒品售卖店关门了。我们经过第十二大街时，我闭上了眼睛，不想冒险往外看，看赖利那所知更鸟蛋般的蓝绿色房子。

门厅的灯很昏暗，不过我马上发现栏杆和地板重新漆成了淡淡的粉红色，门新刷成了清爽的白色。走廊里有股丁香花一样清新的味道，墙壁漆成了宁静的淡蓝色。我朝自己的公寓门走去，听到屋里传来音乐声，心一下子往下沉。雷纳德肯定把我的房子租给别人了。我的东西他有没有留下来呢？或许装在盒子里放地下室了。但是布卢到哪儿去了？我该去哪里？我的心开始快速跳动。我正打算转身离开时，门缓缓地开了。

布卢脸上的瘀伤正在消退，但眼睛周围的一圈仍然浮肿，呈现出紫黄色，还有缝针留下的红色痕迹和小斑点。

布卢松了一口气，“夏莉，看到你真是太高兴了。”

她把门开得老大，“你能说话了吗？好了吗？我想着你可能要沉默一段时间了。”

房间里十分整洁，不再有烟灰缸，一个新的漆木衣橱上挂着布卢的衣服。油毡撕掉了，下方的木板磨光后漆成了玫瑰色。我想肯定是我的血弄污了油毡，突然觉得很愧疚。布卢弯下身，手拂过木板。“杉木。”她轻声说。一张双人床取代了我那个破烂的榻榻米，上面还铺着蓬松诱人的厚棉被。布卢在厨房里装了金属架子，上面摆了一堆堆粉色的碟子和杯子、一瓶瓶调味汁和果酱、一罐罐食物，还有饼干。另一个厚厚的架子上放了个微波炉。一块有世界地图的浴帘从天花板垂下来，环绕着浴缸。一块有鸢尾花的布帘子罩住了马桶。

“我喜欢这里。”她有些羞涩地微笑着说。

我在这儿住了六个月，布卢只待了六周，却把这个公寓弄得更像一个家了。

牌桌上也有一番苦心做出的工程：布卢把我那个被扯坏的写生簿粘到了一起，还有撕烂的拍立得照片，上面是爱丽丝和我。有些碎片非常小，温迪破坏得很彻底。

布卢有些结巴地说：“你去上班后，是——是延斯给我打电话，说了路易莎的事，然后，哎呀，夏莉，我发疯了。我找到赖利，然后一起去了那女孩的房子。你看，我只是想爽一下，我没……我没想着是去吸那种东西，但我还是克制不住自己。天哪，夏莉，他那些事你知道的吧？”

那些装了晶状物体的小包。我第一次去叫醒他时闻到的塑料味。我看着布卢，哭了起来。她瞪大了惊慌的眼睛，“夏莉，怎么了？”

我跟她说对不起，真的对不起，我撒谎了，我还给赖利买过毒品，一切都是那么可怕，我淹没在里头，以后再不想待在水下面了。

布卢猛烈地摇着头，“我也戒掉了，夏莉，真的。我再也不沾那东西了。我保证。我喜欢这里，这座城，真是太好了，天哪，这阳光！”

我把前额按到墙上，突然觉得一下子抽空了，精疲力竭，我回来了。

布卢说：“在克里利的那个人，不是真正的我。有时跟人在一起，会有这样的情况，就好像，是那个角色遇到了你，而不是你自己选择的。到这里后，我又让那种情况发生了，任由它滑落到我身上，虽然我不想。我不想……我不是那样的，夏莉。我想有朋友，我觉得我们可以相互帮助，我真的很喜欢你。”

“我不想成为路易莎，”她低声说，“我不想死，我不想那样，一点也不想。帮我，不要让我变成那样，我也会帮你的。”

我相信她。她念叨着我的名字，还有路易莎的名字，一遍又一遍。我们一起哭了几个小时，我扑在墙上，她靠着我的后背，我们终于，握住了彼此的手。

绿色的纱门砰的一声在我身后关上，所有人都转过身来，一张张脸朝我靠过来。我把背包挂在墙钉上，朝洗碗机走去，戴上围裙，拉出碗碟架，把盘子和杯子卸下来。

我拿着干净托盘转过身时，他们都瞪着我看：兰迪穿着她的马鞍鞋，唐普勒在咖啡壶那里忙碌，银色的脚链叮当作响。

兰迪把一大抱杯子放到肥皂水里，水溅到我的围裙上。她轻轻拍了拍我的肩膀。

“真是时候，”她说，“我们已经重新开业三天了，就想着我们最喜欢的洗碗工怎么还不来。”

我开始工作的第二天晚上，朱莉把我拉到了办公室。我没有看那个长沙发，努力不去看任何东西，除了自己水淋淋的双手。朱莉把我差不多已经了解的情况跟我说了一遍。赖利和温迪彻底毁掉了刘易斯的车，温迪伤了三根肋骨，锁骨断了，肠子被戳穿。温迪在我的公寓里袭击了布卢，因为布卢想阻止她毁坏我的东西。

朱莉扭转着手指上的戒指，声音在颤抖。

“赖利有些擦伤，酒醉驾车，还没有驾照，可能会被指控偷了夜间保险箱，还盗了一辆车。”

“他在监狱里，准备北上去一个男子康复中心。他不是第一次进康复中心了，不过你可能已经猜到了。”她“哗剥”一声把石头碰到一起，眼睛湿润了，“我想了很多，你知道吗？或许也有我的责任，他一团糟的时候，我总是帮助他。他不能再回这里工作了，不能了。天哪，从法律上讲，他要不想待在监狱里，就得完成整整一年的劳教康复项目，把毒瘾戒掉。而我，难道会起诉他偷我的钱吗？”泪水流下她的脸颊，“有时候，世界真是可怕，之后你才会真正开始思考，在这一团乱麻中，我是什么角色？是不是该为此负点责任？”

我心里非常沉重，我得卸下这重量。

“朱莉，”我说，“我知道，我的意思是，我想我知道，但不愿意知道，他在偷收银机的钱。还有……我帮了他。我……帮他买那东西。对不起，如果你想开了我，我也能理解。”

朱莉摇摇头，擦了擦眼睛，“你帮他买那东西？”

我点点头，脸上因为羞愧在发烫，“我想让他爱我。”

我说得很大声，但也很平静。

朱莉抓起我的手，“爱真是一场该死的作秀，夏莉，但不该那样的，爱不是给别人买毒品。你不该受那样的罪，亲爱的，你不该。”

我努力不去驳回她，让她的话落到我身上，很难，但我做到了。

我换了个话题，快速吐了出来：“莱纳斯说真格里特现在很困难。我们从新墨西哥回来的路上，说到了这个问题，我想了，莱纳斯和我都想过了，也讨论过了，我们有办法让真格里特回到正轨，你想不想听一下？”

朱莉眨了眨眼睛，抽了一下鼻子，找了一支笔，打开一个笔记本。“我听着呢，”她说，“开始吧，因为我快死在这儿了。”

我喜欢跟布卢住在一起。我喜欢有朋友的感觉，终于又有个女性朋友了。爱丽丝仍旧在我的心里，永远都在，但布卢也有她的优点，而且她很善良。

有时候，我从真格里特下班回来，我们会坐公交车去看夜间电影，买咸的黄色爆米花和冰块过多的冷碳酸水。我很惊讶布卢总有源源不断的钱。每当我问起时，她只是耸耸肩。“我老爸觉得内疚，金钱是他的奴隶。是很怪。”她说着，脸上出现痛苦和悲哀的复杂表情，“我不想说这个，将来的某一天再谈吧。这次我们能不能在爆米花上多放点黄油。”

我不能坐在牌桌旁垂泪，或是在浴缸里瞪着天花板，想着我当时要是怎么做就好了，就能更好地帮助赖利，或是让自己速速挣脱出来了，就能拯救爱丽丝，让自己不那么难受了，我意识到了，这样做是不对的，空想着当时应该怎么做，什么也解决不了，我现在知道了。

我必须从糟糕的感情中走出来，那意味着我要忙碌起来，意味着在真格里特工作，意味着花时间画我的连环画，读路易莎的日记本，思考谁会想阅读她的故事、我的故事。

意味着跟布卢去参加集会，意味着坐在一个破败教堂灯火明亮的地下室里，喝着混浊的咖啡，听人们结结巴巴地讲述自己的故事，硬硬的椅子在水泥地板上留了擦痕。意味着用心聆听，用心思考他们，也思考自己。

布卢和我环视着周围，想寻找和我们一样的人，切割者，纵火者，自我伤害的人，但一个也没有找到。布卢说：“嗳！我们俩就这么相互说着话好了，嗯？谁会想到自残的人是我们呢，是吧，安静的苏？”

我想念卡斯珀，但我此刻明白她为什么放手了。

也许，我只是，只是她面对的众多受伤女孩之一，但她对我很友善，而她也要对别人友善，因为那点小小的善意，在那短暂的一段时间里——是有意义的。

那点善意是有意义的。

一天晚上，布卢带了一个闪亮的新笔记本回来，打开机子后，她让我注册一个脸书账号。她笑着说："社交媒体是你的完美选择，完全就是为那些不喜欢面对面互动的人设计的。不过推特不适合你，因为闲话太多了，所以，用这个吧。"

我在上面基本没做什么，只是翻看一下新闻，看看布卢的页面。不过，一天晚上，我看到一个好友申请，是埃文。

他跟我联系，我没觉得害怕或是紧张。我觉得真高兴，所以，满心欢喜地点了"接受"，因为他还活着，而我以为他已经死了。

他先给我发了一则新闻故事，是几个月前的了，但一张照片让我简直无法呼吸。

埃文写道：恶魔被俘获了。

那间房子，种子屋，关闭了，该死的弗兰克因逼迫未成年女孩卖淫，给未成年人提供毒品和酒精而被捕，还有很多很多的罪名。照片里，他面色憔悴，不再自负满满，不再有愤怒，反而有点害怕的样子。

随后，埃文说：还有个消息，这是我戒毒的第九十二天。你怎么样了，夏洛特？

我回复他时，忍不住笑了。

面包甜点每天都能卖光。莱纳斯和我想了个法子，把剩的打折出售，而不是扔进垃圾桶。朱莉让莱纳斯做了一个新的菜单，菜品比之前健康一些，不再那么依赖土豆、油脂和奶酪。她同意了打卡就能喝咖啡的做法。一天，我正在清理盘子，提着桶从一张桌子挪到另一张桌子，抬头时看到咖啡馆的假砖墙上有个新的污点，很粗俗的乱涂乱画。我站在那里，长时间看着墙，然后转过身，把整个地方看了一遍，包括墙壁高窗上射进来的光，思考着怎么把这地方修整一下。

一天晚上，布卢过来帮忙刷了墙和洗手间，罐子、滚筒和刷子是从雷纳德的库房里拿来的。唐普勒帮着我把梯子从朱莉的办公室拖过来，又把桌子和椅子搬到了屋子中央。兰迪和坦纳负责桌子顶部，把它们刷成了不同的颜色，有些加了造型各异的图案，有些抹平了，贴上老明信片。布卢、朱莉和我刷了几个小时，清晨时看去，有一种柔和的小麦一样的色彩，夜晚则有种缥缈的感觉。“只是，墙上什么也没有了，”朱莉说，“看着空荡荡的。”

“不会空很久的。”我回答说。

一天早晨，正是唐普勒的吸烟休息时间，我代她在前台工作，就在这时，艾利尔进来了，有点试探的样子，好像不确定自己来得对不对。看到我时，她高兴地张大了嘴巴，“是你！多意外的惊喜。我去看你的画展了，但没看到你。”

我深吸了一口气，“我偷了你的十字架，是我偷的，对不起！”

艾利尔低下头，“我知道，我了解，谢谢你把它还回来了。”她伸出手，问道：“可以吗？”我点点头。

她小心翼翼地握住我的手，“我失去了自己的儿子，所以，我知道那是什么样的感觉……空空的，又到处是地狱。我知道，你懂我的意思。我只想说这个，不过我想让你知道，看到你好好的，我很高兴，真的，太高兴了。”

我点点头，努力不让自己哭出来。她拍着我的手，问我要了一份加倍浓咖啡。我松了一口气，终于可以走开做点事情，不让她看到我流泪了。我在机器旁操作时，她四处在走动。

“我在这儿没待几年，”因为机器有声音，她说得有点大声，“当时太颓废了，我朋友让我来这边看看。”她注视着墙壁，那上面挂了灿烂的、错综复杂的编织风景画：田野上劳作的女人，繁复的都市风光，黄褐色的山峰，太阳在山顶徘徊。

“我的天哪！”她喘着气，一边说一边朝墙壁靠近，“真是太精美了，谁织的？”她的声音在崭新干净的咖啡馆里，非常响亮。

“厨师，”我一边自豪地回答，一边擦了擦脸，端着袖珍咖啡杯转过身来，“莱纳斯·希伯德。”

莱纳斯让我去朱莉办公室给服务生找一盒订单衬垫。真是个繁忙的夜晚，自从店铺改装后，里头总挤满了年龄大一些的人群。那些搞艺术的小孩仍然会来，不过我们失去了一些摇滚乐迷。我想念他们，但朱莉需要的是店铺好好运营，需要人们在真格里特买食物和饮品，而不是在地板上乱吐。

我在朱莉的桌子后头翻找衬垫盒时，一个东西出现在眼前，塞在朱莉的办公室电话下方，清清楚楚。那是一张纸，上面有个电话号码，有他的名字，还有潦草的涂鸦、圈圈和星星。

这一刻我还在看着那张纸，下一刻我已经在说话了：“可以让赖利·韦斯特听电话吗？”只觉得自己升腾起来，飘在天花板附近，看着自己的双手在颤抖，电话贴在耳边。另一侧响起了缓慢的脚步声，还有一声沉重的叹息。

“喂？”

他能听到我的心在身体里怦怦怦乱跳吗？他知道是我在沉默吗？所有的言语哽咽在了喉咙处。

就在这时，他再度叹了一声，说道：“亲爱的？”

“赖利。”

“你不能打到这儿来，知道吗？听着，你不能——”他的声音谨慎而柔和，估计是想尽量不引起人的注意。只觉得一股愤怒涌了上来，我努力想压下去，但它震动着不断往上，我终于没能忍住，破口而出。

“你还记得跟我在一起的时光吗？赖利？你有没有多少在意过，那么一点？”

肾上腺素刺激着我不断往下说：“我的意思是，我对你来说，只是一场怪物秀？是吗？”我觉得恐惧，觉得很失落，但说出的每个词都很有力量的感觉。

一个枯燥机械的声音在电话中响起：本次通话将在四分钟后结束。是啊，我想起来了，在克里利，共享电话会在十分钟后断掉。

“夏莉。”他在哭，孩子般的哀怨，当一个人不希望别人听到时，一般就会这样哭。他的哭声偷偷钻进我体内，挠着我的心脏。他再次喊了我的名字，我用手背擦了擦自己湿漉漉的脸。

“我爱过你，赖利。”让这句话升腾起来，离开我，大声说出口，感觉很痛。

“别说了，”他哭着说，“宝贝——”

电话断了。

我打开朱莉的桌抽，里面有订书机、又沉又亮的剪刀、图钉，简易万能药名录。

从圣菲开车回来的路上，莱纳斯对我说：“我的人生就像一连串的十分钟间隔。当我努力坚持了一小时不喝酒时，真想给自己颁个奖，但这才是本来该有的样子啊。等一等吧。”

我嘭的一声关上抽屉，我得让自己等一等，等内心的轰鸣消失，或许是十分钟的间隔，或许是五分钟，管它多久，总之，现在不行，永远不行。

我抓起订单衬垫，走出办公室，毅然决然地关上了身后的门。

唐普勒主持了另一场开放麦之夜的活动，这一次摇滚歌手少了，诗人多了。这时，莱纳斯把前台电话递给了我。我得使劲弯下身才能听到电话那头的声音。我注意到柜台口下方有灰尘和咖啡渣，心里想着待会儿要仔细清理一下。

“哦，我亲爱的夏洛特，”是一个老头的声音，柔和而清脆，“你要不要过来我这边工作一段时间？”

是菲利克斯·阿纳森。他说：“我在纽约，德维——我的助理，还记得吧，德维已经写完博士论文了，马上要离开我。我就像失了左右臂，但还得挣扎着活过来。”

“我没……什么？”我把话筒靠得更近一点，不太确定自己听仔细了，“你想让我给你工作？我？”

菲利克斯吃吃地笑了，“我要找个不介意在沙漠里工作，不害怕与世隔绝的人。你看，在那里会很无聊的。虽然附近有美妙的城市，但我住的那里可没有，你知道的，你在那儿待过。你要帮我把滑下来的书分类，整理文档，一大堆事情。还要接电话，收发邮件，订购物资。我提供食宿，但钱很少。你觉得怎么样？我想你应该喜欢那里的。”

我没考虑多长时间。待在这里，我也好好的，但很受伤，待在这里很受伤，我想去一个安静的地方，一个没有赖利的幻影缠绕的地方。

菲利克斯的房子周围是那么寂静。

“可以，”我说，“可以，我想去你那边工作。”

他会给我订一张去往纽约的机票，在那边的酒店与他会面。他承诺说不去画廊、博物馆和书店的时候，会带我四处走走。然后，我们一起飞回来。“我害怕飞行，”他低声说，“是不是很有意思，我都这个年龄了？都要死了，还是害怕空中航程。我希望你飞到这边来，这样我就不用自己一人飞回去了。”

我承认自己从来没坐过飞机。

“天哪！”他说，“那我们俩就有得瞧了。你还是可以用那个小房间，做点你自己的事情。莱纳斯跟我说你在搞一本书之类的。我迫不及待想听你说说。”

朱莉和莱纳斯站在我面前，不屈不挠的。我又说了一遍不行。“我再过四天就要离开这里了，”我说，“我不想跟你们去。”

莱纳斯说：“我知道这很讨厌，夏莉，但他这会儿确实很努力，我想，在他恢复期间支持他一下是很重要的。即便是浑蛋，有时也需要帮忙。”

朱莉抓起我的双手，“他在改过自新了，夏莉，这是他走出的其中一步。老实说，我还从来没见他这么努力过。”

他们让赖利出来参加刘易斯·阿尔瓦雷斯的公益音乐会。到时会有个武官陪他来，他要戴上脚踝监控器。只有参加演出，刘易斯的妻子才不会起诉他偷车的罪行。之后他还要参加一年的劳教康复项目。他希望我去音乐会现场。

布卢把自己的咖啡杯放到真格里特的柜台上，静静地听我们对话。她用下巴做了个极小的动作，暗示我说，别让任何人强迫你做任何事情。我能读懂布卢的所有新表情，下巴一沉，眼睛瞪大，还有不赞同时的皱眉。在克里利的时候，她只有两种表情：愤怒和悲伤。到这里后，布卢似乎以某种方式敞开了心扉，而我却没有。

我滚压着拖把，把柄在手里打滑，难道我手指上有油脂还是别的什么东西？

“好吧，”我终于说道，“好吧。”

29

布卢看着我的背包，还有她从旧货店给我买的粉色手提箱。所有东西都打包好了。她的嘴有点往下噘。

“真不敢相信你要走了。”她轻声说。

“是啊！”

“我的意思是，这是件好事，肯定很好的，只是我会想你。”

“我也会想你的。”我抓起她的手。

“菲利克斯有电脑吗？”

“有。”

“你会用 Skype 跟我联系吗？一周一次？”她专心致志地看着我，眼睛里写满了恳求。

“会的，当然会。”

“电话呢，你会不会买个手机？”

“我承担不起费用。他有手机，我可以用他的。”

“你要经常给我打电话，到那边以后就打过来，把号码告诉我，好吗？我还可以过去看你，那儿应该有好玩的，一月一次，怎么样？”她简直喘不过气来，紧紧扣住我的手指。

“好的，布卢。”

“你会去参加集会吗？我打算跟莱纳斯一起去。”

“会的，我保证。”

“那就好。”她说道，眼睛湿润了。

“嗯。”我说。

“我们得相互抱一下，夏莉，不能就这么放手。”眼泪哗啦啦地流下她的脸庞。

“是啊。”我哽咽了。

“我们跟别的人不一样。”

“是的。”

“你现在是我的家人了，我也是你的家人，明白吗？”最后这段话她是在我头发丛里说的，因为此刻她紧紧地抱着我，而我希望她不要松开手，永远不要。

“明白，”我说，“明白。”

刘易斯·阿尔瓦雷斯家庭义演已经满座了。人们散布在土桑市中心国会酒店外头的国会大街上。给热场演出乐队单独搭的舞台已经就位，路面已经封锁，不让车子通过。一支墨西哥街头乐队在人群里溜达。刘易斯的照片贴在酒店门外的海报上。赖利偷了他的车后不久，他就去世了。泰格·迪恩在跟一群电视台的人闲谈，他的头发很炫，太阳镜栖息在头顶上。

我看到了手挽着手的米奇和邦妮。米奇不再编长发绺，而是把头发剪得很短，就像一顶金色的无边帽盖在头上。我回来后还没见过他。

米奇转过身来，看到了我。他微微一笑，走了过来，我的胃部在痉挛，邦妮留在原地跟某个人聊天。我不由得注意到了他手指上那金色的光芒。布卢静静地站在我旁边。

“嗨！”他有些羞怯地说。

“嗨！”

“夏莉，”他说，“你来了，我真是太高兴了，见到你，真的很高兴。”

我朝他的手指示意了一下。“你现在真是完全不一样了。”

米奇点点头，“可以这么说。”然后笑了。

我深吸了一口气。“我为自己的行为表示抱歉，米奇，麦克，对不起，我应该回复你邮件的。”

他叹了一声：“我猜你很可能删掉了。本来打算尽快到真格里特来看你的，但我们的旅程延长了两个月，一直到录了唱片后才算完成。好像，事情要有眉目了。”

他深吸了一口气，“我给你带了个东西，夏莉。要不是在这儿看到你，我会拿到真格里特去的。”

他把手伸进牛仔裤口袋，拿出一个叠着的纸团。

“这事真的很难开口，夏莉，但我还是说说吧。”他闭上双眼，睁开时，定定地直视着我，但脸上带着微笑。

我的心跳加快了一点，不知道他要说什么，有点紧张。

“是什么，这是什么？”我开始展开那团纸。

“我看到她了，夏莉。我们在桑德波因特逗留过。爱达荷州，她就在那里，我看到她了。”

布卢在我身后，紧紧抓住了我的手肘，把那团纸从我颤抖的手里接了过去。我几乎看不见了，眼里已经溢满泪水，我几乎不能呼吸。她。她。

爱丽丝。我的双手在颤抖，纸发出沙沙沙的声音。

“哦，天哪，夏莉。她好着呢。虽然不是平日说的那种好，但她并非什么都不知道。她就在那里，你跟她坐一会儿，说一说那些非常非常特别的事情。她就那么听着，而我说起你名字时，天哪，我对天发誓，她整张脸都亮了。”

米奇有点在哭了，他深深吸了一口气。我低头看着纸上她的名字和地址，整个身体在燃烧，但却是一种美好的燃烧，非常兴奋。

就好像，燃起了爱的火焰。

爱丽丝，我的爱丽丝。

“真的太好了！”布卢嘀咕着说，“太好了！”

“谢谢你，米奇！”我低声说，“谢谢你，太太谢谢了！”

泰格·迪恩把赠票和后台通行证给了朱莉。朱莉、布卢、莱纳斯和我站到后台，对这场演出惊叹不已，工作人员前前后后地忙碌着，观众倾泻出巨大的热情。最先上场的是几支朋克乐队，声音太大，挥汗如雨，各种翻腾，但年少的孩子们喜欢，尖叫着，舞动着。天气很好，凉爽而舒适，天空是无尽的蓝，美丽极了。泰格·迪恩跟一支年轻人的乐队组合在一起，他们都穿着统一的灰色套装，戴着波洛领带[①]。人们很喜欢他，因为他是泰格·迪恩，不过就像赖利说的，他的歌词很烂。

里根，真格里特开放麦之夜的歌手，从舞台的另一翼出现了，穿着跟那天一样的黑短裙，破破烂烂的，一样的马丁靴。她对着麦克风含糊地说了一下名字，便开始了自己的表演。

人群来回摆动着，完全沉浸在她的魅力中。舞台边缘下方，有几个男人在打电话，同时专注地看着她，并另外拿出手机把她录了进去。朱莉低声对莱纳斯说：“星探。赖利跟我说，他把她的唱片样本寄给以前的经理了。”

里根唱完时，泰格·迪恩走上舞台，半拥着她，拍了拍她的肩膀。她跺着脚下了舞台。泰格清了清嗓子。

“乡亲们，今晚有一位非常特别的来宾，是我们最亲爱的一位老朋友了，也是一位出色的音乐家，相信过去几年你们一直很怀念他。”泰格掏出一块螺旋花纹的手帕，擦了擦额头。“此刻，他正在经历一段困难时期，不过我想已经在好转了。至少我希望他在好转。因为我还需要他给我写点操蛋的歌呢，”他假装说的是悄悄话，观众大笑起来。

朱莉朝我靠过来。“他们只让他参加这场演出，完了就马上回去。

① 波洛领带：一种系于脖子上的由编织皮革加上金属或宝石装饰的配饰。在美国，波洛领带和西部风格紧密相连，被认为是北美印第安人文化的组成部分之一。

他脚踝上有酒精监测仪，可以通过汗液检测到酒精摄入量，所以，哪怕是喝一小口含酒精的东西，都能被检测到。”

泰格倾向麦克风说：“赖利·韦斯特。”

观众爆发出掌声、喊叫声和口哨声。人们站起来，在地上跺脚。我的心在胸腔内纠结成一片。布卢挽住了我的手。

他来了。

他从我们对面那一侧出现，穿着带扣子的短袖蓝白色牛仔衬衫，胸前有棕褐色的滚边，下身是旧旧的棕色裤子和黑色运动鞋。我在想他怎么没穿最喜欢的棕色靴子，就在这时，我注意到了从一条裤腿里露出的酒精监测仪，闪着银色的光，如果穿窄靴子，就放不进去了。他那凌乱的棕色头发剪掉了，此刻你可以看到他整张脸，似乎更干净些，也没那么臃肿了。看着他，我突然觉得一阵悲痛，过去几个月，他的样子是多么可怕，而我竟然没看出来，或者说，我不愿意看出来。他胸前的口袋也不再鼓鼓的。“他戒烟了，”朱莉说，“冷火鸡[①]。”

他很害怕，我知道，因为走出来前他稍微犹豫了一下，随后才把吉他滑到肩上，开始往前走。他朝观众挥了挥手，这时，我注意到，赖利·韦斯特脸上有种我从未见过的东西：强烈的红晕。

他对着麦克风咂咂嘴，调整了一下，然后从旁边凳子上的玻璃杯里喝了一口。他楞了一下：“像水一样。那可不是我的风格。”

人群大笑起来，有人大声喊：“赖利，你看起来很棒，老兄！”

赖利遮住眼睛，朝观众看去。

“是吗，你想跟我约会？因为这种时候，肯定没别的人想约我了。”一阵笑声爆发出来。他又喝了一口水。“这是我第一次喝着水在公众面前唱歌。”

---

① 冷火鸡：指吸毒、吸烟或酗酒的人处于突然戒断状态。

“唱吧，赖利。”

“你可以的，赖利。”

赖利深吸了一口气，把吉他放好，伸了伸脖子，直直地看着我们这边，眼睛锁定在我身上。

他的脸松弛了一下。我把头扭开了，心在狂跳。等我看回来时，他面朝着观众，嘴咧得大大地笑着，第一次我在真格里特外头看到他时，他给我的就是这种笑容，当时空中飘着范·莫里森的歌，几个男人在下棋，朋克男孩们在乳品皇后吃冰淇淋。

他清了清喉咙。“你们看，我最近遇到个女孩，她真的很可爱，什么都好，就是有点忧郁，女孩子你们懂的，对吧？不过我想，嘿，赖利，可能你就需要个忧郁的女孩，跟你平衡一下，如果你把自己的问题跟她的忧郁放到一起，两个人或许没办法相互帮忙，但会很开心。对吧？”

我僵住了，他说的是我。

观众说：对。

“有一阵确实奏效。不过你们了解我的，我搞砸了。我忘了我们需要，怎么说呢，谈一谈聊一聊。或者说我应该，清醒一下。”

笑声。

“幸运的是，我现在有很多闲暇时间来思考自己的过错了，承蒙亚利桑那州康复服务中心的好意。下面我要唱的，就是关于那女孩的歌。”

他开始弹拨，身体渐渐随着手指的动作和时间的流逝放松下来。有一次他曾对我说：“我干这个，是因为它让我觉得富足，不是有钱在口袋里的那种富足，而是心里有种甜蜜负担的那种富足。”

这是一首缓慢的歌，真正的拖脚歌，他喜欢用这个词形容这类型的民谣。他曾跟我说，这种忧伤地拖着脚往前的歌，让大多数人容易记住，并且可以一起唱。

我注视着他，看着他在琴弦上轻快移动的手指，还有脸上呈现出的不同，我的体内好像有什么说不清道不明的东西在搅动。看着他，听着他唱关于我的歌，我感觉到一种逃不掉的忧伤。他的声音跟吸烟喝酒时不一样了，此刻要更简洁，更吸引人。这首歌的名字叫《谁知道我会让她这么忧伤》。我渐渐地发现，这首歌说的是他发现我的工具箱，我们两人在厨房里打架的那个夜晚，是一首关于我们两人的歌。

我没有跟赖利谈过，从来没把我的感受告诉过他，直到太迟了的时候。我只是让他引导着我，因为只要有人关注我，我就已经很感激了。而他也没有跟我谈过，因为他总在喝醉，或者觉得自己非醉不可，而我从来没劝他戒掉。

这首歌是他要谈的一切，跟我的连环画一样，跟路易莎的作文本一样，这些都是我们谈话的方式。

这首歌是他对我说的对不起对不起对不起对不起对不起。

歌唱完时，朱莉咬着自己拳头，莱纳斯在擦眼睛。布卢紧紧握着我的手，握得我骨头有点疼。观众站起来，咆哮声一片。赖利又喝了一口水，说道："等一下，"然后下了舞台，朝我们这边走来。

他朝我靠得越近，世界就越倾斜，越扭曲，越安静，就像有云层移到了我的耳朵里，但我稳稳地站着。朱莉说：哦。莱纳斯说：赖利。布卢放下我的手，移开了几步。

他身上有一股新的味道，干净而强健，那是燕麦洁肤皂的味道，还有点刮胡水味。再没有浓浓的烟草味、汗味和酒味。我抬头看着他的眼睛，那里头溢满了泪水。

他张开嘴，想要说什么，随后又觉得不说更好。他拉起我的手，扣紧我的手指。这时，一切又重现了：似乎有股小小的电流，热热的，从他流向我，又从我流向他。

我睁开眼睛时，他已经回到了舞台上。

他唱了约翰·普莱的《狱中圣诞节》，又唱了迪伦的专辑《纳什维尔地平线》里的两首歌，之后停了一会儿。

“你们看，到场的孩子们——”

笑声。

“其实我只是个快餐厨师，曾经跟那些操蛋的时髦人士一起工作过，他们总在自己的小手机上敲打着，搞点有趣的小对话，比如：嘿，要是酷玩乐队翻唱麦当娜的歌会怎么样，或者，Jay-Z[①]唱琼·贝兹[②]的歌怎么样。反正，都是那类狗屎。”

“跟我生个孩子吧，赖利！”一个女人咯咯笑着说。

赖利答道：“你没听第一首歌吗，女士？”

观众笑出了声。

“总之，”他清了清喉咙说，“有个人，此刻也在这儿，刚才唱的第一首歌，其实是给她写的，你们非要知道的话——”

观众开始伸着脖子四处看。我走到了布卢后头。

“那个了不起的女孩，有着了不起的想法，能让你们叹为观止。”

他的头戏剧性地朝后仰，然后又往前倾，就在下巴碰到胸口之前，头猛地往后，开始猛烈地拨动琴弦。“内心的激动，”他咆哮着唱道，“无法遏止……”[③]

片刻之后，人群和他一起狂喊起来，或许在勾勒影片结尾桑迪和丹尼随着游乐场的摇摆飞轮起舞的情景，桑迪把头发烫卷了，丹尼为她的

---

① Jay-Z：原名肖恩·科里·卡特，美国著名嘻哈歌手、唱片制作人、企业家。

② 琼·贝兹：美国著名民谣歌手。

③ 歌词出自歌曲《想要的就是你》，是歌舞电影《油脂》的插曲，后文的丹尼和桑迪是影片中的男女主角。

皮裤疯狂。

爱丽丝喜欢影片《油脂》里的一切，看了一遍又一遍。她会说："这就完了？不过，我要选科尼基，不选丹尼。"每次她都这样说，我就假装她以前没说过，因为朋友之间就是这样的。

赖利在给我唱她的歌。

朱莉和莱纳斯笑了，布卢扬起了眉毛。观众爆发出掌声，开始和他一起唱。

泰格·迪恩带着一把低音吉他从舞台边走了过来，还有一个身形巨大、有着双下巴的年轻家伙，身上只穿着美国队长的内裤，他系着一个行进小鼓，猛烈地敲打着。

他们跟赖利一起唱了起来，三个人在舞台上围成一个圈，把一首懒散、性感的乡村音乐翻唱成了一首激昂暴躁的歌。

我想到了爱丽丝，心里不再有伤感，我想她应该喜欢这首歌，以这样的方式来唱。

国会外头主台上的所有人都站了起来。无数的手机高高举起，人群中到处是闪光。其他乐队也溜到舞台上，加入到声音的洪流中。里根·康纳出现了，动作有点尴尬，但也参与其中，踱着靴子，一起唱着。朱莉和莱纳斯跳上跳下的，也跟着唱。布卢站开了。

她是唯一看到我转身离开舞台边的人。她再次抓起了我的手。

我回头看着舞台。赖利和他的人在一起，那才是他该待的地方。

布卢贴着我的耳朵说："麦片在做什么，夏莉？"

"麦片没在吃我。"我不断重复这话，直到她说可以住口了。

"我们走吧。"我说。我们离开后台区，从附和着唱歌的人群中穿过，把赖利·韦斯特留在了后方。

我们走了很长一段路，回到了家里。

30

飞机上，我努力不把手指塞到大腿下方，努力不要哭出来，尽管血液在轰鸣。旁边的年轻女孩在安全带里动了一下。

“喂，嘿！”那女孩说，“还好吧，第一次坐？口香糖，你要嚼点口香糖。我是靠赞安诺[①]来镇定。你要口香糖吗？”她把手伸进一个巨大的巧克力棕色皮包里翻找。

我朝她递过来的方形口香糖摇了摇头。她踢掉凉鞋，摆动着脚指头，用皮筋把头发绑到后头，叹了一声：“说说话会好点。可以转移注意力。你到哪儿去？”

“纽约。”卡斯珀说要多说话，所以，我说话了，“我还从来没去过那里。”

“哦，你会喜欢那里的。真的很酷。你去那里干吗？”

我咽了一口，她有一张开朗、写满希望的脸，上面很多斑点。

“我去那边给一个画家工作，做他的助理。我也是个画师。”我大声说出最后这部分，听起来似乎也没那么糟。

她睁大了眼睛，“真的？太厉害了。我要去那边跟我老爸待几天。”她做了个喉咙处噎住的动作。“哎，父母嘛，他们真蹩脚，对吧？”

她手指修长，带着几个彩色的戒指。她的紧身裙薄薄的，肩带从奶油一般的肩膀上滑了下来。耳机线缠绕着她的脖子，一个闪亮的手机在她双膝上嗡嗡叫着，闪着。她营养良好，有人深爱。她可以说父母很蹩脚，是因为他们一点也不蹩脚。不管去哪儿，她总能回到他们身边。

也许到了纽约，我会给妈妈买一张明信片。也许我会试着在上边写点什么，简短的几句话。也许我会买一张邮票，也许我会给卡斯珀发一

---

① 赞安诺：一种用于治疗压力和焦虑的处方药。

封邮件，这一次我要叫她贝瑟尼。到时候看吧。

我再也没有工具箱了。这么久以来，我第一次踏入没有备好工具箱的生活。

走廊那边一个胖乎乎的男孩朝女孩靠过来，倾斜着他的手机，“瞧瞧，雪莉，瞧瞧这点击率。”

她笑着，把屏幕斜过来给我看，“昨晚我们去看这场演出了，真了不起，看看这个家伙。”

他在 YouTube 上，旁边是泰格·迪恩和所有的土桑市乐队。他拍打着吉他，咧嘴笑着，大声哀号着《想要的就是你》。“哦，天哪，他太帅了！”雪莉吸了一口气，“那是最有意思的一首歌。”她转向那个胖乎乎的男孩，“尼克，另外那首歌叫什么，很忧伤的那首？我都听哭了，你哭了没？”

尼克不再摆弄手提电脑。“《你很忧伤》，就那类的吧。”他说。歌词砰地出现在脑海，就像昨晚布卢和我一起走回家时一样：我们在一场暴风雨中迷了路 / 前方乌云密布 / 你对着我哭泣 / 把所有苦痛来吐 / 忧伤的女孩 / 我想把剩下的爱都给你 / 只是到了紧要关头 / 我竟只剩虚无……

我紧紧夹着双手，因为手在颤抖。扬声器里传来广播声，雪莉和尼克关掉手机和电脑，收了起来。

飞机开始在跑道上移动，越来越快，我的眼底积满了泪水。我伸手往下抓住背包，安全带勒得紧紧的。

双手在颤抖，我拿出两张纸，其中一张是赖利在音乐会上放到我手心里的。我缓缓地展开了。

夏洛特——我记得，记得真真切切。照顾好自己。

他署了自己的真名：欧文·戴维德·巴克斯特。

我笑了，同时也哭了。飞机往后倾，我的脑袋被迫靠在了座位上。我们坐在非常靠后的地方，声音非常大，只觉得飞机在颠簸震颤。几个脑袋朝我这边转过来，我不在意。

我不觉得对不起对不起对不起对不起对不起。

雪莉看了看那个字条，又看看我的脸。她把字条重新叠起来，按到我一只手上，然后双手握住了我的另一只手。她握得非常紧。突然，我感觉到雪莉吸了一口气，然后轻轻地用手指抚摸着我那条光着的胳膊。

“我高中时候有个朋友，也做这种事情。”她低声说着，幽幽地低下头来。

“呼吸就对了，”她低声说，“过一会儿就不怕了。等升到空中，就什么都好了。只要我们不断往上，不断往上，就不会有什么事的，知道吗？你要知道，到那边降落的时候才是最难受的。”

我想起了路易莎和她的笔记本，她的皮肤，她所有的故事，还有我的皮肤、布卢、爱丽丝，我们所有的人。一层一层的故事和记忆在我面前展开。雪莉还在低声说话，声音柔柔地传进我的耳朵。我另一只手里还有张字条，是米奇在音乐会上给我的，那上边写着：

埃莉诺·范德哈尔，爱达荷州桑德波因特紫罗兰旅馆山脊湾路209号。

布卢说我们要主动选择自己想要的样子，而不是让境遇来选择我们。

菲利克斯说过“重大事情”这个词。

我在选择自己的下一件重大事情。

我闭上眼睛，开始在脑海里写信，我知道我会写这封信的，就在到达纽约，而非巴黎、伦敦抑或冰岛的第一个夜晚，我会在弥漫着灯光、噪音、生活和未知数的地方写下：

亲爱的爱丽丝，我跟你说点事，这些事真像天使一样。

后记

夏莉·戴维斯看着她的室友路易莎脱掉上衣时，她呆住了：我只是，从来没见过哪个女孩有着跟我一样的皮肤。

几年前，我还没有打算写这个故事。

几年前，在一辆城市公交车上，我正在为另一个故事做笔记，感觉到有个人滑到了我旁边的座位上，我抬起头，打算很敷衍地看她一眼，然后继续记我的笔记，可就在这时，我的呼吸在喉咙处哽住了。

她有着跟我一样的皮肤。感觉到我盯着她，她犹犹豫豫地滑下了衣袖，遮住那些细细的、新鲜的红色疤痕。

我没法告诉你，我多么想撸起自己的衣袖，说："我跟你一样！瞧，你并不孤单。"

但是我没有。坦白说，我没有那个勇气。几年来一直穿着长袖衬衫，遮挡着我在自己身上留下的痕迹，希望可以"好好生活"，却发现自己跌跌撞撞地回到了极端自我的状态，比以往任何时候都要孤独。

几年前，我不想写有关我伤疤的故事，或者说有关带伤疤的女孩的故事，因为在这个世界上，做女孩已经很难了，更别说皮肤上还带着伤疤。

我看着那个女孩下了公交车，一句话都没有说出口。但我不应该这样的，我应该让她知道，就算深陷在自我的世界里，她也不是独自一人。

因为的确是这样。

据统计，十三岁到十九岁的女孩，每两百人中就有一个有自残的经历，她们中超过百分之七十是切割者。值得注意的是，该数据仅仅是依据报道统计而得，他们没有把不断增长的男性自残者算在里头。我估计，此刻的你，应该也认识一两个自我伤害的人吧。

自我伤害是指有意地自我切割、烧伤、刺伤，或者损伤自己皮肤来应对情绪波动的行为。可能由很多事情引起，比如性侵害、身体虐待、言语谩骂或精神虐待，以及凌霸行为、无助、忧郁等。

自我伤害不是为了博取关注，不意味着你要自杀，只意味着你在努力挣扎着走出脑海和心里的极度混乱，这是你的应对机制。意味着你在现实生活中无足轻重，且有很多人经受着绝望或精神疾病。

你不是独自一人。夏莉·戴维斯的故事是美国两百多万年轻女孩的故事。这些年轻女孩跟我一样会长大，承受着过去在自己身体上留下伤痕的真实。

夏莉·戴维斯的故事，我写给那些切割者、自我烧伤者，以及流浪街头、无安全地方睡觉的孩子，也写给他们的父母和朋友们。

夏莉·戴维斯在绘画中找到了自己的声音和慰藉，而我在写作中找到了这一切。那么你的慰藉在哪里，你知道吗？去寻找吧，找到了就坚持下去，永不停息。去找你的人（你需要多说话），你的组织，你活着的理由，我向你保证，有一扇窗会为你打开，虽然很慢，但一定会有。世界并非总有阳光和玫瑰，有时也一团漆黑，但黑暗里也有能理解你的人，也有很多笑声，可以柔化那些伤痕，带你走向明天。

所以，去吧。

毅然决然地向前，像天使一样。

致谢

呈现在你眼前的这本书，一共耗时九年，写了十四稿。开始时，只有一个作者，一叠纸，一支铅笔或一支钢笔（抑或一台电脑、一个平板、几段口述文字），但最后，是一大堆人塑造出了你刚刚读完的这个故事。

如果朱莉·史蒂文森没有给我（以及夏莉）这个机会，就不会有这本书的出现。十分感谢你让我的作家梦成了真。同时，当我的女儿偷走我的手机，藏到她的婴儿车里时，你也能够理解，真的十分感谢。

说到作家梦：我是有多幸运，才遇上克里斯塔·马里诺这样的魔法编辑？你把《18 岁那年发生了什么》以我本以为不可能的方式呈现了出来。感谢你相信夏莉，感谢你把我推得更远。

感谢兰登书屋儿童书籍组的成员贝弗利·霍罗威茨、莫妮卡·简、芭芭拉·马库斯、斯蒂芬妮·欧凯恩、金姆·劳伯、多米尼克·悉尼纳、菲莉西亚·弗雷泽、凯西·沃德和阿里森·英庇（阿里森，谢谢你找詹妮弗·霍耶尔设计了这一华丽、动人心弦的绝妙封面！）——感谢你们欢迎我的加入，感谢你们孜孜不倦的支持和热情。

感谢明尼苏达州艺术董事会帮助本州的艺术家和作家们实现了梦想。《18 岁那年发生了什么》得以完成，离不开明尼苏达州艺术董事会的几笔资金支持，该书历时多年，在多个不同的地方写成：明尼苏达州圣保罗潮流酒吧上方的一个小办公室，还有哈姆莱大学和明尼苏达大学的图书馆。

也要感谢明尼苏达大学的创意写作项目，在我就读艺术硕士期间把我当作家来培养，并让我担任项目协调人在办公室工作。朱莉・舒马赫、查尔斯・巴克斯特、帕特丽夏・汉普尔和 M.J. 菲茨杰拉德一直在热心鼓励我。

我修订书稿时，贾斯汀・赛斯塔和阿里维亚・赛斯塔教授给我提供了十分可靠的医学建议，并深夜加班给我发文本。伊丽莎白・诺尔、汤姆・哈利、霍利・凡德哈尔为我加油，听我絮絮叨叨和哭泣。陶斯夏日作家会议工坊的伙伴们优秀而风趣，给我提供了十分明智的建议和批评。尤其要感谢工坊的策划人萨莫・伍德，在沙漠离别后，他仍然一直鼓励我。

同时也要感谢马歇尔・亚伯勒、狄安娜・兰姆普、凯特琳・里德、尼克・泽贝格尔、戴安・纳特罗普、伊莎贝儿・纳特罗普、基拉・纳特罗普、米凯拉・纳特罗普、斯瓦蒂・阿瓦斯提、阿曼达・科普林、利吉亚・戴・佩纳福洛尔、劳拉・迪丝岱尔、乔伊・拜尔斯、约翰・穆尼奥斯和克里斯・瓦格加纳，以及“甜蜜十六岁”的所有作家同伴，尤其是杰夫・贾尔斯和珍妮特・麦克纳利，是你们俩劝说我放弃了传奇写法。

最后，感谢尼古莱和萨斯基亚，是你们让我每天沉浸在爱中，也感谢克里斯，二十年来一直那么爱笑和包容，而且总不洗碗。